www.tredition.de

Björn Beermann lebt in Hamburg in seiner kunterbunten und etwas chaotischen Welt und versucht mit wachsendem Erfolg dieses Chaos mit Hilfe der Kreativität zu bändigen. Am liebsten schreibt er in Cafés bei mehreren Kaffees, während er die Menschen beobachtet, oder nach einem Spaziergang im Stadtpark an seinem heimischen Laptop. Hier kann er sich dann auch leidenschaftlichen Diskussionen mit seinen Figuren hingeben, ohne dabei schräg angeschaut zu werden.

www.tredition.de

Qindie steht für qualitativ hochwertige Indie-Publikationen. Achten Sie also künftig auf das Qindie-Siegel! Für weitere Informationen, News und Veranstaltungen besuchen Sie unsere Website:
http://www.qindie.de/

Verlag & Druck: tredition GmbH, Halenreie 40-44, 22359 Hamburg
Umschlag, Illustration: Tabea Meret Stracke
Lektorat und Korrektorat: Ulrike Barzik
Foto: Studioline Photography (Patrizia Wenzlaff)

ISBN
Paperback: 978-3-347-17635-5
Hardcover: 978-3-347-17636-2
E-Book:    978-3-347-17637-9

# BJÖRN BEERMANN

## Magische Völker

# Prolog

Magda sonnte sich auf dem Turm der Ruine der Nicolaikirche. Sie genoss die wärmenden Strahlen und träumte sich zum großen Brand zurück, als Hamburg in einem Meer aus Flammen untergegangen war. Es musste eine magische Energie gewesen sein, die damals geherrscht hatte. Ein wahrer Hexenkessel. Es würde nicht mehr lange dauern und erneut würde diese Welt in Flammen stehen und das unnütze Leben verbannen. Es hatte ausgedient. Ein Lächeln umspielte ihre Lippen, als sie an den Vater der dummen kleinen Göre dachte, der wie Schneewittchen in ihrem Gewahrsam unten im Museum lagerte. Sie würden siegreich sein – schlussendlich. Die andere Seite hatte zwar die Barriere stabilisieren können, doch zu spät. Sie hatten die magiegehemmte Zone um die Villa herum eingerissen und nun war ihr Ziel zum Greifen nahe. Das traurige kleine Grüppchen ihrer Gegner, dass nun auf der anderen Seite der Barriere geschlichen war, war zum Scheitern verurteilt. Denn ihrem Hass und ihrer Angst würden sie nachgeben und damit ihr Todesurteil unterschreiben. Magda lachte. Es war zu köstlich, wie leicht Menschen und sogar die anderen Völker zu manipulieren waren. Der Überfall auf den Versammlungssaal der Wächterinnen war ein Geniestreich des ursprünglichen Feuervolks gewesen. Sie schaute noch einmal auf Hamburg hinab. Dann nahm sie den Fahrstuhl, um sich zu Morgana zu gesellen, die im Keller Schneewittchen bewachte.

Es hatte nicht viel gebraucht, um sich dieses Mahnmal für ihre Zwecke zu erschließen. Es bedurfte nur ein, zwei herabfallender Steine, was dank ihrer Magie kein Problem gewesen war. Und schon galt der Kirchturm als einsturzgefährdet. Die Sanierung war aufs nächste Jahr verschoben und so hatten sie einen angemessenen Unterschlupf. Zufrieden mit sich und der Welt ging sie die letzten Stufen in den Keller.

Die Widersacher würden leiden. Es würde ihnen bald schon leidtun, dass sie sich für die falsche Seite entschieden hatten.

## Die andere Seite

„In dir ist ein Dämon, Mitra. Ein alles verschlingender Dämon. Du wirst ihn freilassen und die Welt wird sich vor deiner Größe und deiner Macht verneigen und dann wird endlich alles schweigen. Für immer!"

Überall war Macht. Alles war bunt und wunderschön. Ihre Lungen waren voller Luft und doch drang immer noch mehr Sauerstoff in jede Zelle ihres Körpers, der schrie, dass es aufhören solle, aufhören müsse. Doch ihr Geist brauchte mehr von diesem magiedurchtränkten Lebenselixier. Feuer. Ihre Haut prickelte. Sie war zu Hause. Hier war sie unter ihresgleichen. Sie würde diese Armee zum Sieg führen. Eine unerschütterliche Selbstgewissheit erfasste sie. Von Ferne hörte sie ein durchdringendes Rufen, welches sie versuchte zu ignorieren.

„Mitra, Mitra, wach auf!" Sie wurde hin und her gerüttelt und vernahm die schrille Stimme von Aggy. Ihre Selbstgewissheit erstarb. Dafür nahm sie einen harten Untergrund wahr und verspürte hämmernde Kopfschmerzen. Mitra stöhnte auf. Die ganze Welt flimmerte, als sie unwillig ihre Augen langsam öffnete und leichter Schwefelgeruch in ihre Nase drang. Ihre Umgebung war in ein rötliches Licht gehüllt und Rauchschwaden waberten über den Boden. Sie waren auf dem Domplatz, aber irgendwie auch wieder nicht. Es fühlte sich so an, als ob jegliche Lebensenergie aus dieser Welt gepresst worden war. Mitra schluckte und spürte dabei ihre von Trockenheit aufgeplatzten Lippen.

Sie leckte über sie, was kaum einen Effekt hatte, da ihr gesamter Mund ebenfalls knochentrocken war. Allmählich nahm sie ihre nähere Umgebung wahr. Sie versuchte sich aufzurichten. Doch sofort wurde sie von ihrem Kopf bestraft. Er drohte zu zerspringen. Etwas berührte sie an der Schulter. Erst jetzt nahm sie Aggy mit ihren neuen unergründlichen meergrünen Augen wahr, an die sie sich noch gewöhnen musste.

Sie leckte sich abermals über ihre Lippen. „Ziemlich trocken hier", röchelte sie. Der Erdgeist war scheinbar mindestens um das Doppelte gewachsen. Dabei fiel es ihm schwer, sich für eine Erscheinungsform zu entscheiden. Ständig wechselte er von Erde zu Rinde hin und her. Mitra spürte den Grund dafür in der Luft. Magie! Sie war überall. Sie raubte ihr nahezu die Luft zum Atmen. Sie verdrängte den Sauerstoff und machte ihn irgendwie schwer und zäh. Vielleicht war sie auch der Grund für den Schwefel überlegte sie. Mitras Blick fiel auf Hugos würgende graue Katze. Es war eine dumme Idee gewesen, ein normales Lebewesen dieser toxischen Atmosphäre auszusetzen.

„Und nun?", fragte der Erdgeist an Aggy gewandt, die mit den Schultern zuckte. Sie griff sich eine der Wasserflaschen, die sie mitgenommen hatten und schüttete den Inhalt gierig in sich hinein. Mitra trank ebenfalls einen großen Schluck und merkte erst jetzt, wie ausgetrocknet sie tatsächlich gewesen war.

„Es ist so still hier", krächzte Mitra. Jedes einzelne Wort brannte in ihrer Kehle. Kein Vogelgezwitscher, keine Hupgeräusche, noch nicht einmal einen Windhauch konnte sie vernehmen. Was war das hier bloß? Sie schaute zur Petrikirche hinüber, die in dieser Welt eingestürzt war. Der Turm war in sich zusammengefallen. Die Welt auf dieser Seite starb. Bei dem Gedanken breitete sich eine Gänsehaut über ihre Haut aus. Dabei spürte sie Aggys Blick auf sich ruhen.

Diese meergrünen Augen irritierten Mitra. Und wieder einmal fragte sie sich, ob das noch ihre Freundin war oder ob nicht das Wassermonster sie infiltriert hatte oder noch schlimmer ihr Innerstes getötet und ihren Körper für immer und ewig in Beschlag genommen hatte. Mitra spürte, wie die immense Magie ihr Macht und Stärke verlieh, ihr aber gleichzeitig das Leben aussaugte. Die Magie gierte nach ihrer Energie und bediente sich an ihr. Es war paradox. Was für eine Hölle. Was wenn das nun auch in ihrer Welt passierte, sobald die unsichtbare Barriere vollends zusammengebrochen war und die alles verzehrende Magie ungeschützt über ihre Welt herfallen würde? Was wäre dann mit ihrem Vater, mit Anton? Anton – wie gerne wäre sie nun in seinen Armen. Sie schaute sich um. Nein, dafür hatte sie jetzt keine Zeit. Sie durfte sich nicht ablenken lassen von ihren Problemen und ihrem katastrophalen Privatleben.

„Und nun?", wiederholte sie stattdessen die Frage des Erdgeistes an Aggy. „Hast du eine Ahnung, wo die Essenz sein könnte?"

Aggy schloss kurz die Augen, wodurch sie gefährlich ins Wanken kam. Auch ihr machte die Magie zu schaffen. Mitra griff ihr schnell unter die Arme, damit sie nicht stürzte. Aggy schüttelte leicht den Kopf.

„Nein, keine Vision. Spürst du hier irgendwie was?"

„Du meinst außer der unglaublich überwältigenden, ständigen Anwesenheit von Magie?" Aggy schaute sie anstatt einer Antwort einfach nur abwartend an. „Nein", musste sie zugeben.

Der große Erdhaufen neben ihnen gab ein geckerndes Lachen von sich, das in keinster Weise fröhlich klang. „Ihr seid ja eine große Hilfe", spottete er.

„Sie versuchen wenigstens etwas", hauchte die graue Katze schwach, die nicht so aussah, als ob sie hier lange überleben würde. Der Glanz des grauen Felles war abgestumpft und die Flanken eingefallen. Mitra strich Hugo übers Köpfchen.

„Wenn keiner einen Plan oder eine Idee hat", sie machte eine Pause und schaute den Erdhaufen scharf an, „schlage ich vor, dass wir zum Rathaus gehen. Es ist bei uns ein magischer Ort und er ist in der Nähe. Vielleicht erfahren wir dort mehr."

Sie nahm einen weiteren Schluck Wasser, was allerdings nichts an ihrem überwältigenden Durst änderte und wartete einen Moment auf einen Einwand. Als dieser ausblieb, machte sich die angeschlagene Gruppe langsam auf den Weg. Sie hatte das Gefühl, dass die schwefelgeschwängerte Luft ihr allmählich die Atemwege verätzte. Als sie hustete, bemerkte sie, wie Aggy ihr ein Spitzentaschentuch reichte und sich selber eins vor Mund und Nase hielt. Dankbar nahm sie es an. Es war zwar keine wirkliche Verbesserung, aber es war besser als nichts. Sie lächelten sich an und für einen kurzen Moment wurde Mitras Herz leicht. Sie erkannte das ihr so vertraute Glitzern in Aggys grünen Augen wieder. Plötzlich löste sich allerdings Aggys Blick von ihr, als sie sich alarmiert umdrehte. Und der Moment war vorbei.

Mitra spitzte ebenfalls die Ohren und lauschte in die Stille. Sie fuhr herum. War da ein Geräusch in dieser verlassenen Geisterstadt? War es das ursprüngliche Feuervolk?, schoss es Mitra unwillkürlich durch den Kopf. Sie hätten mehr auf der Hut sein sollen. Doch sie war von dieser toxischen Umgebung so abgelenkt gewesen. Da war es wieder. Jetzt hatte sie es eindeutig gehört. Ein Ratschen, so als rutsche etwas Schweres über Steine. Es war nicht weit entfernt. Mitras Herz schlug schneller und sie schaute sich nach einem Versteck um. Was immer diese Geräusche auslöste, dem wollte sie auf keinen Fall begegnen. Etwas golden Glitzerndes zog ihre Aufmerksamkeit auf sich. Es kam aus einer Ecke beim Eingang zur U-Bahn. Sie fühlte sich irgendwie davon angezogen. Sofort schnappte sie Aggys Handgelenk und zog sie darauf zu. Ein brauchbares Versteck, wie sie fand, wobei das goldene Glitzern sich vor ihren Augen in Luft auflöste. Eine Wahnvorstellung? Doch Mitra blieb nicht viel Zeit, um sich darüber Gedanken zu machen, denn als sie sich an die Steinwand presste, fehlte ihr auf einmal der Sauerstoff zum Atmen. Aggys Augen waren in Panik aufgerissen. Sie glitt langsam die Wand hinunter.

Der Erdhaufen und auch die Katze verharrten zunächst wie angewurzelt, wo die beiden Mädchen sie stehen gelassen hatten. Hugos Wirt röchelte und schien zu würgen, während der Erdhaufen eine blasse

Farbe annahm. Obwohl Mitra wusste, dass es in Wirklichkeit der Erdgeist war, kam ihr die Blässe des Erdhaufens äußerst merkwürdig vor. Dann jedoch setzten sich die beiden in Bewegung. Quälend langsam folgten sie Mitra und Aggy in ihr Versteck, wobei der Erdhaufen aussah, als ob er hüpfe.

In dem Moment, als sie wieder vereint waren, bekam Mitras Lunge wieder Sauerstoff zu fassen. Auch bei ihren Begleitern schien sich der Zustand zu stabilisieren. Sie horchten, ob sich das Geräusch wiederholte. Doch es blieb ruhig. Nur der Wind frischte auf und wirbelte den roten Sand auf, der alles bedeckte. Mitra und Aggy bedeckten ihre Münder instinktiv wieder mit dem Taschentuch, während Mitra Hugo auf den Arm nahm und ihm ebenfalls das Tuch anbot. Doch der schüttelte stur das Köpfchen. „Ich bin der Vertreter des Luftvolkes. Ich komme hiermit klar", meinte er tapfer und sprang von ihr hinunter.

„Was war das? Habt ihr was gesehen?", flüsterte Aggy, die unablässig die nähere Umgebung scannte.

„Es hörte sich an, als ob eines der Gebäude weggerutscht wäre", grummelte der Erdgeist.

Eine Weile schauten sie gebannt in verschiedene Richtungen. Doch nichts geschah. Nach einer gefühlten Ewigkeit räusperte sich Aggy. „Seid Ihr vorhin auch beinahe erstickt?"

Mitra nickte.

„Ich befürchte, dass lag daran, dass wir zu weit voneinander entfernt waren. Die Welt ist auf dieser Seite der Barriere zu lebensfeindlich, als dass wir uns trennen dürften", maunzte Hugo.

„Ich glaube nicht, dass das für mich gilt", geckerte der Erdgeist hochmütig und entfernte sich ein paar Meter von ihnen, um seine Überlegenheit zu beweisen. Sofort setzte die Atemnot bei ihnen wieder ein und der Erdgeist wurde abermals fahl und erschien flacher. Sofort näherte er sich wieder seinen Gefährten und die Situation normalisierte sich.

„Was zu beweisen war", meinte Hugo schlicht, beließ es aber immerhin damit und piesackte den Erdgeist nicht weiter. Auch dieser verkniff sich jeden weiteren Kommentar. Mitra nahm einen weiteren Schluck aus der Flasche. „Gut, lasst uns weitergehen", versuchte sie die Spannung zwischen ihnen zu mindern.

„Einer sollte auch hinter uns die Augen offen halten und wir bleiben möglichst in Nähe von Wänden und möglichen Verstecken", schlug Aggy vor, die ebenfalls einen großen Schluck Wasser nahm. Wieder kam die Frage bei Mitra auf, wie lange sie hier überleben könnten, selbst wenn sie es schafften, sich vom ursprünglichen Feuervolk fernzuhalten. Sie schluckte. Sie mussten sich wirklich beeilen.

Mitra ging mutig einen Schritt aus dem U-Bahn-Eingang hinaus, Aggy und Hugo folgten ihr, indem sie sich vorsichtig rückwärts bewegten. Der Erdgeist schloss sich ihnen in einigem Abstand an, um sich und ihnen zu demonstrieren, dass er ihre Nähe bei Weitem nicht so benötigte wie sie die seine.

Doch der möglicherweise verletzte Stolz des Erdgeistes war das geringste ihrer derzeitigen Probleme. Mitra band sich Aggys Tuch vor ihrem Mund hinter ihrem Kopf zusammen, um das Tuch nicht mehr selbst halten zu müssen. Gegen die unwirtliche, ja lebensfeindliche Umgebung. Immer wieder huschten ihre Augen über die surreale Hamburger Innenstadt. Sie war menschenleer und es schien so, als ob hier seit Jahrzehnten gänzliches Leben erloschen war. Von Natur, die sich ihr Territorium zurückholen wollte, gab es keinerlei Anzeichen. Und statt wilder Tiere lauerte hier das ursprüngliche Feuervolk auf sie. Zumindest die, die nicht bereits ihre Welt jenseits der Barriere vergifteten.

Schließlich kamen sie am Rathausplatz an, der sich für Mitra gefühlt kilometerweit vor ihr erstreckte. Nirgendswo gab es ein Versteck. Die Bushaltestelle, die sich auf ihrer Seite der Barriere befand, war hier längst in sich zusammengefallen und bot keinen Schutz mehr vor neugierigen und tödlichen Blicken. Hier nicht entdeckt zu werden erschien unmöglich. Bei dem Anblick, der sich ihr darbot, bildete sich ein Kloß in ihrer Kehle und wurde immer größer. Das beklemmende Gefühl breitete sich unvermittelt in ihr aus und ihr Herz klopfte immer schneller. Angst. Nein eine plötzliche Panik explodierte in ihr. Eine aufsteigende Hitze erfasste sie.

Plötzlich spürte sie eine Hand auf ihrer Schulter. „Bleib bei uns." Die Worte kühlten ihre innere Hitze und der Kloß verschwand wieder. Aggy nahm ihre Hand wieder von ihr und hinterließ einen nassen Fleck, der Mitra vorkam wie ein beruhigendes Pflaster. Sie drehte sich zu ihrer

Freundin um und sie lächelten sich an. Erst jetzt bemerkte sie, dass ihr Herzanhänger mit der Essenz um ihren Hals etwas heller strahlte.

„Das scheint der richtige Weg zu sein", röchelte Hugos Wirt. Mitra streichelte dem Kater liebevoll übers Köpfchen. Sie schluckte, als sie daran dachte, dass er zum Sterben verurteilt war. Doch sie mussten weiter, also nickte sie bloß zustimmend.

# Das Rathaus

Sie gingen mit einem mulmigen Gefühl möglichst rasch am Rande des Platzes im Schatten der beschädigten Gebäude entlang. Bei jedem Geräusch blieben sie stehen, um sicherzugehen, dass sie noch alleine waren, und um die Gegend mit ihren aufmerksamen Blicken abzutasten. Das schmiedeeiserne Tor an der Seite des Rathauses zum Brunnen stand glücklicherweise offen, sodass sie hindurchhuschen konnten. Hier im Atrium fühlten sie sich unbeobachteter, trotz der dunklen Fenster, die bedrohlich auf sie hinabblickten, und der Tatsache, dass das schmiedeeiserne Tor die einzige Möglichkeit bot, dem Innenhof auch wieder zu entkommen.

Der Innenhof lag ruhig und still vor ihnen. Auch er war mit dem rötlichen Staub bedeckt. Aus dem Hygieia Brunnen stieg nicht wie bei ihnen üblich, eine Fontäne aus reinem, klarem Wasser hervor. Mitra schnippte mit ihren Fingern, um ihrer Nervosität Herr zu werden Langsam ging sie auf den Brunnen zu. Etwas in ihr sagte, dass sie sich ihm nähern musste. Ihr Blick glitt an der Steinfigur hinab in das Becken und sie starrte in dunkles Wasser. Ihr Durst wurde auf einmal unbändig. Sie gierte nach dem samtigen Nass. Jede Zelle schrie nach Erlösung, während sie hypnotisiert ihre Hände in Richtung der Wasseroberfläche ausstreckte. Doch unvermittelt lenkte sie ein Glitzern am Rand ihres Sichtfeldes ab. Das Phänomen erinnerte sie an das Glitzern beim U-

Bahn-Eingang, als es sie auf das Versteck aufmerksam gemacht hatte. Zunächst versuchte sie den Schein zu ignorieren, doch es war unmöglich. Kurz blitzte das Bild einer golden strahlenden Frauenfigur auf. Aber sofort war das Bild wieder verschwunden und nur das Glitzern blieb. Das Glitzern wuchs zu einem so starken Licht an, dass sie ihre Augen zusammenkneifen musste. Als sie wieder vorsichtig hinter den Lidern hervorguckte, sah sie nur noch die trostlose Umgebung. Erst jetzt bemerkte sie Aggys Hände auf ihren Schultern, die sie hin und her schüttelten, eine Kralle von Hugo, die ihr das Bein zerkratzte und die Speerspitze vom Borkenschmetterling.

„Aua, sagt mal spinnt ihr?"

„Als ob du meine Gedanken lesen könntest." Aggy funkelte sie böse an. „Du warst völlig weggetreten für mindestens eine halbe Stunde."

Mitra fuhr sich übers Gesicht. Sie fühlte sich tatsächlich so, als ob sie aus einer Trance erwacht wäre. Sie blinzelte ihre Freunde verwirrt an. Eine halbe Stunde? Das hörte sich verstörend lang an. Für sie hatte es sich mehr nach fünf Minuten angefühlt. „Was ist passiert?"

„Du wolltest deine zarte Haut mit Wasser benetzen. Keine besonders intelligente Idee", röchelte Hugo. Jedes gesprochene Wort schien ihm unglaubliche Schmerzen zu bereiten.

„Und dann hast du nur noch vor dich hingestarrt. Der Erdhaufen wollte dich in den Brunnen schubsen. Da war meine Idee, dich zu schütteln und zu piken wesentlich humaner", rechtfertigte sich Aggy ein weiteres Mal.

„Meine Idee hätte ebenfalls zu einem guten Ende geführt. So oder so." Was der Erdgeist mit so oder so meinte, hing eine Weile zwischen ihnen in der Luft. Mitra konnte sich allerdings sehr gut ausmalen, was er sich dabei dachte, und wechselte lieber das Thema.

„Hat denn keiner von euch die goldene Frau gesehen?" Eine peinliche Stille folgte und Mitra biss sich viel zu spät auf die Zunge. Sie konnte sich lebhaft vorstellen, was sie alle nun dachten, nämlich dass sie nicht alle Tassen im Schrank hatte. Doch dann leuchteten Aggys Augen auf. „Du hattest eine Vision. Der Brunnen hat dir eine Vision verschafft. Was hast du genau gesehen?"

Mitra schüttelte den Kopf. „So fühlte es sich nicht an. Ich habe in das Wasser des Brunnens geschaut und hatte großen Durst und dann war da ein Glitzern und dann habe ich die goldene Frau gesehen und ... das wars."

Aggy bedachte sie mit einem mitleidigen Blick. „Visionen sind wahrscheinlich auch nur was für Profis. Und weil das Wasser ja mein Element ist ... Also, ich werde es probieren."

„NEIN!" Mitras Stimme kam bestimmter aus ihr raus, als sie es gerade für möglich gehalten hatte. Hugo maunzte und versteckte sich hinter Aggys Beinen, die Mitra schockiert anschaute. „Was war das denn?" Mitra fuhr sich mit einer Hand über ihren Mund. Noch ganz überrascht von ihrem Ausbruch. „Ich glaube das Wasser ist gefährlich", flüsterte sie.

Aggy verdrehte die Augen. „Hier ist alles gefährlich. Deswegen müssen wir langsam mal wissen, wo wir genau hinmüssen und was wir da zu tun haben." Mitra sah ihre Freundin zweifelnd an. „Und du hast es ja auch überlebt." Aggy seufzte dramatisch aus. „Wenn es dich beruhigt, fassen wir alle gemeinsam ins Wasser, vereinen unsere Kräfte."

Mitra dachte daran, wie sie sich gefühlt hatte, als sie in die Tiefen des Brunnens geschaut hatte und schüttelte auch zu diesem Vorschlag den Kopf. „Nein, einer von uns sollte aufpassen. Drei Elemente sollten genug Schutz bieten", beeilte sie sich zu sagen. „Ich kann das machen", setzte sie nach. Sie fühlte sich dabei etwas mies, aber es erschien ihr durchaus vernünftig, wenn nicht alle im Bann des Wassers waren. Und Aggy hatte leider mit ihrem Einwurf recht. Ihnen lief die Zeit davon. Sie brauchten Antworten. Ihr Angebot auf sie aufzupassen, während die anderen ins Wasser griffen, war allerdings nur allzu offensichtlich.

„Die große Naturverbundene hat Angst", höhnte der Erdhaufen und sie konnte nicht verhindern, dass sie beschämt zu Boden schaute.

Aggy fuhr zum Erdgeist herum. Ihre grünen Augen so tief und wild wie die See. „Du hast keine Angst, Matsch zu werden?"

„Sicher nicht", zischte er. Hugo hustete, doch Mitra kannte ihn inzwischen gut genug, um zu wissen, dass er sich prächtig amüsierte.

„Auf drei", ordnete Aggy befehlsgewohnt an und erstickte die Diskussion somit im Keim. Mitras Magen zog sich zusammen. Das war keine gute Idee. Alle drei ihrer Gefährten tauchten etwas von sich in das Wasser und die schwarze Flüssigkeit glimmte auf. Hugo und der Erdgeist schauten apathisch vor sich hin. Das Wasser kroch langsam,

Stück für Stück Aggys Arm hoch und verflüssigte ihn, was sie allerdings nicht zu beachten oder zu beunruhigen schien. Keine Vision. Nur dieses unheimliche Glimmen. Mitra, die immer nervöser wurde, wollte sie gerade bitten, den Versuch abzubrechen, als Aggy ihren Mund aufmachte und schwarzes Wasser über ihr Kinn lief. Mitra riss die Augen auf.

„Aggy!" Sie rüttelte panisch an deren Schultern, doch ihre Freundin bewegte sich keinen Millimeter und wachte nicht aus ihrem tranceähnlichen Zustand auf. Die anderen verharrten ebenso in ihrer Apathie. Als auch das heftigste Schütteln nichts brachte, versuchte Mitra, Aggys Arm aus dem Wasser zu zerren. Dabei erwischte sie einen Teil ihres Arms, der bereits zu Wasser geworden war. Augenblicklich war sie im Sog des Brunnens gefangen und das Glimmen entwickelte sich zu einem Strahl, zu einem gleißenden Lichtstrahl, der in den Himmel schoss. Das schwarze Wasser aus Aggys Mund versiegte, stattdessen brüllte sie, als ob sie unter großen Schmerzen leide.

„Magie, wo keine Magie ist. Ein Garten, wo nur Wüste. Hass, Angst, Hass, Untergang!"

Ihre Worte endeten in einen spitzen Schrei. Endlich erstarb der Lichtstrahl, worüber Mitra unglaublich erleichtert war, könnte er doch die Aufmerksamkeit der Monster auf sie lenken. Gleichzeitig ließ die Kraft, die die drei Gefährten in den Bann gezogen hatte, nach. Sie schüttelten sich und erwachten. Hugos Wirt übergab sich auf den Innenhof und Aggy sackte zusammen. Aus der Ferne hörten sie dumpfe

Geräusche. Die gleichen Laute, die sie bereits zuvor gehört hatten. Stein, der auf Stein rutschte. War das ein Vorbote eines unerwünschten Besuches?

„Wir müssen hier weg. Schnell!", mahnte Mitra. Sie leckte sich nervös über ihre ausgetrockneten Lippen. „Aggy?" Sie rüttelte ihre beste Freundin, die als Reaktion lediglich aufstöhnte, anstatt aufzustehen.

„Hugo, Erdmann … auf." Sie versuchte ihre Kraft zu bündeln. Mit äußerster Konzentration stellte sie Aggy mit Mühe auf deren Beine. Doch sie musste schnell einsehen, dass sie zu schwach dazu war, um sie auf den Füßen zu halten. Möglichst sanft setzte sie Aggy frustriert wieder ab. Das dumpfe Geräusch schien immer näher zu kommen. Jetzt war sie sich sicher: Der Strahl hatte das Interesse auf sie gerichtet. Etwas war auf dem Weg zu ihnen und Mitra hatte nicht vor, noch hier zu sein, wenn dieses Etwas hier auftauchte. Ihr Körper zitterte vor Anspannung. Vor ihr drehte sich die Welt. Sie hielt sich für einen Moment am Brunnen fest, bis sie sich einigermaßen wieder stabilisiert hatte. Sie schielte zu Hugos Wirt. Bei seinem Anblick schluckte sie. Lange würde er es wohl nicht mehr machen. Aggy hatte sich inzwischen im Vierfüßlerstand aufgerafft. Nur der Erdgeist schien verhältnismäßig fit zu sein. Mitra wurde klar, sie würden es niemals schaffen, rechtzeitig zu verschwinden. Nicht in diesem Zustand, in dem sie sich befanden.

„Wir müssen uns verstecken." Ihr Blick flog über die wenigen Möglichkeiten, sich zu verbergen, und blieb bei der Eingangstür des imposanten Gebäudes haften. „Ins Rathaus." Mit zitternden Schritten ging sie langsam voraus, doch keiner folgte ihr. Sie stöhnte auf. So würde das nichts werden. Sie kniete sich hin und schnappte sich vorsichtig die Katze, die als Reaktion lediglich schwach ihr Köpfchen hob. Ihr selbst gelang es nur mit großer Mühe, sich wieder aufzurichten. Obwohl der Kater inzwischen leicht wie eine Feder geworden war. Ihre beste Freundin versuchte derweil, sich am Brunnenrand hochzuziehen.

„Könntest du Aggy bitte helfen!", wandte sie sich genervt an den Erdgeist. Der Borkenschmetterling verwandelte sich grummelnd in einen Erdhaufen und schob sich so unter Aggys Körper, hob sie an und folgte Mitra in Richtung des Rathauses. Sie stolperte die Treppe zum Eingang hoch und rüttelte an der Tür. Natürlich war sie verschlossenen. Besseren Wissens rüttelte sie so lange an der Klinke, bis sie die schließlich in den Händen hielt. Frustriert schlug sie damit gegen eines der Fenster, das sofort zerbarst. Was sie durch das nun entstandene Loch erblickte, war allerdings kein größerer Raum oder Saal, wie sie vermutet hatte, vielmehr verbarg sich direkt hinter dem Fenster in einigen Zentimetern Abstand eine Wand. Sie brauchte eine Weile, bis sie verstand, was sie da sah. Das Rathaus war lediglich eine Attrappe, wie wahrscheinlich alle Gebäude hier schlussfolgerte Mitra. Sie boten keinen Schutz. Frustriert schlug sie mit der Faust gegen die Außenwand und ihre Hand versank ein wenig im weichen Material der Mauer. Es fühlte sich wie noch nicht getrockneter Ton an. Das dumpfe Geräusch ertönte wieder und war nicht mehr weit entfernt. Mitra fuhr erschrocken herum. Ihre Augen suchten panisch nach einem anderen Versteck und machten eine kleine Nische aus. Ihre Narbe in der rechten Handinnenfläche fing an zu schmerzen, wie eine kleine eingebaute Alarmanlage.

Sie drängten sich in der Nische aneinander und warteten auf das, was sie mit ihrem Lichtstrahl hergelockt hatten, auf die Fratzen. Mitras Herz klopfte mit aller Macht gegen ihren Brustkorb. Sie schloss die Augen und versuchte sich und ihre Narbe mit einer Yoga-Atmung wieder zu beruhigen. Sie konzentrierte sich auf ihre Umgebung und nahm die Magie wahr, den Stein und ihre Gefährten. Sie fühlte sich ganz im Fluss, als der Boden unter ihr erbebte. Sie suchte die Hand von Aggy, während sie Hugo streichelte. Sie würden nicht gefunden werden. Die Freundinnen quetschten sich gegenseitig die Hände, während Mitra sich ruhig atmete. Auf einmal wurde es hell hinter ihren geschlossenen Lidern. Sie spürte Hitze auf ihrer Haut. Die Übriggebliebenen des wahren Feuervolkes. Nein – des ursprünglichen Feuervolkes. Die Zerstörer einer ganzen Welt. Wenn sie verlören. Die Zerstörer ihrer Welt. Sie spürte den noch festeren Druck von Aggys Hand. Sie bediente sich an der Magie mit einem flauen Gefühl im Magen. War es eine gute Idee? Sich bei etwas zu bedienen, was alles Leben verzehrte? Sie schob die Frage schnell beiseite. Es war schlicht besser, später zu sterben als jetzt.

„Ich kann euch spüren. Es hat keinen Sinn sich zu verstecken", höhnte die dröhnende Stimme einer Fratze. Die Narbe in ihrer Handinnenfläche durchströmte derweil mit jedem Pochen ihren Körper mit einem gleichmäßigen Schmerz. Mitra biss sich auf die Lippen und hielt für einen Moment Hugo wahrscheinlich etwas zu fest. Der fauchte und hieb seine Krallen in ihre Haut. Erschrocken öffnete sie ihre Augen und ließ die Katze los. Bevor sie ihn aufhalten konnte, huschte er unbemerkt von den riesigen Fratzen fort in eine andere Richtung und fing dort an herzzerreißend zu miauen.

Mitra erstarrte, schrie innerlich, „Neeeiin! Wieso?" Sie hatte das Gefühl, dass Hugos Wirt sie angrinste. Er opferte sich für sie. Um abzulenken und ihnen Zeit zu verschaffen. Er wusste, dass sein Katzenkörper ohnehin kurz davor war zu sterben. Sie schaute zu Aggy, die feuchte Augen bekommen hatte, während sie Hugo benommen hinterherschaute, und nickte ihr zu, dass sie zum Tor verschwinden sollten. Mitra kniff sich in die Hand, um sich vom Schmerz, der von ihrer Hand ausstrahlte, abzulenken.

Noch einmal schaute sie über ihre Schulter. Quälend langsam schlichen sie an der Rathaus-Attrappe entlang Richtung Ausgang. Hugos Wirt fauchte. Er wollte, dass sie sich beeilten. Lange konnte er die Monster nicht ablenken und doch nagte in ihr das Gefühl, ihren Hausgeist im Stich zu lassen. Sie biss sich auf die Lippe und drehte sich wieder in Richtung des Tors, das sie aus dem Innenhof entlassen würde.

„Eine Katze …", hörte sie eine vibrierende Stimme hinter sich. Sie schluckte einen staubtrockenen Klumpen hinunter. Ihr ganzer Körper krampfte. Zusätzlich merkte sie wieder diese Atemnot, die sie an etwas erinnerte. Mitra stöhnte auf, als sie die Einsicht traf. Sie konnten gar nicht ohne Hugo fliehen. Sie waren rein körperlich dazu gar nicht in der Lage. Das Opfer ihres Freundes war völlig umsonst. Sie mussten zusammenbleiben. Sie drehte sich gerade um, um Hugo zu warnen, ihn zurückzuholen, ihn zu retten, als ein erstickter Schrei die Stille durchbrach. In völliger Schockstarre musste Mitra mit ansehen, wie Hugos Wirt von einem Tentakel gepackt und in zwei Teile zerquetscht wurde. Hinter sich hörte sie es würgen. Es war wirklich widerlich. Aber sie wurde bei diesem Anblick eher wütend, als dass ihr übel wurde. Sie spürte wie sich diese Wut mit dem Schmerz in ihrer Narbe verband und sich in ihr ausbreitete und ihren Körper vergiftete. Ihre rationalen Gedanken wurden zurückgedrängt und die Abwehr gegenüber der übermächtigen Magie, die sie umgab, wurde schwächer. Sie wusste, dass sie sich eigentlich wehren sollte, doch es war ihr nicht möglich.

Mitra spürte die ihr bekannte Hitze in sich aufsteigen. Hinter ihr hörte sie Aggy aufkeuchen. Und dann passierte etwas Erstaunliches. Während Hugos erschlaffter Wirt durch das Tentakel in zwei Teile zerteilt wurde, beobachtete sie einen Schatten, der aus dem Leichnam entwich, und in dem Moment, in dem Hugos wahre Gestalt die Fratze berührte, reagierten die beiden Elemente. Mitra konnte noch erkennen, dass die Fratze sich erschrak und noch versuchte, sich rechtzeitig in pures Feuer zu verwandeln – doch dazu es war zu spät. Die Fratze wurde schnell größer. Mitras Hitze versiegte. Sie schnappte sich Aggy und presste sie und sich in eine kleine Einbuchtung im scheinbaren Mauerwerk, um sich vor dem zu schützen, was da auch immer passierte. Sie schloss die

Augen und dann erschallte ein ohrenbetäubender Knall, den sie körperlich spürte. Eine kurze heftige Windböe erfasste sie und dann war es für eine Sekunde gespenstisch ruhig.

Mitras Herz hatte kurz zu schlagen aufgehört. Hugo! Was war mit ihm? Hatte er sich …? War er nicht mehr … da? Sie spürte, wie sie sich krampfte, und sie spürte, wie der Sauerstoff nicht mehr in die Lunge gelangte. Dann hörte sie ein Wutgeheul, dass ihr durch Mark und Bein ging. Ängstlich drehte sie ihren Kopf in dessen Richtung. Der Hygieia-Brunnen lag in Trümmern und der feuchte Boden rundherum war mit Scherben von den geborstenen Fenstern der Rathaus-Attrappe übersät. Eine riesige Flamme verwandelte sich vor ihren Augen in eine Fratze zurück. Eine hatte überlebt. Der Vertreter des ursprünglichen Feuervolks drehte sich hektisch um die eigene Achse, bis er sie lokalisiert hatte. Aggy gab einen erstickten Schrei von sich. Mitra konnte jedoch nur an eins denken: Wo war Hugo? Er konnte doch nicht tot sein?! Die Hitze und Wut, die durch das Opfer von Hugo, weggeschwemmt worden war, erfüllte sie auf einmal wieder. Dieses Mal gepaart mit einer Ohnmacht, die sie schutzlos vor dem Meer an Magie zurückließ. Sie registrierte, wie ihre Haut wegbrutzelte, ohne dass sie so etwas wie Schmerz empfand. Ihr Herzanhänger strahlte so hell, dass sie vor lauter Licht nichts mehr sah, außer einem goldenen Schimmern. Sie brüllte ihren Zorn heraus, und was sie hörte, war ein Geheul, dem ähnlich, dass sie eben noch erschreckt hatte. Dann folgten grelle Lichtblitze. Sie verspürte eine unglaubliche Macht. Kein Funken von Unsicherheit war da mehr. Es kam ihr vielmehr so vor, als ob sie sich mit der Fratze verband. Dann bebte die Erde unter ihr. Stein zerbarst und ihr wurde schwarz vor Augen.

## Im Krankenhaus

„Lass mich bitte nicht auch noch alleine, Mama." Minerva starrte den leblosen Körper ihrer Mutter an und lauschte den piependen Geräuschen der Apparatur und das unerträgliche Saugen und Blasen der Beatmungsmaschine.

Sie sog scharf Luft ein und schluckte ihre Tränen herunter. Es war so schwer, nicht einfach aufzugeben. Ihre Schwester war tot. Ihre Nichte im Feindesland. Ihre Mutter schwebte in einem Zustand, der mit Leben nicht mehr viel gemein hatte. Ihr Haus war verwüstet und bot keinen Schutz mehr. Und ihr Schwager war immer noch verschwunden, ohne jegliche Spur. Ihre Flamme der Essenz war seit dem Stabilisieren der Barriere gefährlich klein geworden. Es verlangte inzwischen immer eine große Kraftanstrengung allein um ins Feld zu gelangen. Das Einzige, was den Wächtern übrigblieb, war, die kleine kümmerliche Flamme zu bewachen. Minerva fühlte sich so unglaublich nutzlos und müde. Sie tauchte ihr Gesicht in ihre Hände und genoss die entstehende Dunkelheit für einige Minuten. Sie verlor den Sinn für die Zeit. Als sie eine fremde Hand auf ihrer Schulter spürte, zuckte sie zusammen. Für einen kurzen, kostbaren Moment, dachte sie, dass das die Hand von Mildred, ihrer Mutter, sein musste. Langsam ließ sie ihre Hände sinken und schaute stattdessen in Antons von dunklen Ringen gezeichneten Augen. Sie hatte keine Kraft mehr, um ihn zur Begrüßung anzulächeln.

„Gibt es was Neues?" Das schwache Gekrächze ihrer eigenen Stimme überraschte sie selbst und versetzte ihr einen Stich.

„Du musst schlafen", flüsterte er.

„Das sagt der Richtige!" Eine Weile schauten sie sich stumm an.

„Ich werde nach einem Klappbett fragen."

Als er rausging, schaute sie ihm hinterher. Sie musste wirklich einen bedauernswerten Anblick abgeben. Wenn ihre Mutter oder ihre Schwester sie so als heulendes Elend sehen würden, schämten sie sich sicher. Sie war doch immer die Starke gewesen. Ihr entfuhr ein Schluchzer aus ihrer Kehle, wofür sie sich am liebsten geschlagen hätte. *Du bist doch keine verdammte Heulsuse.*

Wenig später kam Anton mit einem Bett wieder. „Du musst aufpassen, eine Rolle ist hinüber. Aber besser als der Stuhl."

Minerva stand abrupt auf und schüttelte den Kopf. „Wir müssen den Idioten finden." Anton schaute sie überrascht an. „Sie meinen Herrn Gold?" Eine Antwort blieb sie ihm schuldig und bugsierte ihn in Richtung Ausgang. Ein letztes Mal schaute sie auf Mildred. „Ich mach dich stolz, Mama. Ich schaff das", flüsterte sie und schluckte die wieder hochkommenden Tränen hinunter.

# Nach dem Feuersturm

„Mitra, wage es ja nicht", schrie Aggys schrille Stimme in ihrem Gehörgang. Nur langsam wich dem Schwarz ein Grau. Ihr Kopf fühlte sich an, als ob eine Planierwalze rüber gefahren wäre.

„Lass den Scheiß. Wach endlich auf! Diese ganzen Explosionen." Die Stimme des Borkenschmetterlings klang nahezu hysterisch.

Aggy drehte sich entnervt zu ihm um. „Und was gedenkst du jetzt zu machen? Sie hier lassen? Ich kann sie nicht tragen, okay!"

„Spritz ihr doch einfach Wasser ins Gesicht. So funktionieren Menschen doch", grummelte der Sand gewordene Erdvertreter.

„Ich werde ihr sicher nicht die Teufelsbrühe aus dem Brunnen ins Gesicht spritzen. Und ich spüre, wie ich immer schwächer werde, je mehr Magie ich hier verwende."

Der Erdvertreter brummte etwas vor sich hin. Mitra stöhnte auf. Das Grau vor ihren Augen wich langsam dem Bild des zerstörten Innenhofs des Rathauses und langsam hörte dieses Bild auch auf sich zu drehen. Die Übelkeit, die von ihr Besitz ergriffen hatte, ebbte ab.

„Wasser", hauchte sie mit einer erschreckend rauen Stimme. Aggy fühlte nahezu den triumphierenden Blick des Erdhaufens wegen Mitras Forderung auf sich ruhen, obwohl das wahrscheinlich Quatsch war. Sie nahm eine ihrer Flaschen und setzte sie an Mitras spröden Lippen an. Langsam kehrte in Mitra die Kraft zurück. Mit Aggys Hilfe setzte sie sich auf. „Was ist mit Hugo?" fragte sie, auch wenn sie nicht wusste, ob sie die Wahrheit wirklich hören wollte. Sie hatte doch gesehen, was vor ihren Augen mit dem Katzenkörper passiert war. Aggy zuckte mit den Schultern.

Eine Weile saßen sie so schweigend da, bis der Erdgeist sich räusperte. „Wir müssen hier weg. Jetzt!" Aggy stöhnte entnervt auf, doch Mitra nickte langsam, da sie sich nicht zu mehr in der Lage sah. Allein diese Geste jagte ihr einen schneidenden Schmerz durch den Kopf. Mühsam stemmte sie sich hoch, wobei Aggy sie festhielt. Als sie erst einmal stand, ging es ihr bereits um einiges besser. Erleichtert fiel ihr nun auch auf, dass der Schmerz ihrer Narbe abgeklungen war.

„Das war echt krass, wie du so ein Ding wurdest und das andere Ding vernichtet hast." Aggy klopfte ihr den gröbsten Staub von den Klamotten und zupfte einige Glassplitter heraus. „Man könnte meinen, dass das wahre Feuervolk in dir drin wäre." Der Erdgeist hatte sich wieder in einen Borkenschmetterling verwandelt und ließ sich betont cool, allerdings in einer möglichst großen Entfernung von ihnen nieder.

Mitra fuhr sich durch ihr Haar. „Ich glaube, dass das eher etwas mit der großen Menge an Magie zu tun hatte. Es war ein Ausbruch. Mehr nicht." Sie versuchte eher damit sich selbst zu beruhigen als ihre Begleiter.

„Jetzt, wo das geklärt wäre … ich habe gehört, dass wir losmüssen." Aggy klang ein Stückchen zu aufgekratzt und ein wenig fahrig in ihren Bewegungen.

*Sie traut mir ebenfalls nicht*, dachte Mitra, *und wer konnte es ihr verdenken*? Sie hatte sich vor ihren Augen bereits zum zweiten Mal zu einem alles zerstörenden Monstrum verwandelt. Sie ließ den Blick über den trostlosen Innenhof gleiten. Das dunkle unheimliche Wasser, oder was auch immer es gewesen war, versiegte inzwischen in dem sandigen Untergrund. Da blieb ihre Aufmerksamkeit am Geröll haften, auf dem sie lag. Da war etwas. Es leuchtete rot. Sie fasste sich unvermittelt an den Hals, wo sich ihre Kette nicht mehr befand. Ihr Anhänger. Sie beugte sich stöhnend zu ihm runter, hob das Herz mit der gerissenen Kette auf und steckte es in ihre Tasche. Ein wenig gab es ihr Kraft zu wissen, dass die Essenz wieder ganz nah bei ihr war. Doch Jemand fehlte hier gerade. „Hugo?", flüsterte sie. Er konnte einfach nicht weg sein oder gar tot. Sein Wirt, ja okay, aber doch nicht er. Doch es blieb gespenstisch ruhig. Keiner antwortete.

Aggy hakte ihr unter. „Der Erdgeist hat recht, weißt du? Wir müssen hier weg." Schweigend humpelten sie noch ein wenig geschwächt aus dem Trümmerfeld des Innenhofs und von da aus wieder hinaus auf den Platz. Aus dem Augenwinkel nahm Mitra abermals dieses goldene Glitzern wahr. Es erschien ihr so, als ob es ihr etwas sagen wollte, was sie aber sofort als völligen Irrsinn abtat. Sie schaute zum Glitzern. Doch in dem Moment, wo sie direkt hinschaute, war es verschwunden. Dafür sah sie eine Stelle, wo die Möglichkeit bestand, sich erst einmal ein wenig auszuruhen. Sie zeigte auf den Laubengang beim Jungfernstieg und die kleine Gruppe einigte sich darauf, dort erst einmal Schutz zu suchen, um sich zu sammeln und die nächsten Schritte zu planen. Es war kein besonders gutes Versteck aber immerhin befanden sie sich dort nicht mehr auf dem Präsentierteller.

# Der Gegner

Morgana lachte, wobei sich ihr gesamter Körper bewegte und ihre Rastazöpfe in alle Richtungen wedelten. Es sah nahezu irre aus. Sie spürte die Magie, die auf diese Seite gelangt war. Die Barriere war zwar wieder stabilisiert, jedoch erst nachdem schon eine Menge Magie in diese Welt zurückgekehrt war. Da wo sie hingehörte. Die ungebändigte Magie, die inzwischen vorherrschte, schwächte die Gegenseite und stärkte sie. Wer brauchte schon Regeln, wenn man Macht hatte?

Heute Nacht würde die Reinigung starten. Die Nixen würden dafür sorgen, dass der Bereich um die Fischmarkthalle unterging. Der ganz große Schlag musste warten. Die Barriere musste zuerst fallen. Endgültig. Sie konnten jetzt allerdings immerhin schon für Panik sorgen und den Gegner weiter in die Knie zwingen. Falsche Fährten legen. Lebhaft konnte sie sich die Wächterinnen vorstellen, wie die sich vor allem darauf konzentrierten, den Vater dieser Göre zu suchen. Das war wirklich eine großartige Idee von Magda gewesen, in das Haus einzubrechen und ihn zu entführen. Praktischerweise war er sogar ausgeknockt gewesen. Und während die Gegner nach diesem Mann suchten, würde die Welt sich Stück für Stück ändern, bis die Barriere endlich beseitigt war. Ja, Hamburg kannte sich mit Hochwasser aus, doch wenn die Elemente zusammenarbeiteten, war die Stadt, wie man sie kannte, dem Untergang geweiht.

Sie lachte noch einmal laut auf, als sie die Scharniere der Schleusen zum Schmelzen brachte, die den Bereich schützten. Nun hatte sie ihre Arbeit für heute getan. Jetzt waren die Nixen dran.

## Home sweet Home

Mitra lehnte an der Mauer. Sie musste an Hugo denken. Dabei fühlte sie sich so trostlos wie diese grausame Welt, die von der Sonne in ein eintönig rötliches Licht getaucht war. Ihre Gedanken schweiften zu dem Glitzern. Was hatte es damit auf sich und wieso konnte anscheinend nur sie es sehen? Und wollte es ihnen helfen oder sie vernichten?

„Weißt du noch, was du gesagt hattest, als du in Trance warst?", fragte sie ihre Freundin. Aggy nickte. „Ich zerbreche mir seitdem den Kopf darüber, was das mit den Blumen auf sich hat. Ich mein, hier ist nur Sand und Stein."

Mitra wandte sich dem Borkenschmetterling zu. „Aber dafür überall Magie. Was meinst du dazu?" Sie schaute ihn erwartungsvoll an.

„Diese Erde ist verseucht. Oder besser ausgedrückt, völlig ausgesaugt. Da ist kein Leben mehr möglich."

Plötzlich nahm Mitra eine Bewegung an eine der Säulen wahr. Instinktiv presste sie sich noch stärker gegen die Wand. In ihren Händen ließ sie Feuerbälle entstehen, die allerdings sehr viel kleiner als üblich waren, und sie spürte, wie das Benutzen ihrer Magie sie hier auslaugte. Auf ihrer Seite jenseits der Barriere war es nie so aufreibend. Sie versuchte sich auf die Säule zu konzentrieren, als ein Schatten hervorglitt und reglos vor ihnen schwebte. Mitras Mund klappte auf. Sofort erkalteten ihre Hände wieder.

„Hugo?" Aggys Stimme gab ihre Verwunderung wieder.

Er hatte es geschafft. Mitra lächelte. Von sowas ließ sich doch ein Hausgeist nicht aufhalten – von so etwas Lapidarem wie einer Feuerfratze.

„Er kann nicht mehr reden. Das ist perfekt", ließ der Borkenschmetterling sarkastisch verlauten. Aber selbst er wirkte erleichtert.

Gelöst rutschte Mitra auf den Boden. Aggy setzte sich an ihre Seite. Eine Weile saßen sie schweigend beieinander und aßen einen kleinen Happen von dem, was sie mitgebracht hatten. Mitra fühlte gleich etwas Kraft in sich zurückkehren.

„Du hast doch erzählt, dass bei dir zu Hause eingebrochen und der Schutzzauber aufgelöst wurde, oder?", fragte Aggy.

Mitra nickte bloß. Sie wollte nicht allzu lange darüber nachdenken, was da passiert war. „Vorher war da keine Magie. Nun ist da welche."

Mitra nickte abermals. Worauf wollte ihre Freundin hinaus? Aggy schaute sie mit großen Augen an, stöhnte ungeduldig auf und wedelte mit den Armen, um ihren Gedanken zu verdeutlichen. „Hier ist es vielleicht anders herum. In unserer Welt ist in der Villa Magie, hier ist nun vielleicht keine." Mitra schwieg, was dazu führte, dass Aggy ihre Zuversicht wieder verlor. „Oder so ähnlich zumindest."

Hinter Hugo wirbelte der Wind roten Sand in die Höhe zu einer Säule, die sich golden färbte und glitzerte. Die Säule nahm die verschwommene Silhouette einer Frau an und sie schien zu nicken.

Doch bevor Mitra Aggy anstupsen konnte, um sie auf das Phänomen hinzuweisen, löste es sich bereits wieder auf. Sie vergrub ihr Gesicht in ihren Händen. Es war wirklich nicht weiter verwunderlich. Wer würde nicht langsam durchdrehen bei allem, was ihr in letzter Zeit widerfahren war. Es war nur leider so ein ungünstiger Zeitpunkt, dass ihr Gehirn sie im Stich ließ. Wenn sie es geschafft oder sie endgültig versagt hätten, wäre es okay. Aber jetzt? Mitra stöhnte auf. Sie spürte die beruhigende Hand von Aggy auf ihrer Schulter.

„War keine gute Idee. Wir finden schon die Essenz." Aggy war trotz dieses ganzen Mistes ruhig und vernünftig. Mitra hatte sogar den Eindruck, dass sie viel rationaler war, als auf ihrer Seite der Barriere. Mitra gab sich einen Ruck. „Ich glaube, wir sollten vielmehr auf dich hören als auf mich. Lasst uns zur Hexenvilla gehen."

# Nicht aufgeben

Minerva saß auf einem Stuhl auf der Bühne des Versammlungssaales, gleich neben dem Kelch, und schaute in die Runde. Tiefe Augenringe zeichneten sich ab. Ihre kurzen roten Haare standen unfrisiert in alle Richtungen. Und es schien ihr völlig egal zu sein, dass sie die Hosen und die falsch zugeknöpfte Bluse bereits seit drei Tagen trug. In der letzten Zeit hatte sie anderes im Kopf gehabt als zu schlafen oder sich zurechtzumachen. Die Versammelten wirkten ebenfalls nicht so, als ob es ihnen etwas ausmachte oder es ihnen überhaupt auffiel. Das Einzige, was ein wenig zum Tuscheln geführt hatte, war Antons Anwesenheit, der inzwischen die mickrig vor sich hin glühende Flamme in der Kelchblüte betrachtete und dabei wahrscheinlich gerade an Mitra dachte, die auf der anderen Seite der Barriere versuchte die Welt zu retten, während sie hier dazu verdammt waren, hilflos mit ansehen zu müssen, dass ihre Welt unterging. Vor zwei Tagen war der Fischmarkt dem Hochwasser zum Opfer gefallen, was erst einmal in der Hafenstadt nichts Ungewöhnliches war. Aber merkwürdig war, dass das Wasser nicht wieder ablief. Sandsäcke waren deshalb bereits gestapelt worden, um das weitere Vordringen zu verhindern. Gestern wurde gemeldet, dass Finkenwerder vom Hochwasser betroffen war. Die Fleete waren übergelaufen. Innerhalb von gefühlten Minuten stand die Halbinsel zur Hälfte unter Wasser. Und auch da ging das Wasser ebenfalls nicht zurück. Es war wie ... verhext.

„Es sieht nicht gut aus. Das ist wohl kein Geheimnis", begann Minerva vor den Versammelten zu sprechen. „Die Gegenseite greift uns an, wogegen wir uns kaum wehren können. Von Mitra gibt es keine Meldung." Sie sackte in sich zusammen. „Und Mildred ist auch noch nicht aufgewacht", flüsterte sie nur noch, als ob sie Angst hätte, dass es zu real werden würde, wenn sie es laut ausspräche. Sie seufzte, doch dann richtete sie sich wieder auf. „Allerdings haben wir eine Spur von Mitras Vater." Die anwesenden Wächterinnen schauten sie skeptisch an. Und sie musste ihnen insgeheim recht geben, es war kein großer Fortschritt, aber besser als nichts. Es schüttelte sie innerlich, wenn sie daran dachte, dass diese ... Abtrünnigen es schaffen könnten, Mitra unter Druck zu setzen und sie die Rettung der Welt für das Leben eines Menschen fallen lassen würde. Also war es ein nicht ganz so unwichtiger Schritt. Sie mussten die Geisel, Mitras Vater, befreiten. „Anton und ich werden", dabei warf sie einen Blick auf Anton, „wir haben eine Idee, wie wir ihn aus deren Klauen retten können." Das Folgende fiel ihr denkbar schwer. „Dafür brauche ich eure Hilfe."

# Heimat nur andersrum

Der Fußmarsch zu ihrem neuen Ziel dauerte eine scheinbare Ewigkeit. Als sie schließlich vor der Villa standen, presste Mitra die Lippen zusammen. Das Gebäude war kaum wiederzuerkennen. Die Fassade war beschädigt, einige Fenstersimse abgefallen und im Dach machten sich große Löcher breit. Der in ihrer Welt an der Hausmauer emporrankende Efeu, der ihr immer das gute Gefühl nach Heim vermittelt hatte, war so trocken und gräulich, dass er steinern und abweisend wirkte. Der Kastanienbaum, der auf der anderen Seite der Barriere prachtvoll das Haus vor neugierigen Blicken schützte, war lediglich noch ein Stumpf.

„Wenn das nicht mal gespenstisch aussieht. Echt gruselig", rief Aggy aus. Mitra starrte auf ihr zu Hause und schluckte den Kloß im Hals hinunter. Sie musste Aggy recht geben. Das hier war schlicht furchtbar. Sie versuchte sich zu konzentrieren. „Es scheint keine Pflanze mehr da zu sein", brachte sie heiser hervor.

„Zumindest keine, die mehr blüht", pflichtete ihr Aggy bei.

Mitra schnippte einmal mit ihren Fingernägeln. Das hier ist nicht echt. Die Villa steht noch auf meiner Seite der Barriere. Das hier ist nicht echt, redete sie innerlich auf sich ein.

Ein Donnergrollen ließ die beiden zusammenzucken. Mitra starrte in den Himmel. Eben noch knallte die erbarmungslose Sonne vom Himmel hinunter und nun schob sich ein grauer Wolkenturm, der fast noch bedrohlicher wirkte, davor. Die Welt verdunkelte sich. Der plötzliche Wetterumschwung verhieß sicher nichts Gutes. Mehrere Blitze schossen gleichzeitig vom Himmel Richtung Erde, während die Magie, die hier jegliches Leben ausgepresst zu haben schien, von einer Sekunde auf die nächste auf einmal verschwunden war. Aufgebraucht. Mitra und Aggy keuchten auf. Es war wie eine Welle, die von ihnen wegbrandete und ihnen somit die Luft zum Atmen nahm und im nächsten Moment mit einer ungeheuren Wucht gegen sie zurückprallte. Wie ein Schlag in die Bauchgegend. Mitra wurde schlecht und sie schmeckte bereits aufsteigende Säure in ihrem Mund.

„Was war das", quiekte sie.

Ein Blitz schlug ein paar hundert Meter entfernt in ein Haus ein, welches zu Staub zerfiel.

„Die magische Atmosphäre scheint zu kollabieren", antwortete der Erdgeist mit kritischem Blick nach oben. Hoffnung. Dann konnten sie doch nach Hause fliehen.

„Das heißt, wir haben es geschafft, oder? Das scheint sich hier in nicht allzu ferner Zukunft selbst zu zerstören. Dafür braucht es uns nicht mehr." Aggy schaute flehend in die Runde und sprach Mitras Wunsch laut aus. Dieses Abenteuer dauerte ihr bereits viel zu lange. Auch wenn sie nicht sagen konnte, wie lange sie bereits hier waren, denn den Wechsel von Tag und Nacht gab es hier nicht.

Der Borkenschmetterling versah Aggy mit einem Blick, als ob sie durchgeknallt wäre. „Das hier wird nicht einfach verschwinden und keiner kriegt es mit. Entweder implodiert diese Welt und reißt unsere wahrscheinlich gleich mit oder sie explodiert und verwüstet sie. Was denkst du? Klingt das erstrebenswert für dich?"

„Es scheint nicht optimal zu sein", murmelte Aggy.

Mitra seufzte enttäuscht und kickte einen Kieselstein weg. Langsam stabilisierte sich die Magie wieder, der Wolkenturm mit den Blitzen zog weiter und die Übelkeit ebbte ab. „Dann schauen wir uns hier mal um", schlug sie resigniert vor.

# Rettungsaktion

Nach der Versammlung saßen Minerva und Anton in der Nähe der Nicolaikirche in einem Auto und starrten auf das Mahnmal. Hinter ihnen warteten noch einige Wächterinnen in einem Kleinbus, den sie notdürftig zu einem Krankentransport umfunktioniert hatten.

Sie besaßen nicht mehr ausreichend Magie, um die Sinne der nichtmagischen Bürger abzulenken. Deswegen hatten sie auf den Einbruch der Nacht gewartet. Vorher hatte Anton Rauchbomben aus der Asservatenkammer stibitzt. Es schien ganz so, als ob ihre Gegner an diesem Ort keinen Schutzzauber verankert hatten. Offensichtlich rechneten sie nicht mit ihnen oder aber es war ihnen völlig egal. Ihre Arroganz war Minervas und Antons Chance. Denn einen offenen Kampf hätten sie verloren. So gab es auf jeden Fall Hoffnung. Sie beide würden in die Katakomben hinabsteigen, während die anderen hier oben auf sie warteten, um ihnen den Rücken freizuhalten.

Sie verließen das Auto, schlichen zu dem Gemäuer und horchten in die Dunkelheit hinein. Abtrünnige des Luftvolkes könnten eine Falle gestellt haben oder sie aus dem Hinterhalt angreifen und zerstören. Argwöhnisch betrachteten sie die gurrenden Tauben, die es sich auf einem der Mauerreste gemütlich gemacht hatten. Minerva gestattete sich kurz an ihre Mutter zu denken, die im Krankenhaus lag, für die sie nichts tun konnte, genauso wenig, wie sie für Mitra und Aggy etwas tun konnte. Dies hier war zumindest ein kleiner Beitrag. Sie nickte Anton zu und schleuderte einen Kieselstein in Richtung der Vögel, die erwartungsgemäß wegstoben. „Los geht's!"

Sie warfen zwei Rauchbomben in die Ruine der Nikolaikirche, die als ewiges Mahnmal und Wunde gegen Hass und Zerstörung inmitten der Hansestadt stand. Und ausgerechnet dieses Kriegsdenkmal hatten sich die Abtrünnigen als Versteck ausgesucht, um Hass und Zerstörung über Hamburg zu bringen. Es standen nur noch der Kirchturm und Reste der Wände. Im Keller befand sich ein Museum, wo sich die Verräterinnen und Mitras Vater aufhielten. Minerva und Anton schauten sich noch einmal an, dann setzten sie sich Atemmasken auf. Im Schutz des künstlichen toxischen Nebels erreichten sie nur langsam den Eingang zum Museumsbereich. Rasch brach Anton mit einem Stemmeisen die Tür auf und Minerva warf weitere zwei Rauchbomben durch die Tür. Kurz darauf hörten sie jemanden lautstark fluchen und dann einen Körper auf den Boden fallen. Dann stolperten sie die Treppe hinunter, Stufe für Stufe und tasteten mit ihren aufmerksamen Blicken die nähere Umgebung ab, sich immer wieder versichernd, dass sie noch die Einzigen bei Bewusstsein hier unten waren. Unten angekommen, stieß Anton auf eine am Boden liegende Wächterin. Instinktiv bückte er sich und griff nach ihrem Arm, um den Puls zu fühlen. Erleichtert fühlte er ihren Herzschlag.

„Was machst du da?", zischte Minerva hinter ihm. Anton zuckte ertappt zusammen. Bevor er antworten konnte, sprach Minerva weiter.

„Los weiter! Wir haben keine Zeit zu vergeuden."

Minerva schritt voran und lugte durch die Türen, die von dem Gang abgingen. Plötzlich vernahm Anton Minervas erregte Stimme: „Ich habe ihn. Anton seufzte erleichtert aus. Hastig folgte er Minerva in den Raum. Es war ein Büro, in dessen rechter Ecke Mitras Vater auf einer dünnen Matratze lag. Er war ohne Bewusstsein. Ohne sich abzusprechen, wie ein ineinander arbeitendes Uhrwerk, packten sie Mitras Vater, hievten ihn ächzend hoch und schleppten ihn hinaus aus dem Kellergeschoss. Oben in die Ruine des Kirchengemäuers sich der Rauch der ersten Bombe inzwischen verzogen. Sobald die wartenden Wächterinnen sie erblickten, eilten sie umgehend auf die beiden zu und nahmen ihnen Herrn Gold ab. Rasch trugen sie ihn zum bereitstehenden Krankentransport.

Als er im Auto lag, war es das erste Mal seit Tagen, dass Minerva lächelte. Ein kleiner Sieg. Aber dennoch ein Sieg. Mit einem Mal frischte der Wind auf und blies ihr um die Ohren. Minerva zuckte zusammen. „Es wird ungemütlich. Wir müssen hier weg." Anton schaute sie irritiert an. Doch als Minerva die Raben bemerkte, die sich auf die in der Nähe parkenden Autos und Laternen niederließen, wusste sie, dass es keine Zeit gab etwas zu erklären. Die anderen Wächterinnen flohen bereits im Auto und Minerva schubste Anton in den Krankentransporter. „Weg!"

Mit quietschenden Reifen fuhren sie los, kaum, dass sie Mitras Vater auf einer Liege festgeschnallt hatten.

„Was passiert hier?", stammelte Anton benommen.

„Wir werden verfolgt." Der Wagen fing gefährlich an zu schlingern.

„Merle, ruf Maria an", wies Minerva die Beifahrerin an. „Jetzt heißt es hoffen und beten, dass wir es bin ins Niendorfer Gehege schaffen, bevor uns die Abtrünnigen in der Luft zerfetzen." Antons Augen wurden groß. „Wir fliehen vor den Abtrünnigen in die Natur? Sind da deren Kräfte nicht noch wesentlich stärker?" Seine Stimme wurde mit jedem Wort höher, zum Ende hin beinahe schrill. „Wir haben auch noch Verbündete."

„Scheiße!" Vor ihnen sackte von einer Sekunde auf die nächste die Straße ab und riss einen gewaltigen Graben in die Erde. Die Fahrerin riss den Wagen scharf nach rechts. „Das war knapp."

„Die Abtrünnigen des Erdvolks", murmelte Merle, während sie Marias Nummer wählte. Sie fuhren die Bergstraße hoch mitten durch die Innenstadt. „Wir sind auf dem Weg. Wir werden verfolgt", brüllte Merle in ihr Mobiltelefon. „Wir brauchen Schutz unserer Verbündeten. Ahh!" Ein plötzlicher harter Windstoß von der Seite der Binnenalster prallte gnadenlos auf sie und ließ sie beinahe gegen das Alsterkaufhaus fahren. „Schnell wir werden von den Abtrünnigen angegriffen." Merle legte auf. „Meinst du, dass wir Hilfe erhalten werden?"

„So ist es mit dem Rat abgesprochen worden", antwortete Minerva knapp. Sie hoffte es lediglich. Sicher war sie sich nicht, ob die anderen Völker Geleitschutz bieten würden. „Anders werden wir wahrscheinlich nicht an unser Ziel kommen."

## *Die Suche nach dem Ursprung*

Mitra stützte sich auf den steinernen Löwenkopf, der zu ihren Füßen dalag. Er reckte sich ihr nicht entgegen, wie er es üblicherweise tat, wenn er sie erblickte. Immerhin, ein kleiner Trost, er war noch in einem Stück.

Sie spürte der Atmosphäre nach, nachdem sich diese fürs Erste wieder stabilisiert hatte. Die Magie schien paradoxerweise aus der Villa zu strömen. Der Ort, der auf ihrer Seite magiegehemmt war. Das konnte nur eins bedeuten, dass sie ihrem Ziel nahe waren. Die neue Essenz des alten Feuervolks musste sich in der Villa befinden. In ihrem Zuhause.

Nirgendwo konnte Mitra etwas Lebendiges in der Nähe ausmachen, was zu der Weissagung passen könnte. Der Borkenschmetterling neben ihr stöhnte auf. Die Magie schien auch ihn inzwischen vielmehr zu schwächen, als er zugab. Und da war er nicht der Einzige in ihrer Runde, dem die Magie zusetzte. Auch Aggy war völlig dehydriert. Ihre Lippen waren ausgetrocknet und spröde. Mitra fühlte sich im Gegensatz zu ihren Gefährten sehr viel besser, obwohl ihr hin und wieder die Luft zum Atmen fehlte oder sie ein unbändiger Durst durchfuhr sie. Sie selbst war darüber überrascht, vermutete, dass es daran lag, dass sie der Feuermagie nahestand und dieses Land das des ursprünglichen Feuervolks war.

Durst schoss ihr wieder durch den Kopf, völlig unvermittelt und ihr wurde schmerzlich klar, wie sehr ihr gesamter Körper etwas zu trinken verlangte. Sie befeuchtete ihre Lippen mit der Zunge, die bei dem Versuch fast an ihrem Gaumen festklebte. Ihre Wasserflasche war leer. Also konzentrierte sich Aggy, als Vertreterin des Wasservolks, auf den starken Magiestrom, der kontinuierlich aus der Hexenvilla austrat. Es benötigte kaum eine Anstrengung und schon waren ihre Wasserreserven wieder aufgefüllt. Dafür wurde der Sauerstoff, sobald sie wieder Wasser hatten, auf einmal rar. Mitra hustete und beugte sich vor. Das zum Thema ihr ginge es überraschend relativ gut. Sie röchelte und versuchte panisch das überlebenswichtige Element in sich aufzunehmen. Und genauso plötzlich, wie die Luft verschwunden war, drang sie wieder in ihre Lungen. Es dauerte beunruhigender Weise nur dieses Mal etwas länger als beim letzten Mal. Gierig sog sie die Luft ein und japste erleichtert, während sie sich auf dem Löwenkopf abstützte, um sich zu regenerieren. Aggy dagegen, die eben noch gierig die Flasche angesetzt hatte, ging im Gegensatz dazu auf die Knie, da ihr der Sauerstoffmangel stärker zusetzte. Es war eindeutig, dass sie kaum noch Zeit hatten. Bald wäre hier jegliches Leben ausgelöscht. Bevor dies passierte, mussten sie hier verschwunden sein, bevor die Magie in ihrem Streben nach Macht alles zerstört hatte, was ein Leben noch möglich machte.

Sie beugte sich zu Aggy und nahm sie in den Arm. „Hey, geht es wieder?" Aggy nickte langsam und richtete sich auf.

„Das war einfach gerade nur etwas zu krass. Ich würde gern wissen, wie ich das mit dem Wasser hier hinbekomme. Diese Magie ist auf dieser Seite schon ganz anders. So … wild", bemerkte sie noch etwas rau.

Etwas aus dem Haus lenkte sie ab. Durch eines der Fenster in der Villa leuchtete es golden auf. Mitra trat näher heran und versuchte die Ursache auszumachen. Das Glas war allerdings blind und es war kaum etwas zu erkennen. Sie zog die linke Augenbraue skeptisch hoch und schaute sich nach Aggy, dem Schatten und dem Borkenschmetterling um.

„Was denkt ihr, sollen wir trotzdem versuchen reinzugehen. Die Villa scheint kein Fake zu sein wie das Rathaus", fragte sie noch völlig außer Atem. Dieses Glitzern machte sie noch wahnsinnig. War es ihnen wohlgesonnen oder führte es sie ins Verderben?

„Was meinst du mit *trotzdem*?", Aggy blickte verwirrt über ihre Schulter in das Innere. „Trotz des Lichts natürlich. Wer weiß, was es zu bedeuten hat?"

Aggy schüttelte den Kopf „Also, ich sehe nichts und natürlich gehen wir jetzt da rein. Sonst hätte dieser Todesmarsch ja gar nichts gebracht." Sie ging an Mitra vorbei und drückte nachdrücklich die Klinke runter.

„Ich glaube nicht, dass die …" Noch ehe Mitra den Satz beenden konnte, glitt die Tür völlig geräuschlos auf. Aggy grinste sie breit an. „Stumpf ist Trumpf."

„Offensichtlich", murmelte Mitra. Ihre Gedanken waren immer noch bei ihrer Vision. Wieso hatte niemand das Licht gesehen? Es war doch unübersehbar gewesen? War es eine Falle? Stimmte etwas nicht mit ihren Augen oder ihrem Gehirn? Als sie das Haus betraten, suchte sie die Ecken nach einer Lichtquelle ab, vergebens. Es war alles so wie in ihrem Zuhause, aber doch ganz anders. Es war, als ob jemand ihre Villa kopiert und ein Museum daraus gemacht hätte. Was war das hier für ein schräger Ort?

Mitra schüttelte den Gedanken ab. Sie musste sich konzentrieren. Sie scannte den Flur ab und ihr Blick blieb unvermittelt an etwas kleben, was sie lieber nicht gesehen hätte. Auf der Ahnengalerie. Draußen hörte sie einen erneuten Donnerschlag und bemerkte gleichzeitig eine kleine Welle von Energie, auch wenn sie die hier im Haus lediglich abgeschwächt wahrnahm. Die Bilder ihrer Ahninnen waren mit dunkelroter Farbe, die Mitra an Blut erinnerte, durchgestrichen worden. Die Farbe war verlaufen und die Augen ausgestochen. Die Gesichter waren lediglich noch zu erahnen. Die einzigen Porträts, die noch unbeschadet hingen, waren das von ihrer Tante und ihr eigenes. Das Bild ihrer Oma war mit einem Kreis umrandet. Diese Warnung war klar. Sie sollte die Nächste sein. Sie wandte sich geschockt ab. Von draußen donnerte es abermals und Mitras Magen rebellierte.

„Wann wurdest du denn gemalt?", fragte Aggy neugierig, als sie ebenfalls Mitras Bildnis bemerkte. Mitra drehte sich widerwillig wieder zu ihrem Gemälde um und schluckte die Magensäure herunter. „Ich wurde nie gemalt." Ihre Stimme war nicht mehr als ein Wispern. Hinter ihnen räusperte sich der Erdgeist. „Sehr hübsch, wollen wir nun nach etwas wirklich Interessantem und Nützlichem suchen?"

Mitra konnte kaum ihre Augen von ihrem Porträt abwenden, nickte aber langsam. Der Borkenschmetterling hatte recht. Wer weiß, wie lange sie hier unbemerkt herumspionieren konnten. Sicher waren nicht alle von diesen Biestern zum Rathaus unterwegs, um sich die Trümmerhaufen anzuschauen.

Mit einem Ruck riss sie sich von ihrem Abbild los. „Lasst uns zu Guinnevar."

Aggy stöhnte leise genervt auf. „Vielleicht ist sie auf dieser Seite nett und hilfsbereit."

Mitras Lippen zuckten und sie schob ihre beste Freundin zur Kellertür, die Treppe hinunter. Mit jedem Schritt, den sie hinabstiegen, wurde es wärmer. Als sie unten ankamen, registrierte Mitra, dass der Gang sie zu einer einzelnen Holztür hinführte. Die Wände schienen robust aus Stein, doch gab es Ritzen, aus denen Hitze strahlte und es rötlich glomm. Wieder Anzeichen dafür, dass die Welt sich auflöste. Mitra erschauderte und sie beschleunigte unvermittelt ihren Schritt.

Die Tür zur Bibliothek war lediglich angelehnt. Mit klopfendem Herzen schob Mitra sie vorsichtig auf. Sie leckte sich aufgeregt über ihre ausgetrockneten Lippen, während die Tür den Blick auf das verwüstete Zimmer freigab. Alle Regale lagen in einem Haufen durcheinander verkeilt und kein Buch, kein Schriftstück befanden sich mehr im Raum.

„Wir waren wohl nicht die Ersten, die hier etwas gesucht haben", flüsterte Mitra schockiert.

„Shit!" rief Aggy entnervt. „Das ist so verdammt frustrierend. So werden wir es nie schaffen."

Der Erdhaufen und ein Windhauch drängten sich an ihnen vorbei. Der Vertreter des Erdvolkes überflog das Szenario und sank in sich zusammen. „Ohne brauchbare Anhaltspunkte."

Aggy stützte sich auf eines der steinernen Regale ab.

„Nein, wir sind hier richtig. Irgendwo hier ist etwas", sagte Mitra. Musste etwas sein, fügte sie in Gedanken hinzu. Mitra sah ihre mutlosen Begleiter an. Zumindest die, die sie noch sehen konnte. „Bisher haben wir uns nur den Keller angesehen ...", setzte sie motivierend an. Doch Aggy verdrehte schon die Augen und unterbrach sie umgehend: „Schon gut. Schon gut. Wenn wir schon einmal hier sind. Gibt ja eh keine Alternative."

Mitra lächelte Aggy dankbar an. In den nächsten Stunden stöberten sie sich ergebnislos und zunehmend deprimiert durch die Etagen und fanden auch in Mitras Zimmer und auf dem Dachboden nichts. Nichts, was ihnen im Geringsten weiterhelfen konnte. Entweder waren die Zimmer leer oder die noch vorhandenen Dinge waren zerstört. Eine widerlich verdrehte Version der gemütlichen Hexenvilla. Es war schlicht grau und trostlos.

Als sie schließlich den Salon im Erdgeschoss betraten, nahm Mitra abermals die golden glitzernde Silhouette einer Frau wahr, die regungslos vor einer Wand verharrte, an der ein einzelnes Foto hing. Mitra konnte sich nicht des Eindrucks erwehren, dass die Erscheinung nicht bedrohlich, sondern traurig wirkte. Sie trat näher an die Erscheinung heran und betrachtete ebenfalls das Foto. Sie schluckte, als sie ihre Mutter darauf erkannte. Ein lauter Donnerschlag brachte das Haus zum Beben. Staub rieselte von der Decke, Mitra verlor das Gleichgewicht und landete unsanft auf dem beschädigten Parkettboden.

„Aus dem Keller kommt Rauch!", schrie Aggy auf. Mitra dachte sofort an die Risse, aus denen es geglüht hatte. Der Vertreter des Erdvolkes verwandelte sich wieder in einen Borkenschmetterling. „Diese Seite scheint zu kollabieren."

„Wir sollten auf jeden Fall hier raus", schrie Aggy. Mitra nickte noch völlig benommen, von dem was sie gerade gesehen hatte. Das Glitzern verschwand in Richtung Küche. Ohne ihre Entscheidung mit den anderen weiter abzustimmen, da ihre Zeit hier offensichtlich begrenzt war, folgte sie dem Schein.

„Mitra!" Als sie nicht reagierte, sondern in die Küche eintrat, schlug Aggy frustriert gegen die Wand. „Dieses *nicht hören wollen* hat sie wohl von mir. Ich wusste nicht, wie nervig das sein kann", murmelte sie

Mitra achtete nicht auf ihre Freundin. Sie war voll und ganz fokussiert auf das Glitzern. Sie beobachtete, wie es durch die Hintertür hinausglitt. Sie folgte dem Leuchten auf die Terrasse. In den Garten. In den toten, staubigen Garten, in dem es genauso staubig rötlich, pflanzenleer war, wie überall auf dieser Seite. Vielleicht kamen sie zu spät. Vielleicht hat es hier in diesem Haus die Antwort, die Lösung, gegeben. Doch nun war es zu spät und es gab nichts mehr, was es zu retten gab. Den Garten so zu sehen, versetzte ihr einen Stich. Noch mehr, als das Bild ihrer Mutter an der Wand. Das Glitzern verschwand hinter einem großen Steinquader. Sie war sich nicht mehr sicher, ob es was bringen würde, dieser Vision weiter zu folgen. Doch andererseits gab es auch keinen anderen Plan und diese Welt begann sich bereits aufzulösen oder zu explodieren oder zu implodieren und ihre Welt gleich mit sich zu reißen. Noch völlig in ihren hoffnungslosen Gedanken gefangen, traf sie der Anblick von dem, was sich hinter dem Quader verbarg, völlig unvorbereitet. Eine blühende Kamille mitten im rötlichen Nichts. Das war so surreal. Sie konnte ihren Blick nicht von der Heilpflanze wenden. Wie konnte diese zarte Pflanze hier überlebt haben? Erst im nächsten Moment spürte sie den Magiefluss um diese Pflanze, der von ihr ausging.

„Mitra?" Aggy war ihrer Freundin gefolgt und stockte, als sie ebenfalls die Pflanze erblickte.

„Die Essenz!" Aggy und Mitra riefen beide wie aus einem Mund aus. Sie spürte einen kleinen Windhauch an ihr vorbei zur Kamille. Hugo schien sich also auch sehr dafür zu interessieren.

„Aber wieso ist sie nicht bewacht, wenn es die Essenz sein sollte?", fragte der Borkenschmetterling, der mittlerweile auch zu ihnen gestoßen war.

In dem Moment ließ ein weiterer lauter Donnerschlag die Erde erbeben. Von der Villa rieselte Staub, einzelne Dachschindeln lösten sich und zerschellten am Boden. Mitra zuckte zusammen und starrte gebannt auf das Gebäude, welches sich noch nicht wieder vom letzten Donnerschlag erholt hatte. Es ächzte und knarzte. Ein ohrenbetäubender Knall folgte, der von einer roten Staubwolke begleitet wurde. Und schließlich fiel die gesamte Villa in sich zusammen. Risse im Boden taten sich auf. Mitra und Aggy husteten, als sie von der Staubwolke eingehüllt wurden. Erst als sich der rote Sand wieder gelegt hatte, war ein freies Atmen wieder möglich.

„Ich glaube, hier ist wahrscheinlich kein Aufpasser mehr, weil sie einen Weg gefunden haben, um auf die andere Seite zu gelangen", mutmaßte Aggy.

Mitra starrte auf das Chaos um sich herum. „Die verstummten Figuren konnten uns nicht mehr warnen. Sie haben es geschafft."

„Sie sind auf unserer Seite und sie stehlen einfach die Essenzen der anderen Völker. Wie wir es damals bei ihnen getan haben. Diese hier brauchen sie nicht mehr." Der Borkenschmetterling ließ sich kraftlos auf dem Boden nieder.

Die drei Verbündeten schauten sich schockiert an. Es fühlte sich so an, als ob sie in eine Falle getapst waren.

„Wir sollten die Pflanze zerstören, damit sie wenigstens vorübergehend geschwächt sind." Der Borkenschmetterling richtete seinen Sperr auf die Kamille, doch Mitra sah gerade noch rechtzeitig, wie sich die glitzernde Silhouetten-Frau mutig vor die Pflanze stellte.

„Stopp!", rief Mitra, obwohl sie nicht sicher war, warum sie den Vertreter des Erdvolkes aufhalten sollte. Sein Plan war doch eigentlich nicht der Schlechteste. Sie sah sich abermals die verwüstete tote Welt an, die einst Hamburg war. Völlig ausgezerrt von Macht und Magie. In ihr setzte sich etwas in Gang und schließlich glaubte sie zu verstehen, was die Silhouette ihr sagen wollte. Wenn diese Landschaft das Ergebnis von der zügellosen Verbreitung des ursprünglichen Feuervolkes war, dann war diese Pflanze vielleicht das Letzte was diese Welt, diese Blase am Leben hielt, davon abhielt, völlig zugrunde zu gehen.

„Wir sollten ihr helfen und dafür sorgen, dass noch mehr von ihr wachsen." Aggy und der Borkenschmetterling schauten sie an, als ob sie nicht mehr ganz richtig im Kopf wäre. Sie hielt jedoch den bohrenden Blick des Borkenschmetterlings stand. „Wir dürfen nicht zulassen, dass diese Seite sich zerstört. Diese Pflanze ist unsere letzte Hoffnung. Wir müssen sie da hinbringen, wo sie gut gedeihen und sich verbreiten kann. Hier ist zu viel Stein und Geröll, " flehte sie. „Wir sollen sie zum Stadtpark bringen?" Mitras Gesicht hellte sich auf. „Ja, das macht Sinn. Auf unserer Seite ist der Stadtpark einer der magischen Stabilisierungspunkte."

Der Borkenschmetterling war nicht überzeugt. „Es ist nicht gut, wenn ein Volk dem anderen die Essenz klaut. Das tun wir nicht. Das wäre ehrlos."

„Aber sie zu zerstören wäre in Ordnung?", warf ihm Mitra vor. Der Schmetterling blitzte sie aus seinen schwarzen Augen böse an. Mitra seufzte. „Dann tun wir es alle zusammen. Dann kann keiner den anderen beschuldigen."

„Soll es doch das Medium machen", brachte der Borkenschmetterling hervor. Mitra blies frustriert Luft aus. Doch Aggy nickte sie aufmunternd an. Mitra setzte an zu widersprechen. Sie fühlte sich nicht wohl bei dem Gedanken, dass Aggy das allein verantworten sollte. Auch wenn dies vielleicht ein notwendiger Schritt war, so war sie sich nicht sicher, wie die anderen Völker damit umgehen würden.

Aggy streckte allerdings bereits die Hand nach der Kamille aus. Kurz bevor sie die Pflanze berührte, materialisierte sich eine hauchdünne Feuerwand, die eine extreme Hitze ausstrahlte. Aggy machte unwillkürlich einen Satz zurück. Die Feuerwand verschwand sofort wieder. Der Borkenschmetterling betrachtete die Pflanze mit der Schutzvorrichtung nun mit einem neu gewonnenen Interesse.

„Autsch!" Aggy wedelte ihre Hand hektisch hin und her und pustete.

„Vielleicht hilft deine Wasserkraft", schlug Mitra vor, während sie ihr mitleidig die Schulter streichelte.

„Eine gute Idee, dass ich nicht selbst darauf gekommen bin." Eine Sekunde später hatte Aggy ihre rechte Hand komplett verflüssigt und sie atmete erleichtert aus. „Das tut gut."

Mitra schaute wieder die Pflanze an.

„Das scheint ein Auftrag an dich zu sein. Mit Feuer wirst du wohl fertig werden!", meinte der Borkenschmetterling. Mitra warf dem Vertreter des Erdvolkes einen vernichtenden Blick zu. Allerdings war sein Argument leider nicht von der Hand zu weisen. Mit gemischten

Gefühlen näherte sie sich der Kamille. Doch als Mitras Hand sich ihr näherte, schoss um die Pflanze herum ein Wasserfall, der von unten nach oben floss. Der kalte Wasserstrahl traf sie hart. Es war kaum auszuhalten. Ihr Arm hatte sich ebenfalls in Wasser verwandelt. Beherzt griff Mitra nach der Pflanze, die jedoch plötzlich eine Hitze ausstrahlte, sodass Mitras Hand zu verdunsten begann. Durch das von unten hervorschießende Wasser konnte sie sich nicht zurück in Feuer verwandeln. Mit schmerzverzerrtem Gesicht zog sie sich zurück und der Wasserfall verschwand. Ihre rückverwandelte Hand war schwarz. Die Qual war kaum auszuhalten. Mit zusammengepressten Zähnen konzentrierte sie sich erfolgreich auf die Heilung. Durch die Magie, die sie dafür verwendete, musste sie sich erschöpft auf den Boden fallen lassen.

„Das dazu", keuchte sie.

„Dann wird die Essenz wohl doch bewacht", bemerkte Aggy.

„Und das ziemlich erfolgreich", setzte der Borkenschmetterling eins drauf.

Mitra fuhr sich übers Gesicht. Das durfte doch alles nicht wahr sein. Ohne weiter nachzudenken, warf sie verbittert einen Stein in Richtung der Kamille, der von dem verkehrten Wasserfall in kürzester Zeit vor ihren Augen erodierte.

„Wow!" Aggy begutachtete die Pflanze mit großen Augen, die nun wieder dastand, als ob sie kein Wässerchen trüben könnte.

Was war das für ein verfluchter Mist auf dieser Seite?, ging es Mitra durch den Kopf. Wasser kam nicht an sie ran. Feuer auch nicht. Sobald wir uns zu weit voneinander entfernen, verrecken wir. So ein verfluchter Mist! Immer müssen wir … Mitra lächelte unvermittelt. Ihre Gedanken rasten.

„Wir machen das zusammen", platzte sie in die Stille. Aggy starrte sie unverwandt an. Auch der Vertreter des Erdvolks kratzte sich lediglich am Kopf. „Versteht ihr nicht? Wir können hier nur existieren, wenn wir nah beieinander sind. Dieser Feuerstrahl aus dem Brunnen fuhr erst in Richtung Himmel als wir alle mitgemacht haben." Sie hielt inne. Mitra sah ihre Mitstreiter mit neu gewonnener Energie erwartungsvoll und an.

„Das mit dem Nicht-ohne-einander-existieren-Gerede ist eine bloße Theorie von dir." Der Borkenschmetterling streckte seine Brust stolz nach vorne, um sich größer zu machen. Aggy grinste ihn an und tätschelte ihm aufmunternd den Rücken. Ein diskretes Kopfschütteln von Mitra ließ Aggy jedoch sofort ihre Hand zurückziehen, bevor sie der Erdvertreter anfallen konnte. Sie erinnerte sich noch genau, wie sich die Stiche der Lanzen anfühlten, und sie wusste ebenfalls sehr genau, wie aggressiv und stolz das Erdvolk war.

„Okaaay." Mitra dehnte das Wort, da sie keine Ahnung hatte, wie sie diplomatisch auf den Einwurf des Borkenschmetterlings reagieren könnte. „Hugo, bist du hier?" Die Luft vor ihr verdunkelte sich kurz und vibrierte förmlich, während ein wohltuender Windhauch durch ihre Haare fuhr. „Super. Also, wir fassen uns alle an und greifen nicht gemeinsam nach der Pflanze, sondern nach der Erde, um die Pflanze herum. Wir wollen sie ja ausbuddeln. Wir müssen sie am Leben halten, egal wie, bis wir sie im Stadtpark einpflanzen können. Sie muss wissen, dass das unser Ziel ist. Wir geben ihr Wärme, Luft, Wasser und fruchtbaren Boden." Mitra hatte sich richtig in Rage geredet. Ihre Ansprache war eventuell ein wenig wirr, aber es klang nach einem vernünftigen Plan. Sie spürte einen beständigen Windstrudel auf ihrer linken Hand und lächelte dankbar in die Richtung, in der sie den Luftvertreter vermutete. „Hugo ist dabei."

Aggy zögerte lediglich kurz, während sie ihre eben noch verletzte Hand ebenfalls auf Mitras Hand legte und kurz überrascht auflachte. „Du kitzelst, Hugo."

Mitra grinste und schaute nun den Borkenschmetterling bittend an. Eine Weile hielt er ihrem Blick stur stand und sie dachte schon, dass er Nein sagen würde, doch dann verwandelte er sich und sie spürte die kühle, beruhigende Erde auf ihrer Hand. „Das Ausgraben übernimmst du am besten", flüsterte Mitra dem Vertreter des Erdvolkes zu.

„Falls wir so weit kommen …", murmelte der Angesprochene. Er fürchtete, was geschehen könnte, wenn die geballte Macht der Gruppe, Vertreter aller Völker, auf die neue Essenz des Feuervolkes traf. Oder was das auch immer war, von dem die Magie in dieser Welt sich ernährte. Und das konnte Mitra verstehen. Aber sie wusste auch, dass sie keine andere Idee hatten, wie sie ihre Mission erfüllen könnten, ohne selbst dabei draufzugehen und viele weitere Unschuldige mit ins Grab zu nehmen. Je länger sie darüber nachdachte, desto mehr beschlich sie das Gefühl, dass das ursprüngliche Feuervolk genau das von ihnen erhoffte. Sie sollten die Pflanze zerstören. Diese Seite sollte explodieren, gänzlich ausgemerzt werden. Und sie würden dann, während des auf ihrer Seite der Barriere entstehenden Chaos, die Essenzen aller magischen Völker entwenden und sich einverleiben. Wenn diese Kamille die einzige Pflanze war, die diese Welt am Kollabieren hindern konnte, war klar, dass der Zerstörer der Pflanze und alle in ihrer Nähe die ersten Opfer sein würden. Bei dem Gedanken überfuhr Mitra eine Gänsehaut, die sie mit einem Kopfschütteln beiseite wischte. Sie taten das einzig Richtige. Sie würden ihren Beitrag zum Sieg leisten und hoffentlich lebendig wieder auf ihre Seite der Barriere gelangen.

Während sie sich alle festhielten, bewegten sie sich auf die Kamille zu. Sehr vorsichtig. Möglichst gleichzeitig. Kurz vor der Schutzmauer, bewegte sich nur noch der Vertreter des Erdvolkes weiter. Als er sie überschritt, schoss eine Wand aus Feuer, Wasser und Stein in die Höhe, die von einem Wirbelsturm umhüllt war. Erst jetzt, als die vier Elemente sich vor ihnen visualisierten, wurde Mitra klar, dass das ursprüngliche Feuervolk viel Zeit gehabt hatte, sich mit den Eigenheiten der Magie der vier Völker auseinanderzusetzen. Immerhin hatten alle Völker des Friedenspaktes zur Zeit der Hammaburg einen Teil ihrer Magie hierher verbannt. Sobald das ursprüngliche Feuervolk auf ihrer Seite die Essenzen geklaut hätte, könnte es sie umgehend verwenden. Während sie diese düsteren Gedanken dachte, bemerkte sie allerdings ebenfalls, dass die Schutzmechanismen des Gewächses ihnen nichts mehr anhaben konnten. Sie selbst sah lediglich den Wirbelsturm, spürte ihn jedoch nicht – nicht den kleinsten Windhauch.

Der Vertreter des Erdvolkes durchbrach die vier Elemente ohne Schwierigkeit und verband sich mit der Erde um die Kamille herum. Die Pflanze wackelte und erhob sich aus dem Boden. Als das geschah, gab es einen lauten Knall, den die Gefährten in ihrem Schutzraum kaum mitbekamen. Und dann zersprangen die Wände aus Feuer, Wasser, Stein und Sturm. Nachdem der Widerhall dieser Auflösung vorüber war, löste sich auch der Schutzraum der Pflanze, die eben noch vor Leben nur so strotzte und nun begann, ihre Blätter traurig hängen zu lassen.

„Schnell, wir müssen sie mit unseren Kräften am Leben erhalten", schrie Mitra. Alle legten nun ihre Hände auf den Vertreter des Erdvolkes, in dem sich die Kamille befand. „Lasst uns zum Stadtpark aufbrechen", scheuchte sie ihre Begleiter zum Aufbruch. Die Pflanze erholte sich dank ihrer gemeinsamen Kräfte wieder ein wenig. Viel Zeit blieb ihnen nicht. Normalerweise wäre es ein Fußmarsch von einer guten halben Stunde gewesen, wenn sie nicht immer wieder erschöpft Rast hätten machen müssen, während die Häuser und die Welt um sie herum sich aufzulösen begannen.

# Der Plan mit der Kamille

Mühevoll erreichten sie eine Wüstenlandschaft, in der allein ein gewaltiges Gebäude herausstach. Der Stadtpark. Sie steuerten direkt auf das Planetarium zu, dessen Kuppel eingebrochen war. Trotzdem machte das Gebäude immer noch einen imposanten Eindruck.

Mitra und Aggy nahmen beide einen großen Schluck aus ihren Wasserflaschen und schauten sich die Kamille besorgt an. Sie sah ein wenig mitgenommen aus, seitdem sie die Pflanze aus dem Garten entfernt hatten.

„Und jetzt? Was sagt dein übersinnlicher Instinkt nun?", fragte der Erdvertreter.

Mitra tastete mit ihrem Blick hilfesuchend die trostlose Gegend ab. Würde hier etwas wachsen können? Andererseits war dieser Boden sicher anscheinend nicht wesentlich schlimmer als der im Garten. Zumindest machte er den gleichen Eindruck. Weniger steinig. Es würde wahrscheinlich keinen Unterschied machen, die Pflanze hier oder da einzusetzen. Vermutlich war jede Stelle in Ordnung. Sie deutete wahllos auf einen Punkt, bei dem sie auf ihrer Seite der Barriere die Wiese vor dem Planetarium vermutete. „Versuchen wir es hier. Kannst du sie hier in einpflanzen?" Mitra versuchte eine gewisse Sicherheit auszustrahlen und zu verbreiten. Doch war ihr leider allzu schmerzlich bewusst, dass ihre Stimme zitterte.

Der Vertreter des Erdvolkes grummelte vor sich hin, als er sich auf den Punkt zubewegte, auf den Mitra gewiesen hatte. Ein erneuter Donnerschlag durchschlug die Stille und ließ das Planetarium implodieren. Mit einem ohrenbetäubenden Lärm sackte das Gebäude in sich zusammen. Eine gigantische Staubwolke hüllte alles in seinem weiteren Umkreis ein.

Mitra und Aggy hielten sich schützend die Hände vor das Gesicht und eilten von dem entstandenen Krater weg, wo kurz zuvor noch das Planetarium gestanden hatte. Sie schlossen zum Erdgeist auf und beobachteten bestürzt das Schauspiel. Doch rasch besann sich Mitra und überprüfte den Grund. Der schien hier noch sicher zu sein. Die Betonung lag auf *noch*, denn von Weitem hörten sie weitere Gebäude zusammenfallen. Der Erdgeist setzte die Kamille ein und stampfte die Erde drumherum fest.

„Okay, was auch immer wir hier versuchen. Wir sollten uns beeilen." Aggy wischte sich in einer Tour ihre staubbedeckte Kleidung glatt.

Mitra nickte. „Also, wir sollten uns wieder an den Händen halten und die Kamille so in ihrem Wachstum und ihrer Vermehrung unterstützen."

Aggy nahm ihre Hand. „Was auch immer."

„Hugo bist du hier?", fragte Mitra und spürte sogleich seinen Luftzug auf ihrer Hand. „Wir geben ihr jetzt noch einmal einen Teil unserer Kraft", sprach Mitra ihre Begleiter an. „Meine Wärme, dein Wasser, deine Luft und deine fruchtbare Erde." Die vier konzentrierten sich auf ihre Aufgabe. Und tatsächlich bekam das traurig aussehende Pflänzchen einen Wachstumsschub. Doch war dieser nicht gerade enorm und was noch deprimierender war: Die Pflanze blieb für sich. Sie vermehrte sich leider gar nicht. Schließlich gaben sie erschöpft auf. „Der Pflanze scheint es zumindest gut zu gehen", flüsterte Aggy. Mitra sah sie besorgt an. Sie war aschfahl.

# Hamburg im Chaos

Anton half den Geschäftsinhabern die Schaufenster mit Holz zu verkleiden, um so die Läden vor möglichen Plünderungen zu schützen. Zwar war es hier noch recht ruhig, doch als der Altonaer Balkon, die angelegte Plattform mit einem weitläufigen Park, der ein beliebtes Ausflugsziel der Hamburger wie auch der Touristen war, abgerutscht war und die daraus entstandene Welle der Elbe den Hafen und den Stadtteil Finkenwerder unter sich begraben hatte, war die Stimmung in der Bevölkerung gelinde gesagt panisch. Und es war noch nicht vorbei. Das spürte Anton sehr genau. Es lang etwas in der Luft. Etwas sehr Bedrohliches, und wenn er tippen würde, dann hatte es etwas mit der Barriere zu tun. Der Plan der Völker war vielleicht gescheitert, falls es überhaupt je einen gegeben hatte. Er hoffte es und dass ein Plan B existierte. Seine Gedanken wanderten zu Mitra. Sein Herz machte einen Sprung. Wie es ihr wohl ging? Wo sie wohl gerade war und was sie jetzt machte? Wenn es der Barriere nicht gut ging, was war dann mit ihr? Er hämmerte grimmig das Brett an den Fensterrahmen. Ein Donnerschlag ließ ihn zusammenfahren. Sorgenvoll schaute er in den Himmel, der sich nicht richtig verdunkelte, es war vielmehr so, dass er von verschiedenen Farben durchzuckt wurde. Es hätte schön ausgesehen, wenn er sich nicht so sicher gewesen wäre, dass dies kein gutes Zeichen war.

Sein Handy klingelte. Es war Maja. Er biss sich auf die Lippen und nahm ab, während er versuchte, seinen Ärger runterzuschlucken. Maja konnte nichts dafür. Für ihre manipulative Mutter konnten sie beide nichts. Und doch war da immer eine Gereiztheit, die von ihm Besitz ergriff, sobald es um seine Herkunftsfamilie ging.

„Ja?"

Vielleicht sollte er mehr Yoga betreiben und meditieren. Seine Stimme klang genervt. Er hörte Maja am anderen Ende atmen. Und er versuchte, seiner irrationalen Wut Herr zu werden.

„Was gibt es Neues?" Seine Stimme klang schon wesentlich entspannter, was ihn ein wenig Stolz machte. Ein erneuter Donnerschlag ertönte.

„Komm bitte her zum neuen Treffpunkt …" Die Leitung war tot.

„So ein verdammter Mist, verdammt!" Er war kurz versucht, hier noch weiter zu helfen und erst dann ins Versteck im Niendorfer Gehege zu fahren. Doch es klang dringend und er wollte Mitra und ihrer Familie und natürlich seiner Heimatstadt helfen. Das konnte er dort eventuell besser als hier, wo er einfach nur die Zerstörung managte.

# Die Sache mit der Energie und dem Glitzern

Mitra sackte innerlich in sich zusammen. Es war direkt zum Aufgeben. Sie musste ihre Tränen hinunterschlucken. Sie durfte nicht schwach werden. Wenn sie anfing zu heulen, dann würden alle aufgeben und das durfte nicht passieren. Sie orientierten sich an ihr. Sie war die Auserwählte. Die Naturverbundene. Es stand zu viel auf dem Spiel. Aber auf der anderen Seite war es rein objektiv betrachtet ziemlich aussichtslos. Sie saßen hier planlos fest und selbst wenn es eine Option gewesen wäre, hatte sie keinen blassen Schimmer, wie sie wieder nach Hause kommen könnten. Die Barriere hatte sich mit ihrem Übertritt stabilisiert. Mitra leckte sich über ihre rissigen Lippen, um sie ein bisschen zu befeuchten.

„Es tut mir leid." Sie schaute Aggy dabei möglichst fest in die Augen.

Aggy schaute irritiert. „Was tut dir leid?"

Mitra machte eine ausholende Geste. Sie musste es sich von der Seele reden. „Na, das hier. Das alles!"

Aggy betrachtete sie lediglich mit ihren großen unergründlichen meergrünen Augen.

„Ich mein, dass hier ist jetzt wahrscheinlich nicht gerade dein Traum gewesen, oder?"

Aggy zuckte mit den Schultern. „Nein, aber ist es wirklich schlimmer als Telmec?"

Mitra starrte sie mit offenem Mund an, während Aggy grinste.

„Das ist nicht lustig. Ich wollte dich nie in Gefahr bringen und dann wurdest du von einem Vertreter des Luftvolkes infiltriert und eine Nixe hat dich unter Wasser gezogen und dich einfach irgendwie zu einen von ihnen gemacht. Und jetzt bist du hier, sitzt fest, hast ganz andere Augen und ich … ich …"

„Ja?"

Mitra seufzte. Jetzt war es auch schon egal. Sie würden wahrscheinlich ohnehin sterben. „Und ich hatte Angst, dass ich dich verloren habe. Du warst so abweisend, als wir von der Lichtung wieder in unsere Welt kamen. Fast so, als ob du wütend auf mich wärst." Mitra wusste nicht weiter. Sie schluckte einen Kloß im Hals runter. „Bist du wütend auf mich?"

Eine Weile schauten sich die beiden Freundinnen an. Dann seufzte Aggy. „Ja …" Mitra riss die Augen auf. „Ich mein nein", beeilte sich Aggy zu versichern. „Also, nicht mehr so richtig." Sie stand auf, ließ ihre Hand zu Wasser werden und bewässerte die Kamille. „Es ist alles okay, wirklich."

Mitra stand ebenfalls auf. „Rede mit mir. Ich mein, dass hier ist wahrscheinlich die letzte Chance dazu."

„Du bist manchmal so melodramatisch."

„Das sagt die Richtige." Eigentlich wollte sie die letzte Bemerkung locker lustig hervorbringen. Doch sie klang vielmehr verbittert.

„Aggy?"

Aggy seufzte aus tiefster Seele. „Okay, wenn du es unbedingt wissen musst. Ich war neidisch auf dich und all diese Magie und diese Abenteuer. Deine Familie ist auch noch ziemlich reich und zu guter Letzt fliegen die Kerle auch noch auf dich und du scheinst das alles nicht zu sehen." Aggys Stimme wurde immer leiser. Mitra war schockiert und legte Aggy eine Hand auf die Schulter. Doch die schüttelte sie unwirsch ab. „Ich weiß, dass das sich erbärmlich anhört. Und ja, ich weiß, du hattest und hast es auch nicht so leicht. Aber als du mir dann hinterherspioniert hast, hat mich das verletzt. Ich wollte einfach nicht, dass du je erfährst, wie ich lebe. Und trotzdem hast du nicht lockergelassen." Inzwischen war sie wieder lauter geworden und fuhr zu Mitra rum. „Wieso? Wieso war dir das so wichtig?"

Mitras Kopf war inzwischen wie leergefegt. „Ich ... also … Aggy, du bist mir wichtig. Und immer, wenn ich dich was aus deinem Privatleben gefragt hatte, hast du nix gesagt. Ich dachte du vertraust mir nicht." Jetzt, da Mitra es aussprach, stellte sie fest, wie dumm sich das anhörte.

Ein Donnerschlag ließ die Erde ein weiteres Mal erbeben. Aggy traten Tränen in die Augen. „Du hattest nicht das Recht dazu."

Mitra war ehrlich betroffen. Auch ihre Augen wurden feucht. „Ich … es tut mir leid", flüsterte sie.

Aggy schniefte und nickte. „Mir auch."

„Darf ich dich umarmen?"

Aggy nickte abermals. Mitra fiel ein Stein vom Herzen. Und obwohl

Aggy ein wenig nach Meer roch, fühlte es sich immer noch wie Aggy an. Doch war noch nicht alles wirklich gut zwischen ihnen. Aggy hatte ihr noch nicht ganz verziehen und dieses Wasserding stand auch noch zwischen ihnen. Mitra nahm ihren Mut zusammen und holte tief Luft, doch da wurden sie unterbrochen.

„Das ist ja wirklich wunderschön. Ich störe nur ungern." Mitra schaute den Borkenschmetterling genervt an, doch der wies unbeirrt in Richtung Himmel. Auf sie kam eine dunkle Wolkendecke zu, die in verschiedenen Farben schillerte. Es hätte wunderschön aussehen können. Doch Mitra ahnte, dass diese Wolke nichts Gutes verhieß. Nichts Gutes verheißen konnte. Aggy musste leider warten, falls es ein Später geben würde. Einmal mehr verspürte sie ihren ausgelaugten Körper.

„Was ist das? Es bewegt sich ziemlich schnell auf uns zu", fragte Aggy mit starrem Blick in den Himmel.

Mitra schluckte. „Nein, es bewegt sich nicht auf uns zu. Es breitet sich aus."

„Wir hätten die Kamille nicht ausgraben dürfen", stammelte der Vertreter des Erdvolkes.

Auch wenn der Borkenschmetterling von *wir* sprach, hatte Mitra das Gefühl, er machte sie dafür verantwortlich. Sie war es langsam leid, dass sie für alles die Schuld bekam, was hier nicht gut lief. Deshalb reagierte sie scharf: „Aber wir hatten keine andere Idee, oder?"

Der Angesprochene drehte sich demonstrativ von ihr ab. Mitra biss sich in die Innenseite ihrer Wange. Einen Streit konnten sie jetzt gerade wirklich nicht gebrauchen. „Hast du eine Idee, was wir jetzt machen sollen?" Ihre Stimme klang einigermaßen ruhig. Obwohl sie innerlich am liebsten geschrien hätte.

„Versuchen wir noch einmal die Pflanze zum Wachsen zu bekommen", antwortete er betont gleichgültig. „Ja, warum nicht!" Mitra erleichterte es, dass mal jemand anderes das Kommando übernahm. Sie versammelten sich abermals um die Pflanze und konzentrierten sich auf sie, was Mitra extrem schwerfiel. Denn das Gewitter oder was auch immer da heranzog, hatte den Stadtpark inzwischen erreicht. Ein monotones Grummeln dieses Wetterphänomens war unentwegt zu hören. Und die Farben zuckten durch die gräuliche Schwärze hin und her.

Die Kamille schien sich wegzuducken. Sie verkümmerte nicht, aber sie wuchs auch nicht in die Höhe, sondern eher in Richtung Boden und an diesem entlang. Falls sie überhaupt gerade größer wurde. Mitra konnte es nicht mit Sicherheit sagen. Blitze zuckten über ihrem Magiekreis. Noch bevor sie den Gedanken fassen konnte, dass es wahrscheinlich keine gute Idee war, unter einer magischen Energiequelle so eine machtvolle Magie auszuführen, erkannte sie, dass sich ein Blitz von ihnen angezogen fühlte. In dem Moment schaute Mitra hoch. Es passierte in Zeitlupe. Sie versuchte, den Magiekreis zu unterbrechen, indem sie die Hände zurückzog. Doch es nützte nichts. Die anderen hielten fest. Der Kreis stand. Und dann überlegte Mitra was ein Blitz war. Energie. Er löste Feuer aus. Er verdampfte Wasser. Er verwandelte Erde in Glas. Sie wusste nicht genau, was mit viel Sauerstoff und einem Blitz passierte. Aber sie stellte sich aus irgendeinem Grund eine riesige Explosion vor. Sie hätte in Chemie genauso gut aufpassen sollen wie in Biologie. Egal. Vermutlich war sie die Einzige, die diesem Blitz standhalten könnte, die diesen Blitz überleben könnte. Was konnte eine große Hitze schon Feuer anhaben? Sie traf eine Entscheidung. Mitra sprang hoch, dem Blitz entgegen, damit dieser sie zuerst traf und sie als eine Art Blitzableiter fungierte. Sie wusste zwar, dass der Blitz versuchen würde, durch ihre verbundenen Hände auch die anderen zu treffen, aber es war die einzige Chance, die sie sah.

Im Augenwinkel nahm sie wieder die goldene Silhouette wahr. Und dann spürte sie eine enorme Hitze, für die sie keine Worte hatte. Es war klar, dass ihr Körper schmelzen, verkohlen, verbrennen, verbrutzeln würde – alles auf einmal, vermutlich – wenn sie ein normaler Mensch wäre. Doch so spürte sie lediglich eine kaum aushaltbare Energie, die durch sie hindurchfloss. Ihr stockte der Atem und vor ihr erschien das Bild von verdampfenden Lungenflügeln. Um sie herum flammte alles in Rot-Orange. Schrie sie oder blieb sie stumm? Sie hätte es nicht sagen können.

Es war nicht klug gewesen, sich dem Blitz als Ableiter zur Verfügung zu stellen. Mitra hoffte in diesem Moment, dass wenigstens ihr Opfer dazu führte, dass die anderen überlebten. Dann wäre es zumindest nicht sinnlos gewesen. Schmerz. Ihr ganzer Körper wurde durchflutet von Schmerz. Und Feuer. Es sollte auf der Stelle aufhören. Ihre Lider flackerten. Ihr Körper wollte in Ohnmacht fallen, doch die Energie in ihr ließ das nicht zu. Durch den flammenden Vorhang konnte sie ihre Begleiter nicht mehr erkennen und durch den Schmerz konnte sie sie auch nicht mehr fühlen. Sie war alleine. Anton. Was wenn sie Anton nie wiedersehen würde? Egal was zwischen ihnen gewesen war. Sie wollte jetzt bei ihm sein. Sein Lächeln würde sie beruhigen. Durch ihn würde alles wieder gut. Was würde sie dafür geben, ihn noch einmal zu umarmen, ihn noch einmal zu küssen. Brennen – alles wird brennen. Du wirst brennen. Als ob Aggy durch ihre Augen geschaut hatte, als diese Prophezeiung sie heimsuchte.

Da nahm sie das goldene Glitzern abermals wahr und der Feuersturm war vorbei. Jetzt sah sie kein Rot-Orange mehr. Nur noch Gold. Alles war taub. Und dann berührte einer dieser goldenen Punkte ihren Körper. Weinte die Silhouette? Da wo die Träne oder der goldene Punkt sie berührt hatte, spürte sie Liebe. Sie fühlte sich geliebt. Die Taubheit in ihrem Körper wich allmählich. Mitra lächelte und dann umarmte die Silhouette sie. Mitra hätte am liebsten laut aufgelacht, wobei ihr Körper gegen die angestrebten Muskelkontraktionen rebellierte. Ihr wurde schlecht und der Schmerz kehrte wieder zurück. Und doch fühlte sie sich gut. Sie spürte pure Liebe. Bedingungslose Liebe. Was passierte hier mit ihr? Was war diese Silhouette? Sie hatte das Gefühl, von innen zu leuchten. Dann wich die Silhouette ein wenig zurück und Mitra erkannte in dem Bruchteil einer Sekunde ein Gesicht. Oder bildete sie sich das bloß ein? Es konnte nicht sein! Und doch war sie sich nahezu sicher, dass dies das Gesicht ihrer Mutter gewesen war. Doch bevor sie sie ansprechen oder auch nur reagieren konnte, war das Leuchten nicht mehr da und ließ Mitra zurück. Es fühlte sich so an, als ob ihr jemand das Herz herausgerissen hatte. Wieder. Erneut war sie allein gelassen worden, von ihr. Nachdem sie sie wiedergesehen hatte. Auch wenn es eigentlich nicht möglich war. Tränen standen in ihren Augen und ein Zittern durchzuckte ihren Körper. Für einen Moment war es schlimmer als an dem Abend, als der Polizist bei ihnen zu Hause geklingelt hatte, um ihnen mitzuteilen, dass ihre Mutter mit dem Auto tödlich verunglückt war.

Mitra konnte sich nicht bewegen. Sie konnte nur noch liegen bleiben. Ihre Umgebung nahm sie kaum noch wahr. Auch nicht das Schreien von Aggy oder dass ihre Freundin sie schüttelte. Sie schloss die Augen und die Welt verschwand. Schwärze empfing sie. Einfach wohltuende Schwärze. Sie wollte loslassen und hierbleiben. Sie hatten versagt und nun würde die andere Seite ihre Seite zerstören. Das ursprüngliche Feuervolk würde sich die Essenzen der anderen Völker holen und ihren Vater töten, Anton töten, Mildred töten und Minerva. Die wohltuende Schwärze veränderte sich und sie sah ihren Vater, wie er ihr beibrachte auf einen Baum zu klettern, sie zum ersten Schultag verabschiedete. Wie er auch nach dem Tod ihrer Mutter versuchte, stark zu sein. Für sie stark zu sein. Auch wenn es nicht immer funktioniert hatte. Sie musste es ihm gleichtun. Sie musste stark sein. Sie musste kämpfen bis zum Schluss. Das war sie ihm schuldig. Ihr Herz machte einen Satz bei diesem Gedanken. Dann sah sie ihre Tante, wie diese sie anschnauzte, weil sie den Kaffee nicht weggeräumt hatte, und ihre Großmutter, die sie liebevoll in den Arm nahm und die gerade um ihr Leben kämpfte. Und Anton. Seine Augen, seine verschmitzten Augen, die sie immer wieder zum Lachen brachten und seine unglaublichen Lippen, die sie immer, aber auch immer wieder zum Träumen brachten. Eigentlich hätte es ihr von Anfang an klar sein müssen, dass er aus einer magischen Familie stammte.

Mitra lächelte als ein Teil der Liebe, die sie gerade durch ihre Vision gespürt hatte, durch sie flutete. Sie wurde geliebt und sie liebte auch ohne ihre Mutter. Sie musste weiterkämpfen. Das Schwarz wurde gräulicher und durchmischte sich mit etwas Rot. Sie spürte ihren Körper wieder und es war gar nicht mal so übel. Dafür, dass gerade ein Blitz in sie gefahren war und ihr offenbar die Lunge vernichtet hatte. Der Schmerz war … aushaltbar. Magie, dachte sie und kicherte. Ja, sie wusste selbst, wie idiotisch es war. Sie fand kichern auch ziemlich albern. Aber hier lag sie nun und kicherte darüber, dass Magie sie gerade heilte.

Aggy kam in ihr Gesichtsfeld. Ihre Gesichtszüge waren von Sorge verzerrt. Aggy liebte sie auch. Sie streckte Aggy ihre Hand entgegen und streichelte ihr Gesicht. Zumindest war es ihr Ziel. In der Realität war die Heilung ihres Körpers noch nicht so weit vorangeschritten, dass sie so etwas wie ihren Arm hätte heben können. Ein pochender Schmerz durchfuhr sie, als sie es versuchte und doch war sie glücklich.

„Stehst Du unter Drogen?" Aggy klang nicht anklagend, sondern ehrlich besorgt. Unter größter Konzentration schüttelte sie sachte und langsam ihren Kopf einmal nach links und einmal nach rechts. Dann verlor Mitra das Bewusstsein.

Als sie wieder zu sich kam, saß Aggy immer noch bei ihr. „Wasser", krächzte sie unvermittelt. Aggy schreckte zusammen, doch schaute dann ihre Freundin erleichtert an. Sofort hielt sie Mitra ihre Flasche an die Lippen. Mitra trank gierig, und als das kühle Nass ihre Kehle hinunterrann, konnte sie ein Lächeln nicht unterdrücken. Es tat einfach so gut. Nachdem sie getrunken hatte, überprüfte sie kurz, ob ihr Körper ihr wieder gehorchte, und als dass der Fall war, stemmte sie sich unter lautem Ächzen in eine sitzende Position. Etwas in ihrem Kopf hämmerte durch die Bewegung stark gegen ihre Schädeldecke, doch als sie stabil saß, hörten sie dankenswerter Weise wieder auf. Sie fühlte sich steif, aber die heftigen Schmerzen hatte nachgelassen.

„Übernimm dich nicht", tadelte sie Aggy, die sie sicherheitsweise stützte. „Ich bin so froh, dass du es geschafft hast. Das sah überhaupt nicht gut aus. Mach so einen Scheiß nicht wieder. Vor allem nicht, ohne mich vorher darüber zu informieren. Ich wäre beinahe gestorben vor Angst." Sie stockte kurz und unterbrach ihren aufgeregten Wortschwall, um dann ihr typisches Aggy Grinsen aufzusetzen. „Und dann wären wir beide gestorben und das wäre doch echt blöd gewesen. Für uns und die

Welt und so."

„Was ist passiert?"

Einen Moment überlegte Aggy und dann zuckte sie mit den Schultern. „Es ging alles so schnell. Wir waren gerade dabei, uns auf unseren Kreis zu konzentrieren, und dann hast du einfach an unseren Händen gezogen und bist hochgesprungen und dann war da ein gleißendes Licht." Aggys Blick glitt in die Ferne. Es schien ihr unmöglich weiter zu sprechen.

Mitra suchte die Umgebung nach dem Borkenschmetterling ab. Sie musste zweimal hinschauen, um es zu glauben. Aber er saß tatsächlich auf Aggys Schulter und blickte sie vorwurfsvoll an. „Du hättest uns umbringen können mit deinem Sprung." Dann wurde sein Blick tatsächlich weicher. „Aber wahrscheinlich hast du uns und damit alle gerettet. Also … danke", murmelte er. Mitra brauchte einige Augenblicke, um zu verstehen, dass sich der Vertreter des Erdvolkes tatsächlich gerade bei ihr bedankt hatte. Und das obwohl sie gar nicht so viel zur Rettung beigetragen hatte.

„Gerne", flüsterte sie gerührt. „Und Hugo?" Doch da spürte sie bereits den Windhauch und sah es kurz vor ihrem Auge schwarz aufflackern. Erst jetzt nahm sie sich ernsthaft die Zeit, sich genauer umzuschauen, und stellte fest, dass die trostlose rötliche Wüstenlandschaft sich geändert hatte. Sie sah einige Büschel Gras und hier und da einige Krokusse. Und Kamille. Auch die Luft war anders. Nicht mehr so staubig und ätzend, sondern vielmehr frisch. Zumindest wesentlich frischer. Der Himmel sah nicht länger bedrohlich aus. Die dunkel-bunten Wolken hatten sich verzogen. Sie schaute ihre Verbündeten überrascht an. Aggy lachte auf. „Ich habe mich schon gefragt, wann du es bemerken würdest."

„Es hat funktioniert?"

„Sieht so aus, oder nicht? War ja auch mein Plan", erwiderte der Borkenschmetterling leichthin.

„Wir waren wohl erfolgreich", triumphierte Aggy.

Mitra jauchzte einen verhaltenen Jubelschrei und versuchte sich dann wieder zu erden. Sie war überzeugt davon, dass die Liebe, die sie eben noch gespürt hatte, mit der Energie des Blitzes die Pflanzen zum Wachsen gebracht hatte. Es hörte sich kitschig an. Aber so war es. Die Liebe ihrer Mutter zu ihr und sie zu ihrer Mutter hatte das geschaffen. Wenn sie ihrem ersten Instinkt gefolgt wären und die Kamille getötet hätten, wären sie nun ebenfalls nicht mehr hier und die Welt wäre verloren gewesen. Doch noch hatten sie nicht endgültig gewonnen. Es gab noch einiges zu tun.

„Wir haben zumindest diese Seite der Barriere stabilisiert. Die Abtrünnigen und das ursprüngliche Feuervolk sind noch lange nicht besiegt." Mitra sprach mehr zu sich selbst, als zu den anderen.

Der Borkenschmetterling nickte. „Ja, lediglich ein Teilerfolg."

Aggy ächzte frustriert. „Ein wichtiger Teilerfolg", beharrte sie. „Jetzt wo die Aufgabe auf dieser Seite der Barriere erledigt ist, wie kommen wir wieder auf die richtige Seite der Barriere, nach Hause?"

Sie schauten sich um und konnten keinen Ausgang erkennen. Allerdings war die Luft irgendwie frischer. Es wehte ein angenehmer Wind. Sanft strich er über ihre Gesichter.

„Dein Herzanhänger könnte hier vielleicht helfen?", fragte Aggy mit leiser Hoffnung in der Stimme. „Er hat uns am Domplatz schließlich zum Spalt geführt."

Mitra nickte, doch ohne besonders viel Zuversicht, förderte sie aus ihrer Tasche das strahlend leuchtende Herz. Sie legte es sich um und versuchte nachzuspüren, ob der Anhänger sie irgendwo hinführte. Doch egal, in welche Richtung sie sich drehte oder versuchsweise ein, zwei Schritte tat, er zog nicht und leuchtete stets gleich stark. Nach einer Weile wandte sie sich an Aggy und den Borkenschmetterling und schüttelte den Kopf. „Es war eine gute Idee", meinte sie resigniert.

„Immerhin werden wir nicht gleich sterben",
warf der Borkenschmetterling ein. „Obwohl unser Proviant langsam zur Neige geht."

Mitras Magen fing wie aufs Stichwort an zu grummeln. Frustriert nahm sie einen Schluck Wasser und betrachtete das eingestürzte Planetarium genauer. Der Krater sah ziemlich beeindruckend aus. Zögerlich, mit noch unsicheren Beinen, schritt sie darauf zu.

„Mitra, was machst du?", hörte sie hinter sich Aggy murmeln.

„Schon gut. Ich will mir die Sache nur mal näher ansehen."

Aggy seufzte und setzte sich auch in Bewegung, woraufhin der Borkenschmetterling ebenso den beiden Mädchen folgte.

Als Mitra den Rand der Vertiefung erreicht hatte, kniete sie sich gleich erschöpft hin und linste sie mit gemischten Gefühlen hinein. Doch es war nichts zu erkennen. Es war ein großes dunkles Loch, in dem ein imposantes Gebäude innerhalb des Bruchteiles eines Augenblicks einfach verschwunden war. Kein unheimliches rotes Glühen glomm mehr daraus. Nichts. Ein weiterer Beweis dafür, dass diese Seite der Barriere bis aufs Weitere stabilisiert war. Wenn sie ihre Situation genauer durchdachte, war ihre Mission eher eine Kamikaze-Mission als eine gut durchdachte Aktion. Sie waren hier gefangen und zumindest Aggy und sie würden in ein paar Tagen verhungern. Wasser konnten sie sich durch Aggy als Vertreterin des Wasservolkes „wünschen". Aber Essen? Wo sollten sie das auftreiben in dieser zerstörten Welt.

## *Der Plan*

„Hätte die andere Seite nicht längst diese Welt hier ins Chaos stürzen müssen?" Magda verdrehte wegen Morganas Frage die Augen, während sie Hamburg vom Turm der Nicolaikirche betrachteten. Der Himmel hatte sich in den letzten Stunden beruhigt. Die schwarzen, bunt aufleuchtenden Wolken hatten sich verzogen, die eigentlich das Ende von der Welt, wie sie sie kannten, angedeutet hatten. Die Angesprochene schüttelte trotz des aufklarenden Himmels genervt den Kopf. „Vielleicht hat diese Ausgeburt der Hölle es ja geschafft, wie auch immer, die andere Seite stabilisieren können. Aber die Völker sind bereits stark geschwächt. Wir warten einfach auf das Zeichen, dass wir losschlagen können. Ich bin mir sicher, dass uns der Sieg nicht mehr zu nehmen ist." Magda lächelte, wenn sie daran dachte, was sie und ihre Verbündeten in der Kürze der Zeit geschaffen hatten. Und das ohne allzu viel Gegenwehr. Es wirkte fast so, als ob die Völker auf die Wiederkehr der Missgeburt warteten oder, was wahrscheinlicher war, sie einfach den Krieg scheuten. Diese Schwächlinge. Es war wirklich Zeit, dass sie die Macht an sich rissen.

„Und doch haben sie den Vater", gab Morgana zu Bedenken.

„Pff, ein unwichtiges Menschenleben und ein noch viel unwichtigerer Rückschlag", tat Magda diese Tatsache ab. „Finkenwerder ist unter Wasser, ein großer Teil des Altonaer Balkons ist in die Elbe gerutscht. Der Jungfernstieg in die U- und S-Bahn eingesackt und unpassierbar. Und denk nur an die anderen Käffer an der Elbe. Und du redest von dem Vater. Lächerlich."

„Ja, vielleicht hast du recht."

„Vielleicht? Wir werden siegen. Es dauert nicht mehr lange und wir werden es geschafft haben."

# *Ausweglos*

Mitra starrte noch eine Weile in das Loch und versuchte ihre Gedanken zu sortieren. Sie hatte eben gerade noch allen Menschen, die sie liebte, geschworen, dass sie bis zum Schluss weiterkämpfen würde. Das würde sie auch tun. Es gab einen Ausweg. Sie übersahen hier einfach nur etwas. Doch was? Sollten sie in den Krater hinabsteigen? Sie hielt einen Arm hinein und spürte eine Kälte in sich. Blitzartig zog sie ihn wieder zurück. Vielleicht war das ein Versuch für später. Sie mussten ja nicht gleich mit einer quasi Selbstmordaktion starten, befand sie.

Während sich Aggy und der Vertreter des Erdvolkes um die Kamille kümmerten, um die Umgebung stabil zu halten, sah sie sich in der Nähe weiter um. Das Wasserbecken, das sich in ihrer Welt vor dem Planetarium befand, war noch vollständig erhalten. Sie setzte sich etwas von dem Krater entfernt auf die niedrige Mauer, die das Becken umgab.

„Hast du was im Loch entdeckt? Ein Flimmern oder so?", rief Aggy zu ihr herüber.

Doch Mitra schüttelte nur den Kopf. „Ist nur sehr kühl", fütterte sie ihre Freundin mit der unnötigen Information. Dann schaute sie weg, um sich besser konzentrieren zu können, besser denken zu können. Der frische Wind wehte hier ein wenig stärker. Sie schaute ins Becken. Etwas passte hier nicht hin. Sie hatte bis hierher auf dieser Seite lediglich ausgetrocknete Brunnen und Seen und Flüsse gesehen. Und hier?! Im

Becken glitzerte eine wie von der Sonne beschienene Wasseroberfläche. Aber es war nicht wirklich Wasser. Mitras Herz begann vor Aufregung schneller zu schlagen. Könnte das der Grund und die Quelle der guten Luft sein?, überlegte sie. Vorsichtig stieg sie in das trockene Becken und tastete sich an das unwirkliche Phänomen heran. Ihr Anhänger fing an zu flimmern und je mehr sie sich dem Glitzern näherte, umso stärker wurde das Leuchten.

Es war ein ellipsenförmiges Etwas. Und als sie direkt davor stand, fiel ihr auf, dass es sich gar nicht richtig im Becken befand, sondern es knapp über dem Boden schwebte. Es gehörte hier nicht hin. Und das, was von der Sonne reflektierte, schien tatsächlich Wasser zu sein. Das Wasser war bloß nicht hier. Sondern woanders. Es war ein Spalt. Das musste ein Spalt sein. Mitra jubilierte innerlich und ein Lachen bahnte sich seinen Weg ins Freie.

„Was ist so komisch? Was hast du?", fragte Aggy neugierig.

Mitra hüpfte vor dem Spalt hoch, kämpfte gegen die aufkeimende Übelkeit an und deutete darauf. „Wir sind gerettet", jauchzte sie. Sie wusste es. Niemals aufgeben. Es gab doch immer eine Lösung. Es wäre auch wirklich zu blöd gewesen, hier an diesem verdammten Ort sterben zu müssen. Einer Naturverbundenen und dem Orakel wirklich unwürdig. Doch diesem Schicksal konnten sie nun, der Natur sei Dank, entgehen.

Aggy und der Borkenschmetterling und wahrscheinlich auch Hugo kamen umgehend herbeigeeilt, um sich Mitras Fund näher anzuschauen.

„Was ist das?", fragte der Vertreter des Erdvolkes argwöhnisch, als er in den Spalt hineinschaute, der unmerklich zu vibrieren schien.

„Unsere Rettung. Das habe ich doch eben schon gesagt", antwortete sie ungehalten.

„Aber wieso ist das auf einmal hier?", hakte er nach.

„Vielleicht war es schon immer hier gewesen?", mutmaßte Aggy, die bereits ihre Hände ausstreckte. „Oder es war dieser krasse Blitz, der Mitra beinahe …" Sie schaute besorgt zu ihr rüber, ob es Mitra durcheinanderbringen würde, wenn sie es laut aussprach, doch konnte sie sich nicht mehr stoppen: „… umgebracht hätte."

Mitra lächelte sie an, um ihr zu signalisieren, dass das völlig in Ordnung war. „Der war schon ziemlich heftig gewesen. Der hätte bestimmt ein Loch in die Barriere reißen können."

Der Borkenschmetterling grummelte etwas Unverständliches vor sich hin, da er selbst einsehen musste, dass dies eine plausible Erklärung war, ihm aber dennoch der Spalt aus irgendeinem, Mitra nicht ersichtlichen Grund geheuer war.

„Na, dann wollen wir endlich nach Hause oder wollen wir hier festwachsen?", fragte Mitra betont motivierend, auch wenn es mehr als aufgesetzt war und leider auch so klang.

„Festwachsen!", brummte der Erdvertreter.

Mitra fuhr zu ihm herum. Was hatte er denn bloß? Wollte er partout hierbleiben? In dieser Einöde, die immer noch toxisch war, auch wenn ein paar Pflanzen die Umgebung etwas angenehmer gestalteten und es mit ein wenig Glück und Zuversicht hier in einigen Monaten eventuell spärlich grün aussehen könnte? Doch bevor sie ihren Ärger Luft machen konnte, schlug sich Aggy ihre flache Hand auf die Stirn.

„Die Angehörigen des Erdvolkes hassen Wasser", stellte sie relativ nüchtern fest, dafür dass sie diesem Element angehörte. Ein verlegenes Lächeln zog über das Gesicht des Erdgeistes. Mitra jedoch machte große Augen und verstand nicht, was ihre Freundin damit sagen wollte. Erst als sie abermals den Spalt genauer betrachtete, wurde ihr klar, worum es ging. Auf der anderen Seite würde ein Bad im Becken vor dem Planetarium auf sie warten.

„Oh!" Mehr fiel ihr im ersten Moment dazu nicht ein.

„Na ja, es ist nicht direkt hassen", merkte der Borkenschmetterling in Richtung Aggy an. Mitra vermutete, dass er sich viel mehr vor diesem Element fürchtete, als dass er es hasste. Aber sie war inzwischen im Umgang mit den Völkern erfahren genug, dass sie diesen Eindruck besser nicht laut äußerte. Sie war sich auch nicht sicher, ob diese Angst nicht gerechtfertigt war. Immerhin war Wasser in der Lage Erde und Stein zu schleifen und abzutragen. Doch das war nun einmal der Spalt, der sie wieder in ihre Welt bringen würde und er führte sie ganz offensichtlich direkt ins Wasser. Daran gab es nichts zu rütteln. Sie konnten den Vertreter des Erdvolkes aber nun wirklich nicht auf dieser Seite zurücklassen. Mal davon abgesehen, dass er ohne ihre Anwesenheit wahrscheinlich umgehend sterben würde. Doch wer wusste schon, was passierte, wenn sie ihn ins Wasser schubsen würden?

Es könnte ja sein, dass er sich auflösen würde. Mitra sackte innerlich zusammen. So nah an der Rettung und doch so fern. Das durfte nicht wahr sein. In Gedanken verfluchte sie ihr Schicksal. Der Wind frischte weiter auf, während sie betroffen schwiegen. Mitra brauchte einige Momente, um zu verstehen, dass dieser stärkere Wind nicht aus dem Spalt kam, sondern Hugo ihn verursachte. Er war wahrscheinlich genauso verzweifelt wie sie, dachte Mitra düster. Doch nach einiger Zeit ärgerte es sie zusehends.

„Hugo", zischte sie. „Was du da veranstaltest, ist nervig." Vor ihren Augen flimmerte es dunkel, als Hugo sich immer wieder in einen Schatten materialisierte, um ihre Aufmerksamkeit zu erhaschen. Auch Aggy und der Borkenschmetterling starrten Hugo inzwischen an.

„Was ist denn los?", fragte Aggy. „Will er uns was mitteilen?"

„Wenn ich das mal wüsste", schimpfte Mitra. „Was ist los? Was hast du?" fragte sie nun an Hugo gerichtet. Auch wenn sie natürlich wusste, dass das eine dumme Frage war, da er hier in dieser Welt ja keinen Wirt hatte, über den er mit ihnen hätte kommunizieren können. Und Mitra war dankbar, dass er nicht in einen von ihnen schlüpfte und sie infiltrierte. Vor allem, da sie nicht wusste, wie sich das auf die Lebensfähigkeit auf sie auswirken würde, wenn Hugo als Vertreter der Luft sich mit der Vertreterin des Feuers oder des Wassers verbinden würde. So genau kannten sie die Spielregeln dieser Welt nun einmal nicht.

Hugo drehte sich in immer schneller werdenden Kreisen um den

Vertreter des Erdvolkes herum, sodass sich ein kleiner Wirbel um ihn bildete. Mitras linke Augenbraue wanderte nach oben.

„Hör auf, du Flattergeist. Ich begrab dich unter mir, wenn du nicht sofort aufhörst", japste der Borkenschmetterling aufgebracht. Bloß Aggy betrachtete Hugo und den Borkenschmetterling neugierig.

„Weißt du, was er uns sagen möchte?", fragte Mitra ihre Freundin.

Aggy zuckte mit den Schultern. „Nicht genau", gab sie zu. „Aber … wenn wir den ehrenwerten Vertreter des Erdvolkes vor dem Kontakt mit dem Wasser schützen könnten …"

„Das wäre toll", unterbrach Mitra. Doch wusste sie nicht worauf Aggy hinauswollte.

„Mich muss man nicht schützen. Ich bin der Vertreter des Erdvolkes. Wir bringen Leben hervor", dozierte der Borkenschmetterling mit einer Inbrunst, dass Mitra ihm am liebsten das Köpfchen getätschelt hätte.

„Darum geht es doch auch gar nicht. Wir wollen dich nicht beschützen. Aber wir wollen auch nicht, dass du dich unnötigerweise mit dem Wasser auseinandersetzen musst", beeilte sich Aggy ihm zu versichern. Der Vertreter nickte huldvoll und gab damit sein Einverständnis.

„Was war deine Idee?", hakte nun Mitra nach. Sie konnte genau sehen, wie Aggy sich auf die Innenseite ihrer Wangen biss, um nicht zu grinsen.

„Wenn ich Hugo richtig verstanden habe, kann er um den Vertreter des Erdvolks eine Luftblase erschaffen, die ihn zumindest für kurze Zeit vor der Berührung mit dem Wasser schützt ... na ja, ihr wisst schon. Und wir reden hier ja, von dem Becken vor dem Planetarium, das auf unserer Seite der Barriere ja nun einmal mehr als flach ist."

„Das wäre ja super!" Mitra wandte sich an Hugo. „Stimmt es? Hat Aggy dich richtig verstanden?" Sie war ganz aufgeregt. Ein Hoffnungsschimmer. Hugo zeigte sich einmal kurz, dreimal lang, einmal kurz und einmal lang. Hatte er einen Wackelkontakt? Sie schaute hilfesuchend zu Aggy, die ihn konzentriert beobachtete und schließlich sichtlich zufrieden lächelte. Dann erstarrte sie, als sie in die neugierigen Gesichter von Mitra und dem Borkenschmetterling schaute. Sie blickte schnell zu Boden, wurde rot und schien mit sich zu ringen.

„Was ist? Du weißt was, oder?"

„Nein!", beeilte sich Aggy zu sagen, knickte aber unter Mitras ungläubigen Ausdruck ein. „Ich mein nein, also doch ..." Eine Weile hatte Mitra das Gefühl, dass Aggy stumm bleiben würde, doch dann seufzte diese und schaute wieder hoch. „Erst einmal musst du mir schwören, dass du das, was ich dir jetzt sage, nicht weitererzählen und auch nicht lachen wirst." Sie schaute Mitra fest in die Augen. Sie meinte es wirklich ernst. Mitra nickte verwirrt. „Ich meine es so. Wenn du lachst oder das hier ausposaunst, werde ich es leugnen und ...", Aggy überlegte, „... jedes schmutzige Detail über deine Affäre mit Gilbert wirklich jedem, den ich sehe, auftischen. Brühwarm und eiskalt."

Mitras Kinnlade klappte nach unten. „Ich habe nicht vor dich auszulachen oder etwas auszuposaunen", antwortete Mitra gekränkt.

90

Das ist eher deine Art, dachte sie, doch sprach sie es selbstverständlich nicht aus. Aggy stieß erleichtert Luft aus. Mitra war jetzt auf alles gefasst und bekam bereits Angst wegen der Enthüllung, die nun folgen würde.

„Ich war mal bei den Pfadfindern."

Mitra wartete weiter angespannt und verstand nicht so recht. War das ein Code für „ich habe bei einer Sexparty mitgemacht"?

Aggy schaute sie prüfend an. „Du sagst ja gar nichts. Das hättest du nicht gedacht, oder? Du bist schockiert, hab ich recht?" Ohne auf die offensichtlich zunehmende Verwirrung von Mitra einzugehen, sprach Aggy weiter. „Aber du darfst nicht schlecht von mir denken. Ich bin kein Streber. Ich bin immer noch Aggy, deine coole Arbeitskollegin. Es ist nur … ich war noch so jung und es war auch nur kurz."

Mitra fuhr sich mit der Zunge über ihre Lippen. Ihr war absolut nicht klar, wie sie auf diese *sagenhafte* Enthüllung reagieren sollte, mit der sie im Moment wertvolle Lebenssekunden auf dieser Seite der Barriere verschwendeten.

„Okay, du warst bei den Pfadfindern." Warum auch immer sie ihr das *gebeichtet* hatte. Das blieb ihr völlig schleierhaft. „Was hat das nun mit Hugo oder dieser Situation zu tun?"

Aggys Teint wurde noch etwas röter. „Na ja, ich habe mich gerade an was erinnert, was ich da gelernt habe. Nämlich an den Morsecode. Ich glaube, Hugo hat uns gemorst."

Mitra lächelte ihre Freundin bewundernd an. Sie war doch immer für eine Überraschung gut. „Du weißt also, was das Aufblinken bedeutet?"

Aggy nickte kaum merklich. Ein wenig ermutigt von Mitras Anerkennung in der Stimme antwortete sie: „Er hat Ja gemorst."

Mitras bewunderndes Lächeln verbreitete sich zu einem Grinsen. „Dann steht unserer Rettung ja nichts mehr im Weg, oder was meinst du?" Der Vertreter des Erdvolkes nickte zaghaft.

„Denk an dein Versprechen." Aggy drohte mit ihrem Finger. Mitra hob feierlich ihre rechte Hand zum Schwur. „Hiermit schwöre ich." Aggy lächelte sie erleichtert an. „Dann steht unserer Rettung tatsächlich nichts mehr im Weg. Hugo, lass deinen Zauber walten."

Der Vertreter des Luftvolkes wurde in der Gestalt eines schwarzen Schattens sichtbar und begann um den Borkenschmetterling zu kreisen, der angestrengt die Augen schloss. „Wenn das nicht klappt, töte ich dich", murmelte er. Die Umkreisung begann langsam. Doch dann immer schneller. Dabei schien er sich immer weiter auszudehnen, bis sich eine Kugel um den Vertreter gebildet hatte. Eine schwarze edelsteinähnliche Kugel, die den Borkenschmetterling nun völlig vor Aggys und Mitras Blicken abschirmte. Ehrfürchtig betrachteten beide das Schauspiel.

„Wow", meinte Aggy.

„Ja", antwortete Mitra „Sieht wahnsinnig toll aus. Ich glaube, es ist so weit."

Aggy nahm Mitras Hand und Mitra berührte vorsichtig Hugo, oder besser gesagt, die Kugel, die Hugo geworden war. Unter ihren Fingern vibrierte Luft-Energie. Sie schaute sich noch einmal um und betrachtete die von ihnen geschaffene Pflanzenwelt, die sich hoffentlich in naher Zukunft noch weiter ausbreiten würde. Und dann schwangen die beiden Mädchen ihre Beine über den Rand des Spaltes in der Barriere. Sofort rutschten sie hinein in das von der Sonne reflektierende Etwas und spürten keine Sekunde später ihre nassen Füße und Knöchel. Sie wurden einmal um 180 Grad gedreht und landeten im Wasser, verloren durch den Schwung das Gleichgewicht und fielen auf den Po, sodass sie komplett nass wurden. Es war kühl und Mitra begann sofort zu frieren. Ihr Rucksack verhinderte zumindest, dass sie nicht rücklings vollständig im Becken landete.

„So ein Mist", fluchte sie. Neben ihr platschte Hugo als schwarze Kugel ins Wasser und spritzte sie zusätzlich nass. Sofort nach dem Kontakt mit der Wasseroberfläche schwebte Hugo, im Gegensatz zu den beiden Mädchen anmutig in die Luft und landete auf dem Weg neben dem Becken. Anschließend löste sich die Kugel vor ihren Augen auf und der nun wiederzuerkennende Schatten schwebte ohne weitere Kommunikation in die aufziehende Dämmerung und ließ den Borkenschmetterling allein zurück.

Plötzlich registrierte Mitra, dass Aggy, die eben noch an ihrer Seite im Becken gelandet war, verschwunden war. Panisch schaute Mitra sich um. Wurde Aggy in den Spalt zurückgesogen? Doch dann hörte sie das unverkennbare Kichern ihrer Freundin, die sich wieder zu Aggy im Wasserbecken materialisierte. Bestens gelaunt. Genau in ihrem Element. Mitra schnaufte ungehalten wegen ihres Scherzes. Rasch

rappelte sie sich auf ihre Füße und stieg zähneklappernd aus dem
Becken heraus. Hinter sich konnte Aggy nicht aufhören zu lachen.

„Du solltest dich mal anschauen. Wie ein begossener Pudel."

„Sehr witzig. Wirklich." Neben ihr tauchte ihre Freundin auf.
Selbstverständlich völlig trocken. *Pah, kann ich auch*, dachte sie
grimmig. Sie strebte einen Baum an, mit dessen Hilfe sie die Energie
um sich herum nutzen wollte, um sich zu trocknen. Doch noch bevor
sie überhaupt auf den Baum zulief, war sie bereits trocken.
Misstrauisch schaute Mitra sich um. Hier stimmte etwas nicht. Etwas
hatte sich in ihrer Abwesenheit geändert.

Sie betrachtete ihre Umgebung nun genauer. Es war bereits
dämmrig. Ein Beweis mehr dafür, dass es auf der anderen Seite der
Barriere weder Nacht noch Tag gab. Sie erblickte das noch unversehrte
Planetarium, das untypischerweise nicht beleuchtet war. Doch das
Gebäude bannte nicht ihre Aufmerksamkeit, sondern der große Baum
daneben, der bereits alle Blätter verloren hatte und irgendwie tot
aussah. Mitra fröstelte. Zwar raschelten die Blätter in den Kronen der
Bäume um sie herum, aber ansonsten erschien es Mitra, als ob jemand
in dieser Welt den Ton abgestellt hätte. Noch nicht einmal das
Rauschen des lediglich ein paar hundert Meter von ihnen entfernten
Verkehrs, das normalerweise im Stadtpark immer im Hintergrund
wahrnehmbar war, konnte Mitra hören.

Es wirkte alles um sie herum auf einmal unheimlich. Sie fixierte die
Baumwipfel und suchte sie mit den Augen nach etwas

Ungewöhnlichem ab, was bei der Dämmerung mehr als problematisch war. Als sie sich schließlich beunruhigt zu Aggy umdrehte, flog aus einer der Kronen ein aufgeschreckter Schwarm Vögel krächzend aus dem Blätterdach. Abrupt drehte sie sich zurück und erkannte, dass etwas Schwarzes auf sie zuflog. Sie konnte nicht genau ausmachen, was es war. Alarmiert ließ sie eine Feuerkugel in ihrer rechten Hand entstehen und fokussierte ihren Blick auf das schwarze Etwas. Neben sich spürte sie Aggy, die den Neuankömmling ebenfalls bemerkt hatte. Auch sie war extrem angespannt. War es ein Schatten? Gehörte er zu ihnen oder war es ein Abtrünniger? Und wie konnten sie das unterscheiden? Die Erkenntnis traf Mitra hart. Gar nicht. Weder sie selbst noch Aggy war dazu in der Lage. Sie konnten auf den ersten Blick in diesem anstehenden Krieg nicht Freund von Feind unterscheiden.

Sie mussten darauf warten, was dieses Ding tat. Ansonsten riskierten sie ein diplomatisches Desaster. Etwas, was Mitra lieber nicht erleben wollte. Ihr Herz pochte im Hals, was ihr das Atmen erschwerte. Endlich war das Ding nahe genug, damit sie es identifizieren konnte. Es war ein Vogel, genauer gesagt eine Taube. Doch ob es nun eine Friedenstaube oder eine listige Ratte der Lüfte war, war völlig unklar. Ihre rechte Hand begann vor Nervosität zu zucken. Ein immer größer werdender Teil von ihr wollte den Feuerball auf das Tier abfeuern, sich der gefühlten Bedrohung entledigen.

„Hey, was für ein Begrüßungskomitee. Habt ihr mich so vermisst?", gurrte die Taube gut gelaunt. Mitras Augen verengten sich zu Schlitzen, als sich der Vogel gelassen auf den Beckenrand niederließ.

„Hugo", brachte sie zwischen zusammengepressten Zähnen hervor.

„Genau der. Gleich am Charme erkannt. Meine feurige Freundin", neckte er sie gelassen.

Wie konnte er sie in dieser Situation nur so erschrecken? Dachte er denn, dass dies alles bloß ein Spiel war? Der Feuerball in ihrer Hand wuchs mit ihrer Wut und erst als sie Aggys erschrockenen Gesichtsausdruck von der Seite wahrnahm, kam sie wieder zu sich und feuerte den Ball knapp an Hugo vorbei auf den Weg, der sich nach dem Aufprall sogleich schwarz färbte.

„Mach das nicht noch einmal. Ich hätte dich beinahe gegrillt." Neben ihr sah sie, wie Aggys Körper anfing zu zucken. Auch der Vertreter des Erdvolks bebte. Hugo blickte sie einfach bloß aus den dunklen Taubenaugen an. Eine Sekunde später brachen Aggy und der Borkenschmetterling in schallendes Gelächter aus. Einige Sekunden konnte Mitra sich noch wehren. Doch dann konnte sie nicht anders, als mitzulachen. Und es tat einfach gut. Die Anspannung der vergangenen Tage auf diese Weise abzubauen.

Schließlich wandte sie sich japsend wieder an die Taube. „Aber ernsthaft. Ich hatte Angst." Sie wischte sich die Tränen aus den Augen.

„Okay, nächstes Mal werde ich mich bemühen, mich möglichst im Vorfeld anzukündigen", versprach Hugo im würdigen und feierlichen Tonfall. „Es ist bloß so wohltuend, wieder ein Lebewesen zu spüren und mit euch sprechen zu können – obwohl es ja auch ohne Reden mit uns ganz gut geklappt hat. Wisst Ihr noch, wie ich euch mittels meiner genialen Pantomime erklären konnte, was für eine bahnbrechende Idee ich hatte, um uns alle erfolgreich zu retten? ... Wie auch immer. In dem Übermut habe ich wohl meine guten Manieren vergessen."

Mitra nickte.

„Jetzt wo das geklärt ist, wie war die Aussicht von da oben", fragte Aggy betont beiläufig. „War etwas merkwürdig?"

Aggy war die unheimliche Atmosphäre also auch aufgefallen. Sie hatte es sich nicht eingebildet. Die Taube legte den Kopf schief und dachte nach. „So genau habe ich mich nicht umgeschaut. Aber jetzt wo ihr es sagt ... Bis auf ein paar Vögel und ein paar Fluginsekten war da nichts Lebendiges. Was für diese Stadt zumindest ungewöhnlich ist." Aggy und Mitra nickten beide. „Und es ist auch so ruhig."

„Ich höre noch nicht einmal die Maulwürfe buddeln", pflichtete der Borkenschmetterling ihnen bei. Eine Weile schauten sie sich unschlüssig an, was das nun bedeutete und was ihre nächsten Schritte sein sollten. Da hielt der Vertreter des Erdvolks inne und spürte nach. „Obwohl, ganz so ruhig ist die Erde wohl doch nicht", ergänzte er alarmiert.

„Wieso? Was ...", setzte Mitra mit ihrer Frage an, als unter ihr der Boden zu vibrieren begann. Aggys Augen weiteten sich in Panik. „Wir müssen hier weg", hauchte Mitra „Raus aus dem Stadtpark", rief sie, während sie schon losrannte und die anderen ihr panisch folgten. Mitra hatte ein untrügliches Gefühl, dass die Abtrünnigen sie außerhalb des Parks nicht angriffen. Diese Hoffnung, dass sie dort in Sicherheit wären, trieb sie an. Mitras Lungen brannten bereits nach wenigen Sekunden. Sie musste wirklich mehr Sport treiben, dachte sie, während Aggy neben ihr hechelte. *Es ist nicht mehr weit. Dann sind wir in Sicherheit. Das müssen wir schaffen*, redete sich Mitra gut zu, während die Erde unter ihnen bereits deutlich bebte. Durch diesen Umstand verwandelte sich ihr Laufen in ein Stolpern. Die Bäume neben ihnen schwankten und knarzten gefährlich.

„Was ist hier nur los?", schrie Mitra verzweifelt.

„Herzlich willkommen zurück, Fräulein Gold!", donnerte es aus dem Boden. Mitras rasendes Herz setzte vor Schock einen Moment aus. Die Fratze. Sie wollte sie holen. Augenblicklich hatte Mitra das Gefühl, nicht mehr voranzukommen. Aggy schien es genauso zu gehen. Auf einmal gab es einen ohrenbetäubenden Knall und neben ihnen entstand in atemberaubender Schnelligkeit ein Riss. *Nein, Nein, das durfte nicht wahr sein. Die Fratze durfte nicht gewinnen.* Die Erde unter ihren Füßen erzitterte noch ein wenig mehr und der Riss tat sich zu einem Spalt auf, aus dem es rot glomm. Hitze stieg empor. Mitra und Aggy versuchten das Spektakel so gut es ging zu ignorieren und zu rennen. Einfach stur weiter zu laufen. Raus aus dem Stadtpark.

„Ich hoffe, du fühlst dich geehrt." Die Stimme der Fratze floss wie ätzende Lava in ihren Gehörgang. Nun knackte es auch auf der rechten Seite und in ebenso rasendem Tempo bildete sich dort ebenfalls eine glühende Schlucht, aus der die Hitze hochstieg. Mitra erkannte in ihrem Blickfeld bereits die Kreuzung, die die Grenze des Stadtparks darstellte. Es war nicht mehr weit, ermahnte sie ihre brennende Lunge. Gerade als sie an eine Rettung ernsthaft zu glauben begann, brach der Boden vor ihnen weg und stürzte in den Abgrund. Mitra und Aggy konnten gerade noch rechtzeitig abbremsen.

„Verdammter Scheiß", fluchte Aggy und sprach Mitra aus tiefster Seele. Panisch suchte sie nach einer schmalen Stelle, die sie überwinden könnten, umso diesem Teufel entkommen zu können. Doch es war aussichtslos. Die schmalste Stelle schätzte sie auf zwei Meter.

„Was für ein Temperament", höhnte die Fratze. Aggy griff nach ihrer Hand und Mitra erkannte erst jetzt, dass der Borkenschmetterling und Hugo nicht mehr da waren. Sie hatten sie im Stich gelassen, stellte Mitra nüchtern fest. *Was für elende Feiglinge,* dachte sie enttäuscht. Die beiden traten einige Schritte vom Rand zurück. „Ich muss zugeben, dass ich dich unterschätzt habe." In der Gelassenheit der Lavastimme hörte sie einen gewissen Ärger heraus, der sie eigentlich stolz machen sollte, doch breitete sich dabei lediglich eine Gänsehaut über ihren Körper aus. „Du hast Glück, dass ich Herausforderungen liebe. Und ich kann nicht verhehlen, dass du dir meinen Respekt verdient hast, kleine Naturhexe." Mitra sah zu Aggy hinüber, die sie mit großen Augen anstarrte. Irgendwo und irgendwie musste es doch einen Ausweg aus dieser Situation geben. Doch die Fratze hatte ihnen jeglichen Fluchtweg unmöglich gemacht. Umgeben von glühenden Klüften gab es kein

Entkommen. Sie saßen fest, wie auf einer Insel. Mitra versuchte ihre Tränen der Wut und Angst zurückzuhalten, die sich ihren Weg an die Oberfläche erkämpften. „Deswegen gebe ich dir noch eine allerletzte Chance. Wechsle die Seiten. Setze dich für die Vernunft ein und reformiere diese todgeweihte Welt zu einem besseren Ort. Was meinst du? Schließt du dich der guten Sache an?"

Mitra biss sich auf die Lippen. Hinter ihnen brach ein weiteres Stück Erde ab. Natürlich war ihre Antwort eigentlich ein eindeutiges Nein. Jedoch fragte sie sich, ob sie sich dieses Nein gerade wirklich leisten konnte. Was nützte es irgendwem, wenn sie tot wäre? Andererseits was bedeutete es, wenn sie vorgab, abtrünnig zu sein und sich auf die Seite ihrer Gegner schlug? Damit würde sie doch jeden verraten, den sie liebte. Könnte sie sich je wieder in die Augen schauen? Die Wahrscheinlichkeit dafür war äußerst gering. Mitra spielte mit ihren Fingerkuppen. Aggy drückte ihre Hand einen Moment lang stärker. Das war die Entscheidung. Sie würde Nein sagen, wie es sich gehörte. Selbst wenn die Fratze die Insel zerstörte, auf der sie standen und sie in das Feuer fielen.

„Meine Antwort kennst du", antwortete sie schlicht. „Sie hat sich nicht geändert."

Die Fratze seufzte, als bedaure sie das zutiefst. „Dann lässt du mir leider keine andere Wahl. Aus der glimmenden Schlucht schossen zwei riesige feurige Tentakel aus der Tiefe und rissen einen riesigen Brocken ihrer Insel mit sich. Das Geräusch, der herunterfallenden Erdbrocken in das Feuer, dröhnte in ihrem Gehörgang. Mitra starrte in den Abgrund, der nun um einiges größer und näher an sie herangerückt war. Mitra schluckte ihre Angst hinunter und drückte ihren Rücken durch. Bevor die Fratze sie mit ihren Tentakeln erreichen konnte, um sie zu sich in den sicheren Tod zu reißen, umarmte Mitra Aggy, die krampfhaft versuchte ein Zittern zu unterdrücken.

„Auf drei verwandelst du dich in Wasser und ich mich in ein Feuermonster wie auf meinen Geburtstag und dann treten wir dem da unten möglichst stark in den Hintern." Sie löste sich wieder von ihrer besten Freundin, um ihr ins Gesicht zu schauen. Aggy nickte tapfer, trotz ihres Zitterns. Mitra war unglaublich stolz auf sie. Sie hatte es wirklich verdient, eine Vertreterin der magischen Völker zu sein. Sie entfernten sich ein wenig voneinander, um ihren Plan in die Tat umzusetzen.

„Mach dich auf den Tod gefasst. Ihr werdet wie alle Menschen sterben", grollte es.

Mitra atmete tief ein und aus und konzentrierte sich. „Eins." Sie sah die Tentakel aus dem Abgrund hervorschießen. Mitra breitete ihre Arme aus, bereit die Fratze zu umarmen. So wie sie es auf der anderen Seite der Barriere am Hygieia-Brunnen bereits mit einem anderen Vertreter des ursprünglichen Feuervolks getan hatte. „Zwei." Sie spürte einen Luftzug, besann sich aber darauf, die Energie des Feuers in sich zu erwecken. Die Wut auf die Fratze in der Schlucht ließ sie sich fokussieren. Dieses Monster, welches sie schon die gesamte Zeit nervte, ihren Vater entführt hatte, ihre Oma ins Koma befördert und ihr Zuhause entweiht hatte. Wohlige Hitze begann sie auszufüllen. „D…"

„Schnappt sie euch, schnell", hauchte es ihr entgegen. Umgehend spürte sie eine angenehme Kühle um sich herum. Sie wurde in die Lüfte gehoben und die Hitze in ihr erlosch umgehend, als ob jemand oder etwas die Flamme ausgepustet hatte.

# Unter freiem Himmel

Mitra öffnete ihre Augen. Sie schwebte über die glimmenden Gräben. Für einen kurzen Moment glaubte sie, dass sie gestorben wäre und ihr Geist nun in ein neues, hoffentlich besseres Leben schwebte. Doch die von der Glut in den Schluchten emporsteigende Hitze machte ihr bewusst, dass dies hier real war. Mitra betrachtete das Schauspiel unter sich, eine surreale und erschreckende Schönheit. Unter ihr nahm sie die hektisch suchenden Tentakel wahr, die nach ihr schnappten, und ein wütendes, ohrenbetäubendes Gebrüll erfüllte die Atmosphäre. Mitra grinste. Sie war nicht tot. Sie war Luft. Und dann gleich, im selben Moment, hätte sie sich am liebsten auf die Stirn geschlagen, damit die Blödheit aus ihr wich. Es fiel ihr wie Schuppen von den Augen. Die ganze Zeit der Bedrohung hätte sie fliehen können. Die gesamte Zeit über hätte sie sich einfach in Luft verwandeln können. Die Frage war nur, ob sie Aggy als zusätzliches Gewicht hätte tragen können.

„Aggy", entfuhr es ihr voller Panik. Sie schaute um sich.

„Ich bin hier. Mitra bist du das?" Mitra drehte sich in die Richtung, aus der die Stimme kam, und machte vor lauter Erleichterung einen kleinen Luftsprung.

„Ja", kreischte Mitra glücklich. „Danke", rief sie den Vertretern des Luftvolks zu.

„Bedankt euch besser bei euren Begleitern, der ehemals Verstoßene und der Erdvertreter haben uns gerufen", wehte es aus allen Richtungen. Hugo und der Borkenschmetterling. Sie hätte es wissen müssen. Niemals hätten die beiden sie so feige im Stich gelassen, wie sie das für einen zweifelnden Moment geglaubt hatte.

„Geht es ihnen gut? Wo sind sie?", fragte Aggy aufgekratzt.

„Sie sind wohlauf und wir bringen euch zu ihnen."

Jetzt wurde alles wieder gut. Sicherheit. Einen Ort der Ruhe. Sie spürte trotz ihres Luftzustandes die Schwere und die Erschöpfung ihres Körpers. Sie malte sich eine riesige gedeckte Tafel aus, ein wohltuendes, duftendes Bad und ein weiches, kuschliges Bett, wo sie sanft ins Land der Träume gleiten konnte. Ganz verzaubert betrachtete sie die vereinzelten Lichter von Hamburg. So ein Luftspaziergang war eine wundersame Wohltat. Gleich würde sie Minerva wiedersehen und Maja. Sie freute sich sogar ein wenig auf Maria und vielleicht war ja auch Anton da. Ob sie ihren Vater gefunden hatten? Wie es ihm wohl ging? War er inzwischen aufgewacht? Und wie ging es Mildred? Bestimmt war sie aus dem Krankenhaus entlassen worden und wies alle mit ihrer natürlichen Autorität in die Schranken. Sie war so gespannt und abgelenkt, dass ihr erst auf den zweiten Blick auffiel, dass die Lichter unter ihnen wieder weniger wurden. Verließen sie Hamburg? Würden sie nicht jetzt zur Villa oder zu ihrem Versammlungsort in Wandsbek fliegen?

„Wohin bringt ihr uns denn? Nicht in das Haus, in dem meine Tante und meine Oma wohnen?" Mitra wusste nicht, wie sie den Schatten begreiflich machen konnte, welchen Ort sie meinte.

„Wir fliegen in den Wald, in Sicherheit", war die gleichgültige Antwort. Und schon starteten sie den Landeanflug. Mitras Hoffnung auf das Bad, das Essen und das kuschlige Bett sanken parallel zur Flughöhe. Bitte nicht zelten. Sie liebte es zu zelten, aber nicht nach dieser Tortur. Was sie jetzt brauchte, war schlicht Zivilisation mit all ihren luxuriösen Annehmlichkeiten. Im Sinkflug nahm sie immer mehr wahr. Und was sie sah, gefiel ihr gar nicht. Auf einer etwas größeren Lichtung, die von Baumkronen noch geschützt war, kam eine Zeltstadt zum Vorschein. Die meisten Zelte waren in etwa der Größe von Partyzelten und von innen beleuchtet. Zahlreiche Menschen hatten sich an Lagerfeuern versammelt. Mitra kamen viele von ihnen bekannt vor. Die meisten waren Wächterinnen, aber es waren auch einige dabei, denen sie zuvor noch nie begegnet war. Auf alle Fälle befanden sie sich noch in Hamburg. Genauer: Wahrscheinlich in einer der größeren Parkanlagen, schätzte sie. Aber wieso? Wieso waren sie nicht in ihren Häusern und Wohnungen? Am zentralen Feuer konnte sie ihre Tante ausmachen. Die kleine Reisegruppe stoppte auf einmal in der Luft und erst als Minerva bei Aggys Anblick vor Erleichterung ihre Arme in die Luft warf, sanken sie weiter.

„Da seid ihr ja. Sie sind zurück." Alle drehten ihre Köpfe in die Richtung, in die Minerva zeigte. „Mitra ist doch auch dabei, oder?"

„Klar, sie ist bloß gerade unsichtbar", rief Aggy zurück, um Minerva zu beruhigen.

Kurz darauf landeten sie und die Vertreter des Luftvolkes zogen gleich weiter.

„Vielen Dank", rief Mitra ihnen hinterher, nachdem sich ihr Körper ohne größere Kraftanstrengung materialisiert hatte.

„Ja. Ihr habt uns das Leben gerettet", bedankte sich auch Aggy.

Einige der nichtmagisch Begabten zuckten bei Mitras plötzlichen Erscheinen erschrocken zusammen. Sie schienen schon öfter mit Magie zu tun gehabt zu haben, aber es war offensichtlich, dass das nicht zu ihren alltäglichen Erfahrungen gehörte. Sie begutachteten sie nach dem ersten Schock scheu und neugierig. Das konnte Mitra sehr gut nachvollziehen. Ihr selbst würde es nicht anders ergehen. Doch Mitra hatte augenblicklich nur Augen für ihre Tante. Sie rannte zu Minerva und warf sich in ihre Arme. Sie hatte Minerva vermisst, wie doll merkte sie erst jetzt.

„Wie geht es euch? Was habt Ihr erlebt?", fragte Minerva und drückte ihre Nichte ein wenig von sich fort, um sie genauer anzuschauen. Ihre Augen waren vor Freude feucht geworden. Aber auch tiefe Sorge lag in ihrem Blick. Mitra spürte auf einmal Aggy neben sich, die einen Arm um ihre Taille legte und ihren Kopf auf ihre Schulter ablegte. Mitra war ganz überwältigt von dem Zeichen der Zuneigung, war es doch ein Beweis dafür, dass sie sich wieder einander annäherten. Zugleich wurde ihr durch Aggys Körperhaltung auch ihr physischer Zustand einmal mehr bewusst. Sie war schlichtweg todmüde. Sie hatte keine Kraft mehr von ihren Erlebnissen zu berichten. Sie hatte auch keine Kraft mehr zu fragen, was dieses Dorf hier zu bedeuten hatte. Sie hatte allerhöchstens noch Kraft zehn oder elf Hamburger zu vertilgen und sich dann hinzulegen, um zu schlafen. Allein diese Bilder vor dem inneren Auge zu sehen, machte sie noch müder. Die ganze Anspannung und Angst der letzten Zeit, gepaart mit der ständigen Angst den nächsten Moment nicht zu überleben, fielen von ihr ab. Was blieb war der Schrei nach Nahrung und Erholung. Als sie ein herzhaftes Gähnen nicht mehr unterdrücken konnte und Aggy davon angesteckt wurde und gar nicht anders konnte, als es ihr gleichzutun, strich Minerva ihrer Nichte über die Schulter.

„Der Bericht hat auch noch bis morgen Zeit. Kommt in unser Zelt. Ich habe Erbsensuppe warm gemacht und dann schlaft erst einmal. Wir können morgen in Ruhe miteinander reden." Mitra lächelte sie dankbar an und folgte ihr in eines der Partyzelte, Aggy im Schlepptau. „Herzlich willkommen bei uns daheim." Minerva wies in den Innenraum. „Ich hole warmes Wasser und die Suppe." Damit eilte sie geschäftig davon.

Das Zelt war ungefähr zwei Meter hoch und im Inneren waren Lichterketten befestigt, die den Raum in eine angenehme warme Atmosphäre färbten. Ihr Blick glitt über einige Taschen und Kisten, über einen Klapptisch, auf dem Zettel herumlagen. An der linken und rechten Zeltwand lagen jeweils zwei dicke Matratzen aufgereiht, auf denen viele Decken drapiert waren. Vier Betten. Eins für Minerva, eins für Mitra, eins für Aggy und das vierte war für eine Person gedacht, die immer noch um ihr Leben kämpfte, entweder für Mildred oder ihren Vater. Sie musste schlucken. So wie sie ihre Tante kannte, war die vierte Bettstelle sicher für ihre Oma. Aber sobald ihr Vater hier in Sicherheit war, würde sie hier schon ein Plätzchen für ihn erkämpfen. Das wäre ja gelacht. Unwillkürlich überlief sie bei dem Gedanken ein Schauer, dass das die Überreste ihres Lebens waren. Ihr Vater entführt, ihre Großmutter im Koma und ihr Zuhause nicht mehr existent? War das hier alles, was sie noch besaßen?

Sie bekam Kopfschmerzen und merkte wie ihre Augen immer wieder zufielen. Sie zwang sich dazu, vernünftig zu sein und zog ihr Shirt und ihre Hose aus. Aggy entfuhr ein leiser Schrei. „Meine Hose kann ja fast schon von alleine stehen. So schmutzig ist die. Und meine Bluse ... Ich stinke wie ein Elch. Wieso hast du nichts gesagt? Wie peinlich!" Fast schon hatte Mitra den Eindruck, dass Aggy durch den Schock, den ihr ihr Hygienezustand verpasst hatte, wieder voller Energie war. Doch gleich nach diesem empörten Einwurf, gähnte sie abermals.

„Na guck dir meine Hose an. Ich glaub sie will zu deiner."

Aggy betrachtete ihre Freundin verständnislos. Es dauerte ein wenig bis sie ihren zugegebenermaßen dämlichen Witz verstand und nachsichtig lächelte.

„So!" Minerva polterte in ihre schläfrige Stimmung mit einem großen Bottich dampfenden Wassers in der Hand ins Zelt. „Ihr seht schrecklich aus. Wascht euch erst einmal, sonst macht ihr mir hier alles dreckig. Und dann zieht etwas davon an", wobei sie ein paar Kleidungsstücke auf eine der Matratzen warf, „und dann gibt es Erbsensuppe." Da war sie wieder, ihre Tante, die gerne im strengen, nicht zu widersprechendem Ton Befehle an andere ausgab. Die liebevolle Seite hatte sie nicht lange gezeigt. Aber Mitra war ihr für das Waschwasser unheimlich dankbar.

Minerva stellte den Eimer in eine Ecke auf einem Rasenstück. Der Rest des Bodens im Zelt war mit Planen geschützt, damit keine Feuchtigkeit den Teppich oder die Matratzen ruinierte. Dieser Teil war vermutlich genau für solche Waschgelegenheiten ausgespart worden, damit das Wasser, das auf den Boden tropfte oder schwappte, gleich wegsickerte, nahm Mitra an. Nachdem Aggy und Mitra als Erstes ihre Köpfe nacheinander eingetaucht hatten und die Schmutzschicht verschwand, kam Minerva gleich noch einmal mit frischem Wasser. Nach dem dritten Eimer fluchte sie schnaufend, dass sich die Mädchen keine Hoffnung machen sollten und sich nicht an diesen Service gewöhnen sollten, denn ab morgen dürften sie sich selbst darum kümmern.

Endlich waren sie zumindest grundgereinigt und der rote Sand war abgewaschen. Mit einem wohligen Seufzer zogen sie die bequemen, weichen Klamotten für die Nacht an. Aggy hatte sich mit einem Tuch einen Turban auf ihren Kopf gebunden. „Für den gewissen Style", zwinkerte sie Minerva zu, die ihnen zwei Teller Erbsensuppe mit Brötchen brachte und auf den Boden stellte. Von draußen drang Gitarrenmusik zu ihnen herüber. Minerva verdrehte die Augen. „Jeden Abend", stöhnte sie. „Schlimmer als zu meiner Studentenzeit."

Mitra konnte ihr Lachen gerade noch mit einem Löffel Suppe

hinunterschlucken, als sie den funkelnden Blick ihrer Tante auffing. Die Suppe war wahrscheinlich die beste, die sie jemals gegessen hatte. Sie erfüllte sie mit einer heimeligen Wärme und ließ ihre Lider noch schwerer werden. Als ihre Tante sich unbeobachtet fühlte, schaute sie Mitra mitleidig und sorgenvoll an. Doch als sie merkte, dass ihre Nichte sie ihrerseits musterte, wurde sie gleich wieder die Alte. Mitra streckte sich, gähnte noch einmal herzhaft und wankte wie ein Zombie in Richtung Bett. „Das linke Bett hier ist meins", informierte sie Minerva. Diskussion zwecklos. Also stolperten die Mädchen stattdessen in die gegenüberliegenden Betten, kuschelten sich in die Decken und schliefen umgehend ein.

# Der Plan

„Er hat sie nicht erwischt?", fragte Magda ungläubig.

Morgana biss sich auf die Lippen und schüttelte widerwillig den Kopf. Dieser Umstand ärgerte sie fast noch mehr als der Fakt, dass diese miese kleine Göre, die ihnen so viel Leid gebracht hatte, mal wieder mit dem Leben davongekommen war. „Sollen sie sich doch in Sicherheit wiegen, dass sie die Oberhand haben und sollen sie ruhig ihren unbedeutenden Sieg feiern. Sie werden bald daran ersticken. Das ursprüngliche Feuervolk macht keine Fehler", redete sich Morgana in Rage, um Magdas Zweifel zu zerstreuen, aber vor allem um ihren eigenen Unglauben kleinzureden. Allein wichtig war ohnehin das Ergebnis. Und am Ende würden alle Krieger, die für die richtige Seite gekämpft hatten, gemeinsam über diese Welt herrschen und sie so formen, wie es ihnen gefiel. Die bittere Wahrheit war allerdings, dass sie keine Ahnung hatte, was das Feuervolk genau plante. Und ihre Hoffnung, dass sich das bei diesem Treffen zu dem sie unterwegs waren, nun ändern würde, war eher gering.

Sie spürte Magdas Hand auf ihrem Arm, als sie vor einem großen Brocken stehen blieben. Schon eine Weile kletterten sie auf den abgerutschten Resten des Altonaer Balkon herum auf der Suche nach dem Zeichen. Morgana schnalzte missbilligend mit ihrer Zunge.

„Wir haben für solche Sperenzchen keine Zeit …" Erst dann

bemerkte sie im Schein von Magdas Taschenlampe die Zeichnung, einen tiefschwarzen Kreis mit roten Strichen, die alle von dem Kreis wegführten. Eine Sonne. Morgana lächelte. „Sehr gut."

Magda und Morgana steckten ihre Lampen ein und stemmten sich gegen den Gesteinsbrocken, der erstaunlich leicht wegzurollen war. Dem Gefühl nach hatten Vertreter des wahren Erdvolks diesen ausgehöhlt. Unter dem Stein kam ein Loch zum Vorschein, in dem ein Gang nach unten führte. Morgana schüttelte eine entstehende Gänsehaut weg. Seit ihrer Gefangenschaft hasste sie enge dunkle Räume, aber sie würde sich nicht von diesen Ängsten beherrschen lassen. „Auf geht's", meinte sie mit mehr Mut, als sie tatsächlich fühlte. Sie leuchteten in den dunklen Gang hinein, und als sie den Brocken hinter sich wieder an seinen Platz geschoben hatten, überkam Morgana das erste Mal Zweifel, ob dies hier vielleicht doch nicht die richtige Seite war. Sie hatte seit einer gefühlten Ewigkeit lediglich mit Magda gesprochen. Alle anderen Mitglieder des neuen Feuervolks, die ihre Überzeugung geteilt hatten, hatten ihr Leben damals bei der Schlacht auf dem Rathausplatz gelassen. Für die gute Sache. Für Trauer hatte es nicht viel Zeit gegeben, und wenn sie sich vorstellte, dass sie auch in der leuchtenden Zukunft als echte Vertraute lediglich Magda haben würde, überkam sie eine mulmige Empfindung. Und nun gingen sie einen unheimlichen stockdüsteren Gang hinunter. In die Hölle, dachte sie unvermittelt. Würden die anderen Krieger für sie einstehen, wenn es auf hart auf hart kam, oder sie als Kanonenfutter opfern. So abwegig erschien ihr der

Gedanke nicht, wenn sie darüber nachdachte. Sie hatten als einziges Volk Opfer zu beklagen.

Der Gang wurde heller. Am Ende des Tunnels leuchtete es. *Reiß dich zusammen.* Nein, sie durfte nun einfach nicht anfangen zu zweifeln. Es gab einen Grund, warum sie sich von den Ewiggestrigen losgesagt hatte. Diese Regeln der Wächter, dieses ständige Aufpassen, ob ein Normalsterblicher ihre Fähigkeiten entdeckte und eventuell Angst bekam und sie einsperren würden. Die Sorge, dass sie dann verfolgt und bekämpft werden würden. Sie hatte einfach keine Lust mehr, sich zu verstecken. Und dann diese ach so grandiosen Billingers in ihrer schlossähnlichen Behausung. Wie eine Königsdynastie hatten sie sie herumgescheucht. Und alle folgten und das, obwohl die Wächterinnen seit dem großen Brand von den anderen Völkern verbannt worden waren. Damals hätten sie sich erheben, ihnen die Stirn bieten müssen. Aber nein, sie hatten sich zurückgezogen. Sie würde in dieser dummen Schafherde nicht blind mitlaufen. Nur weil Königin Mildred es so befahl. Sie würde sich gegen dieses System zur Wehr setzen.

Der Gang war inzwischen so hell, dass sie ihre Lampen ausknipsen konnten. Die Geräuschkulisse stieg langsam an. Der Weg mündete in einen großen Hohlraum, der mit Schatten, Borkenschmetterlingen und Erdhaufen gefüllt war. In den etlichen Tümpeln tummelten sich die Nixen. Wahrscheinlich befanden sich hier noch mehr Wesen, doch waren sie unsichtbar, oder besser, in ihrer Urform als Erde, Luft oder Wasser anwesend. Ihr Blick glitt über die Versammlung. Sie fühlte sich gleich wieder etwas einsam, wie eine Einzelgängerin. „Lass uns da hinsetzen", schlug Magda vor und deutete auf zwei Felsen, die noch frei waren. Vertreter des ursprünglichen Feuervolks hatte sie bisher noch nicht gesehen. Also waren sie zumindest nicht die Letzten, stellte Morgana erleichtert fest.

Dann ertönte ein dunkles vibrierendes Geräusch, welches die gesamte Höhle erfüllte. Ein wenig besorgt schaute Morgana hoch zur Decke, von der tatsächlich Erde hinabrieselte. Unvermittelt rutschte sie ein wenig näher an Magda heran. Erst jetzt bemerkte Morgana, dass sich in der Mitte der Versammlung eine große Metallschüssel befand, in der eine Flamme züngelte, die die Grotte beleuchtete. Und genau diese Flamme wuchs und wuchs, bis sie wie eine Stichflamme die Decke erreichte und ohne genau zu erkennen wie, lösten sich vier Vertreter des ursprünglichen Feuervolks aus der Flamme heraus. Ein Raunen ging durch die Menge. Ja, das war in der Tat ein eindrucksvolles Auftreten. Morgana konnte sich gerade noch zügeln, um nicht begeistert zu klatschen. Sie sahen so majestätisch aus. Es war wie beim ersten Mal, als sie die Vertreter im Feld gesehen hatte. Da war sie zunächst erschrocken gewesen, doch dann hatte sie nur noch Bewunderung gefühlt. So wie jetzt. Und in jeder Bewegung bestaunte sie deren Stärke.

„Meine Freunde, es freut mich euch willkommen zu heißen. Wir alle haben unseren wichtigen Beitrag geleistet, dass die andere Seite weiß, dass wir da sind und nicht weglaufen werden. Wir haben ihnen Angst eingejagt."

Ein euphorisiertes Raunen ging durch den Raum. Vereinzeltes geziischtes Gejohle und die Vertreter des Erdvolkes brachten vor Begeisterung die Höhle zum Wanken.

„Und was haben sie gemacht? Sie sind zurückgewichen. Wie es ängstliche Mäuschen nun einmal tun."

Der Raum tobte und auch Magda und Morgana hielt es nicht länger auf den Felsen. Sie ließen sich von der Stimmung mitreißen und taten es ihren Gefährten gleich. Sie hatten viel erreicht. Erfreut über die Reaktion des Publikums lachten die vier Vertreter des Feuers. Ein Lachen, das sich wie eine Feuersbrunst anhörte.

„Doch müssen wir euch auch eine traurige Mitteilung machen. Zwei der Unsrigen wurden von den Unterdrückern brutal gemeuchelt."

Das Grölen wich einem erschrockenen Raunen. Morgana war ehrlich verwirrt. Sie war davon ausgegangen, dass die Vertreter der anderen Völker allesamt unsterblich wären.

„Sie waren noch auf der anderen Seite der Barriere, um alles für unseren großen Tag vorzubereiten. Und nun sind sie nicht mehr. Wie so viele von uns nicht mehr sind. Einst waren wir so viele wie ihr. Doch durch die Verbannung und des Frevels an unserem Volk sind die meisten von uns ... erloschen."

Betretenes Schweigen folgte. Magda rutschte unruhig auf ihrem Stein hin und her. Morgana konnte das verstehen. Sie selbst hatte das Gefühl, dass alle sie anstarrten. Waren es doch ihre Vorfahren. Die dies erst möglich gemacht hatten.

„Doch ich gebe nicht euch die Schuld daran. Natürlich nicht. Denn ihr habt in den letzten Tagen bewiesen, dass nicht ihr diese Grausamkeit zu verantworten hattet. Sondern sie. Sie haben uns die Essenz gestohlen und haben damit Schuld auf sich geladen, die nicht vergeben werden kann. Sie sind es nicht wert, Vertreter der Völker zu sein. Sie haben die Magie weggesperrt und uns kleingemacht."

Die Grotte bebte und das Publikum tobte vor Zustimmung.

„Deswegen werden wir ihnen dieses Privileg nehmen. Als Erstes werden die Verbrecher des Erdvolkes dran glauben müssen." Magda und Morgana hielten es abermals nicht auf dem Stein. Sie standen auf und klatschten. Es begann endlich. Einer der Vertreter des Feuervolkes machte eine Bewegung, dass sie sich beruhigen sollten.

„Es gab einen Rückschlag in unserem Plan. Die andere Seite der Barriere wurde stabilisiert und die jämmerlichen Wesen haben es irgendwie geschafft, wieder auf unsere Seite zu gelangen. Wir müssen also etwas geschickter vorgehen. Lassen wir sie in dem Glauben der Sicherheit. Doch wir wissen, dass dies ein trügerischer Glauben ist. Denn wir werden siegen. Wir werden herrschen."

Der Saal jubelte abermals. Die Anwesenden waren sich eindeutig sicher. Ihre Feinde würden fallen. Bald würden sie alle Magie in diese Welt zurückbringen und ihnen das holen, was ihnen rechtmäßig zustand. Tod ihren Feinden.

# Im Camp

Mitra hatte wie ein Stein geschlafen und ihr Schlaf war ohne einen einzigen Traum erholsam wie lange nicht gewesen. Wenn sie an ihre Albträume in der Vergangenheit dachte, war sie für diesen Umstand mehr als dankbar. Von draußen drangen Alltagsgeräusche ins Zelt herein und drängten sie so zurück in die Realität. Mitra drehte sich um, um die Welt noch ein wenig länger auszuklammern. Doch es nützte nichts, sie schaffte es nicht, sich wieder in die traumlose Welt des Schlafs zu stehlen. Widerwillig öffnete sie erst ein Auge und dann das nächste. Das Tageslicht drang unbarmherzig durch die Plane. Es war ein wenig klamm im Zelt, was sie sich noch ein wenig mehr in ihre Decke kuscheln ließ. Neben ihr schnarchte Aggy noch leise vor sich hin. Minervas Bett dagegen war bereits leer.

Nach einer Weile des Zu-sich-Kommens richtete Mitra sich auf, wobei ihr Blick auf die Waschecke fiel, wo im Gegensatz zu Minervas gestriger Androhung der Bottich mit frischem Wasser gefüllt stand. Während sie sich so leise wie möglich wusch, fing ihr Magen laut an zu knurren. Sie hatte einen tierischen Hunger. Sie schaute an sich hinab und entschied sich dafür, dass sie allerdings noch nicht hungrig genug war, um sich so öffentlich zu zeigen. Kurz war sie versucht Aggy zu wecken. Frei nach dem Motto: Geteiltes Leid ist halbes Leid. Doch entschied sie sich aus Angst vor einer unglaublich miesgelaunten Freundin dagegen.

Ein Kaffee wäre ebenfalls nicht schlecht, überlegte sie sehnsüchtig. Ob es so einen Luxus in diesem ... Camp gab? Sie suchte erneut das Inventar ab und sinnierte darüber nach, wie es sein würde, wenn das jetzt hier für die nächsten Monate ihre Heimat wäre und nicht ein spannendes Abenteuer, und sie musste feststellen, dass es im fahlen Lichtschein des Tages ziemlich trostlos aussah. So kalt.

Da bemerkte sie auf dem Klapptisch, auf dem gestern noch Papiere ausgebreitet herumlagen, ein paar ihrer Klamotten. Sie lächelte. Ihre Tante hatte wirklich an alles gedacht. Trotz dieses ganzen Chaos. Sie war eine unglaublich starke Frau.

Schnell zog sich Mitra an und fuhr sich mit den Fingern durch ihre Haare. Sie hoffte, dass sie nun einigermaßen vorzeigbar aussah. Sie öffnete den Reißverschluss des Zelteingangs, lugte nach draußen und landete so in einer für sie völlig surrealen Szenerie. Völlig unvermittelt fühlte sie sich auf so eine Art mittelalterlichen Marktplatz versetzt. Ihr Zelt befand sich wie anscheinend alle Wohnzelte am Rand einer Lichtung, wo ebenfalls zwei chemische Toilettenhäuschen und ein kleiner Container mit der Aufschrift *Waschmöglichkeit* standen, allerdings mit gebührendem Abstand zu den Wohnzelten. Die Zelte waren um eine große Feuerstelle gruppiert, die auch jetzt noch brannte und viele Bänke und Partytische waren zum Verweilen aufgestellt worden. Um diese für diese Breitengerade und Zeit ungewöhnliche Kommune war ein Metallnetz gespannt worden. Mitra spürte hier die Magie, die von diesem Netz ausging.

Ein wenig unsicher stakste sie nach draußen und verschloss das Zelt wieder.

„Na, mal eben die Welt gerettet?", fragte eine freundliche neckende Stimme. Sie drehte sich um und erleichtert fiel sie Maja um den Hals. Eine gefühlte Ewigkeit hatte sie Maja nicht mehr gesehen. Die konnte ja nichts dafür, dass sie Marias Tochter war, obwohl selbst die es, wenn auch auf eine schräge Art und Weise, mit Mitra gut gemeint hatte. Was man über ihren Sohn nicht sagen konnte. Den hatte Maria im Stich gelassen und schamlos ausgenutzt. Anton. Majas Bruder. Bis zum heutigen Tag war es Mitra immer noch schleierhaft, wie eine Mutter ihren eigenen Sohn so behandeln konnte. Mitra löste sich wieder aus der Umarmung.

„Ja, wie jeden Tag, halt", lächelte sie schüchtern. Eine Weile schauten sich die beiden Mädchen an, ohne zu wissen, was sie sagen sollten. Dann wurde Maja auf einmal ernst. „Es tut mir leid wegen Maria und Anton und alldem. Ich kenne meinen Bruder zwar noch nicht so lange, aber er mag dich wirklich." Mitra betrachtete sie prüfend. Doch Maja schien es ehrlich zu meinen. Und es schien ihr auch wirklich leidzutun.

„Danke", wisperte Mitra und nickte ihr zu. Mehr konnte sie dazu nicht sagen. Es gab auch einfach wichtigere Dinge, mit denen sie sich auseinandersetzen musste.

„Du willst wahrscheinlich zu deinem Vater", meinte Maja leichthin. Mitras Herz setzte aus. Sie ergriff mit beiden Händen Majas Arm, so als wolle Sie Maja am Weglaufen hindern, hätte diese das vorgehabt.

„Mein Vater ist frei?" Maja beäugte sie verwirrt.

„Ja, er liegt dort in dem kleinen Zelt. Ich dachte, du wüsstest es bereits." Maja deutete auf ein Zweimannzelt, das gleich neben ihrem Zelt stand. Mitra ließ Majas Arm los und stürmte sofort los, ohne sich zu verabschieden. Sie hatte nur noch eine Frage im Kopf. Wie ging es ihrem Vater? Hektisch zog sie an dem Reißverschluss des Zelts und stellte fest, dass ihre Hand zitterte. Sie lugte in das Zelt hinein. Und dann sah sie ihn. Ihren Vater in Decken gehüllt. Er lag nur da und schien zu schlafen. Sanft rüttelte sie ihn, in der Hoffnung, dass er eventuell von ihr geweckt werden konnte. Doch nichts geschah. Zumindest war er wieder bei ihnen, versuchte sie sich zu ermutigen.

„Und wer sind Sie?", fragte plötzlich eine strenge Frauenstimme hinter ihr. Mitra fuhr herum.

„Ich bin seine Tochter", kam es Mitra automatisch über die Lippen und dann fragte sie, in einem schärferen Ton, als sie es eigentlich beabsichtigt hatte: „Und wer sind Sie?"

Die Frau, die beim Zelteingang stand, hatte kurze weiße Haare und schaute sie prüfend an. Mitras ungehaltener Ausbruch beeindruckte sie keineswegs. Sie zuckte noch nicht einmal zurück. Mitra verließ das Zelt, um sich auf Augenhöhe zu ihr zu stellen. Sie baute sich direkt gegenüber der Frau auf.

„Dann sind Sie also …?"

„Mitra Gold", vollendete Mitra den Satz. Etwas an dieser Frau machte Mitra nervös, obwohl sie versuchte, sich nichts anmerken zu lassen. Die Frau nickte und machte auf dem Absatz kehrt, ohne sich weiter zu erklären. Mitra war zu perplex zu reagieren. Als die Frau sich anschickte wieder zu gehen, tauchte Minerva auf einmal auf.

„Wie schön, du hast Frau Dr. Andersen bereits kennengelernt. Sie kümmert sich um deinen Vater." Der Blick der Ärztin wurde etwas weicher, bevor sie klarstellte, dass sie alle Verletzten im Camp betreute.

„Ja natürlich", machte ihre Tante eine beschwichtigende Handbewegung. „Und das ist meine Nichte Mitra Gold", um sogleich das Thema zu wechseln. „Wie geht es ihm?"

„Er ist stabil", antwortete die Ärztin knapp, sprach dann aber weiter, um ihre Aussage zu konkretisieren. „Seine Vitalwerte sind gut. Er ist nicht im Koma. Er schläft nicht. Aber er wacht auch nicht auf. Ich habe dafür keine Erklärung." Damit drehte sie sich um und verließ Tante und Nichte.

Mitra konnte die Frustration der Ärztin deutlich spüren. Minerva lächelte ihr hinterher. „Sie ist eine Top-Medizinerin. Sie arbeitet eigentlich im UKE und hilft auch Mama." Mitra presste ihre Lippen aufeinander. „Mehr können wir derzeit nicht machen."

„Warum ist Papa nicht auch im Krankenhaus?"

„Du weißt, dass sie ihm da nicht helfen könnten. Und wir müssen ihn beschützen. Hier ist er sicherer. Es war nicht besonders einfach ihn zu aus deren Fängen zu befreien. Das möchte ich nicht riskieren."

Mitras Entrüstung entwich auf einmal. Plötzlich war sie ihr peinlich.

Sie schaute auf dem Boden. Ihre Tante hatte so viel für ihren Vater riskiert. Und sie … Schließlich nahm sie sich zusammen und schaute ihrer Tante in die Augen. „Danke, dass du ihn gerettet hast", flüsterte sie.

Minerva legte ein gespielt entrüstetes Gesicht auf. „Das habe ich dir doch versprochen. Außerdem gehört er zur Familie … auch wenn ich ihn nicht mag." Sie legte jovial einen Arm um Mitras Schulter.

„Lass uns frühstücken." Mitra nickte. Just in diesem Moment erinnerte ihr Magen sie daran, warum sie eigentlich das Zelt verlassen hatte. „Und es gibt sogar Kaffee."

Mitras Augen leuchteten. „Wirklich?"

„Wir leben noch immer in der Zivilisation."

Mitra lachte. „Das habe ich tatsächlich kurzfristig vergessen." Doch dann stockte sie in ihrer Bewegung. Unsicher, wie sie es am besten formulieren sollte, polterte sie einfach mit der Frage raus: „Wie geht es denn eigentlich Mildred?" Minervas Körper spannte sich an. Mitra sah die funkelnden Augen ihrer Tante und machte einen Schritt zurück. Erst jetzt schien ihre Tante zu realisieren, wer ihr diese Frage gestellt hatte, und sie beruhigte sich ein wenig. „Sie … die Ärzte sind erstaunt darüber, dass sie überhaupt noch lebt."

Diese Worte fühlten sich an wie ein Schlag in die Magengrube. Für einen Moment vergaß Mitra zu atmen. Instinktiv verschränkte sie ihre Arme schützend vor ihrem Bauch.

„Das tut mir leid", murmelte Mitra. Ihre Tante schaute in die Ferne und sie schwiegen eine Weile. Dann wandte sie sich Mitra wieder zu und lächelte, in dem offensichtlichen Entschluss, so zu tun, als ob es Mildred gut ging.

„Sie ist eine Kämpferin", sprach Minerva leise weiter. Ob sie damit ihre Nichte oder sich selbst beruhigen wollte, konnte Mitra nicht sagen.

Sie kehrten ins Zelt zurück, wo Aggy gerade Selfies von sich machte, um abzuchecken, wie ihr das Outfit stand. Sie schien ganz und gar nicht zufrieden mit ihrem Anblick und zog eine Schnute. Es waren Mitras Klamotten und die waren nun einmal eher schlicht. Eindeutig nicht ihr Stil.

„In einem Korso könnten wir vielleicht zu dir nach Hause fahren, damit du dir einige Habseligkeiten zusammensuchen kannst", bot Minerva ihr an. „Natürlich kannst du deine Familie auch herholen. Obwohl Billstedt noch unzerstört ist."

Mitra und Aggy starrten sie mit offenem Mund an. Das waren eindeutig zu viele Informationen auf einmal. Sie sollten in einen Korso fahren? Aggy sollte ihre Familie in Sicherheit bringen und Billstedt war noch intakt?

Minerva fuhr sich durch ihre Haare, während sie zwei Schüsseln aus den Kisten hervorholte und sie mit Müsli und haltbarer Milch füllte. „Es ist einiges passiert, während ihr weg wart."

Mitra nickte. „Anscheinend", meinte sie, während sie auf ihre Umgebung deutete.

Minerva stellte ihnen die Schüsseln auf den Tisch. „Ich hole euch Kaffee." Damit verließ sie mit zwei Tassen das Zelt.

Mitra und Aggy schauten Minerva verwirrt hinterher. Sie setzten sich ratlos vor ihre Müslischüsseln. Schließlich schnappte sich Aggy ihr Handy und wählte eine Nummer. „Scheiße, geht keiner ran", schimpfte sie nachdem sie es eine Weile an ihr Ohr gehalten hatte. Dann wählte sie eine weitere. „Hallo? Anja? Ja, ich bins. Wie geht's euch? ... Ich war nicht da. Das habe ich dir doch mitgeteilt." Aggy biss sich auf die Lippe und strengte sich an, nicht auszuflippen. „Was ist mit Jason? Was heißt weg?" Ihre Stimme wurde schrill. „Scheiße Anja, wie kannst du mir so einen Schreck einjagen. Das ist nicht witzig. Übrigens mir geht's fantastisch." Damit legte sie auf und starrte einen Fleck an der Decke an. Als Mitra ihre Hand beruhigend auf ihre Schulter legen wollte, zuckte sie zurück. Nach einer gefühlten Ewigkeit erst atmete sie aus und schaute Mitra direkt an. „Sie sind alle nach Berlin zu Oma." Sie klang erleichtert, doch dann verdunkelte sich ihr Blick. „Um mich haben sie sich anscheinend keine Sorgen gemacht. Wahrscheinlich ist ihnen noch nicht einmal aufgefallen, dass ich gar nicht dabei war."

Mitra konnte sich nicht vorstellen, was ihre beste Freundin gerade durchmachte, und sie wirkte dabei so abweisend, dass sie sich noch nicht einmal traute, einen Versuch zu unternehmen, sie zu trösten. Zeitgleich konnte sie nicht aufhören sich zu fragen, wieso ihre Familie Hamburg verlassen hatte. Was war hier nur passiert? Wieso lebten sie selber in einem Zelt, statt in ihrer wunderschönen Hexenvilla? Klar, da wurde eingebrochen, was schon unheimlich war, aber wesentlich sicherer als ein Zelt in einem Park. Wieso hatte ihre Tante diesen Schritt als wichtig eingeschätzt? Sie war eine Person, die Luxus durchaus zu schätzen wusste. Von draußen drangen weiter die Geräusche des Camps zu ihnen herein. Mitra merkte bereits jetzt, wie ihr die mangelnde Privatsphäre zu schaffen machte.

Da platzte Minerva in die niedergeschlagene Stimmung hinein und brachte zwei gute Gründe mit, die die Laune der Mädchen anheben konnte. Zwei wunderbar dampfende Tassen Kaffee. Der Innenraum füllte sich sogleich mit dem Aroma. Mitra streckte gierig ihre Hand nach einer der Tassen aus. Aggy hatte sich seit der Beendigung des Telefonats nicht mehr bewegt. Minerva zog eine Augenbraue besorgt nach oben. Schließlich stellte sie die Tasse vor Aggy auf den Tisch.

„Aggys Familie ist in Berlin", versuchte Mitra die Situation zu erklären. Minerva setzte an, darauf etwas zu erwidern. Doch Mitra schüttelte den Kopf und sah sie mahnend an.

„Ich bin nicht blind, weißt du?", stieß Aggy genervt hervor und schaute ihre Freundin an. Als tue es ihr sofort leid, dass sie so aus der Haut gefahren ist, fügte sie besänftigend hinzu: „Ich weiß gar nicht warum mich diese Frau noch so verletzen kann. Man sollte meinen, dass ich langsam dazugelernt hätte." Sie fuhr sich übers Gesicht und schnappte sich ihre Tasse. „Also, hier ging die Post ab?" Es war offensichtlich, dass das Thema *Familie* mit dieser Frage unwiederbringlich beendet war.

Minerva stieß einen freudlosen Lacher aus. „Das ist noch ein wenig untertrieben", bestätigte sie. „In der Nacht, in der ihr rübergegangen seid, gab es eine Flut, die die Fischauktionshalle unter Wasser setzte. Dann folgten wiederkehrende Erdbeben. Der Altonaer Balkon ist teilweise in die Elbe gerutscht und löste eine kleine Welle aus, die dazu führte, dass der Hafen und Finkenwerder überschwemmt wurden." Sie hielt inne. „Und während das alles geschah, haben wir Mitras Vater aufgespürt. Die Abtrünnigen hatten ihn entführt. Wir konnten sie überraschen und ihn aus ihren Fängen befreien. Anton war uns dabei übrigens eine große Hilfe." Sie zwinkerte ihrer Nichte zu, die sofort rot wurde, worüber sich Mitra furchtbar ärgerte. Diese dämliche körperliche Reaktion. Manche Sachen änderten sich halt nie, stellte sie genervt fest.

„Das ist nett", bemerkte sie diplomatisch und möglichst kühl. Doch in ihr drinnen tobte bei der Erwähnung seines Namens ein kleiner Orkan.

„Auf der Flucht wurden wir von den Abtrünnigen der anderen Völker verfolgt", fuhr Minerva fort. „Dabei sank der Jungfernstieg ab und stürzte in die U- und S-Bahnschächte. Einige Häuser sind eingestürzt." Sie stoppte noch einmal und zeigte auf ihre Umgebung. „Und deswegen hat die Stadt ihren Bürgern offiziell erlaubt, im Freien zu campen. Und wir wollten uns und unsere Familie vor weiteren Angriffen schützen. Das können wir am besten, wenn wir zusammen sind." Mitra betrachtete ihre Tante skeptisch. Was sollte hier denn bitte sicher sein? „Wir haben hier ein Schutzschild aufgebaut. Hier kommt kein magisches Wesen rein, ohne dass wir davon erfahren", erklärte Minerva sichtlich stolz.

„Deswegen haben Sie die Arme gehoben, als Sie uns gesehen haben?

Um das Schild runterzufahren!", fiel ihr Aggy begeistert ins Wort. Minerva nickte selbstgefällig.

„Und trotzdem können wir hier von einem Baum erschlagen werden, wenn die Erde wieder bebt", dämpfte Mitra die Euphorie. Bevor ihre Tante etwas hätte erwidern können, erscholl ein grelles, lautes Alarmgeräusch.

„So ein Mist, nicht schon wieder." Ohne ein weiteres Wort der Erklärung verließ Minerva im Eilschritt das Zelt. Mitra wollte ihr gerade verwirrt folgen, als die Erde anfing, sich zu bewegen. Durch die Bewegung und dem durchdringenden Geräusch war sie kurz völlig orientierungslos. Sie hielt sich stumpf an ihrer Kaffeetasse fest. Kaum hatte sie ihrer Welt den Rücken gekehrt – für eine gefühlte Sekunde, schon hatte sie den Eindruck, dass mehrere Jahre vergangen waren. Denn nichts war mehr wie zuvor. Hamburg glich einem Katastrophenzentrum. Fast apokalyptisch. Menschen flohen. Und sie saß, anstatt in ihrer gemütlichen Küche mit Ausblick auf den Kräutergarten, in einem Zelt, die Erde bebte und ihr Trommelfell wurde durch einen Alarm in Stücke zerfetzt. Wenigstens war Aggy an ihrer Seite. Sie wirkte in diesem Moment ebenfalls nicht gerade glücklich. Ihre Augen waren geschlossen und ihr Körper vibrierte und änderte seinen Aggregatzustand mit den Stoßwellen der Erde in fest und in flüssig.

Dann hörte der Alarm abrupt auf. In Mitras Ohren klingelte es eine Weile nach. Es folgte ein besonders harter Erdstoß und dann verstummte auch die Erde. Einen Augenblick herrschte gespenstische Ruhe, bis diese Ruhe schließlich durch ein lautes Knacken, was sich zu einem Krachen erhob, unterbrochen wurde. Dann knarrte es erst langsam und dann immer schneller. Mitra hielt den Atem an, während sie versuchte, sich einen Reim auf dieses Geräusch zu machen. Ein Knall und Zischen und ein Windstoß blies durchs offene Zelt. Dann ein Raunen, was durch Jubel ersetzt wurde.

„Es hält!", hörte sie einen Mann schreien.

Verwirrt wollte Mitra aufstehen, um nachzusehen, was los war. Doch als sie aufstand, knickten ihre Beine unter ihr weg. Sie zitterte am ganzen Leib.

„Hey, alles in Ordnung", hörte sie Aggys flüsternde Stimme. Mitra gab ihrem Körper nach und legte sich auf den Teppich. Sie starrte die Decke an und merkte, wie sich das Zittern änderte. Tränen stiegen in ihr hoch und sie weinte. Sie wusste noch nicht einmal ganz genau wieso. Doch sie konnte ihre Tränen nicht aufhalten. Sie spürte Aggy, die sich neben sie legte und umarmte. Dankbar schlang Mitra ebenfalls ihre Arme um sie. Dankbar dafür, dass sie keine Fragen stellte oder irgendetwas schwachsinnig Aufmunterndes von sich gab, sondern sie einfach nur in den Armen hielt, verständnisvoll. Langsam ebbte das Zittern ab und der Tränenfluss versiegte.

„Was macht ihr denn hier?", fragte Minerva irritiert, die wieder im Zelt auftauchte.

„Wir schützen uns vor dem Erdbeben", schniefte Aggy ernst. Mitra stellte sich vor, was sie beide gerade für ein absurdes Bild abgaben. Bei der Vorstellung zuckte ihr Zwerchfell, wobei sie das Lachen zu unterdrücken versuchte, womit sie Aggy ansteckte, die nun ebenfalls kicherte.

„Ihr seid ja völlig überdreht. Esst erst mal euer Müsli." Mitra und Aggy brauchten noch einige Minuten, um ihren Lachflash unter Kontrolle zu bekommen, der nur allmählich abebbte. Als Mitra abermals versuchte aufzustehen, klappte es. Sie wischte sich die Tränen aus dem Gesicht und klopfte sich den Schmutz von der Kleidung. Sie spürte den sorgenvollen Blick ihrer Tante auf sich und Aggy ruhen.

„Uns geht es gut wirklich. Ich habe mich nur wegen der Sirene und dem Erdbeben erschrocken."

Minerva nickte düster. „Ja, das kann ich verstehen. Aber das passiert in letzter Zeit leider häufiger. Die Biester wollen uns nie vergessen lassen, dass es sie noch gibt. Als ob wir es jemals vergessen würden, geschweige denn könnten."

Die Mädchen setzten sich wieder an den Tisch und schluckten jetzt schwer an ihrem Müsli.

„War das ein Erdbebenalarmsystem?", erkundigte sich Aggy.

Minerva wägte mit ihren Armen ab. „Nein, nicht so richtig. Der Alarm warnt uns, wenn magische Wesen unerlaubt in den Schutzraum eindringen wollen. Aber in letzter Zeit waren dies anscheinend vor allem Abtrünnige aus dem Erdvolk, die uns ängstigen wollen." Sie starrte auf den Boden. „Wir haben uns inzwischen daran gewöhnt und sie schaffen es noch nicht, den Schutzzauber zu durchbrechen." Die Worte sollten ihnen wohl das Gefühl von Sicherheit geben. Doch Mitra hörte vor allem die Formulierung *noch nicht*.

„Wer sind all die nichtmagisch Begabten hier?", fragte Aggy neugierig.

„Das sind Freunde und Verwandte von uns, denen wir vertrauen können, dass sie unser Geheimnis bewahren. Wir versuchen sie hiermit zu schützen."

„Das ist schön", nickte Aggy.

„Papa!" Mitra verschluckte sich nahezu an dem letzten Happen ihres Müslis.

Minerva setzte sich, die Ruhe selbst, an den Tisch und winkte ab. „Der hat hier schon mehr Erdbeben miterlebt als, dass ich sie zählen könnte."

Doch Mitra war bereits von ihrem Stuhl hochgeschossen und aus dem Zelt geeilt. Erst einige Minuten später kehrte sie etwas beruhigt zurück.

„Ihm geht's gut. Zumindest soweit ..." Mitra biss sich auf die Innenseite ihrer Wange und nahm wieder ihren Platz ein. Aggy legte ihr eine Hand tröstend auf den Arm.

Minerva jedoch schien den Gemütszustand ihrer Nichte gar nicht weiter ernst zu nehmen und bat völlig unvermittelt: „Aber jetzt erzählt endlich mal von eurem Abenteuer. Wie ist die andere Seite? Habt ihr die neue Essenz zerstört?" Minerva schaute sie mit großen Augen erwartungsvoll an.

Mitra schluckte. Konzentration Fräulein Naturverbundene, dachte sie sich selbst ermutigend. „Also die andere Seite ist beängstigend. Es ist noch Hamburg, aber tot …"

„Und alles mit rotem Sand bedeckt. Keine Pflanze. Kein Leben", unterbrach Aggy sie und schwieg dann wieder.

„Ja, alles rot. Und unecht. Und …"

„… es zieht einem das Leben aus den Adern."

Mitra nickte Aggy anerkennend zu. Das hätte sie nicht besser formulieren können. „Ja genau! Und wir wurden von zwei Fratzen entdeckt. Hugo hat sie gekillt. Der war so irre …" „Und du hast den zweiten gekillt." Aggy klopfte ihrer Freundin anerkennend auf die Schulter. „Stell dein Licht nicht unter den Scheffel."

Mitra wurde rot und ihre Tante starrte sie mit offenem Mund an. „Wow, na, meine Nichte halt." Ein Lob von ihrer Tante. Sie spürte eine Woge der Zuneigung und lächelte schüchtern. „Ach, das war Glück." Sie machte eine wegwerfende Geste. „Aber dann haben wir die Essenz gefunden", wechselte sie schnell das Thema. „Und rate mal wo."

Ihre Tante kratzte sich am Kinn. „Hmm, keine Ahnung, im Rathaus?"

Mitra schüttelte den Kopf. „Nein, im Garten, in unseren Garten." Sie machte eine dramatische Pause. „Es war eine Kamillenpflanze."

Minerva kniff ihre Augen ungläubig zusammen. „Eine Blume?"

Aggy nickte. „Ja und erst wollten wir sie auch vernichten. Also, nachdem wir den Schutz durchbrochen hatten. Was ganz schön schwer war, by the way. Aber Mitra lehnte das ab und wollte die Pflanze retten."

Ohne die Erscheinung, die sich als Mitras Mutter zu erkennen gegeben hatte, hätte sie es nicht geschafft. Dieses Glitzern hatte sie geführt und ihr die entscheidenden Hinweise gegeben. Aber das war und blieb natürlich Mitras Geheimnis. Davon würde sie niemandem erzählen. Zum einen, weil sie nicht als verrückt gelten wollte, und zum anderen, weil sie das Erlebnis mit niemandem teilen wollte. Das gehörte nur ihr.

Minerva war sich über Aggys Information noch nicht im Klaren. „Du wolltest die Essenz nicht zum Erlöschen bringen? Warum nicht?" Ihre Tante betonte jede Silbe überdeutlich und versuchte dabei ruhig zu klingen, was reine Fassade war.

Mitra biss sich auf die Lippe. „Es war so ein Gefühl. Wir glaubten, wenn das letzte Lebendige gestorben wäre, die andere Seite der Barriere implodiert oder explodiert wäre."

Minerva war noch nicht überzeugt.

„Und das hätte diese Welt hier ins Chaos gestürzt", erklärte Aggy lässig, als ob es das Normalste und Selbstverständlichste wäre.

In die Stille, die nun folgte, hätte man eine Stecknadel fallen hören können.

„Davon sind wir auf jeden Fall überzeugt und sind uns ziemlich sicher", setzte Mitra nach. Sie hätte sich am liebsten für diese letzte Bemerkung getreten. Ihre Tante schaffte es immer wieder, dass sie sich klein und dumm fühlte, wenn diese es darauf anlegte. Dass sie so eine Macht über sie hatte, machte sie wütend. Sie musste wirklich lernen ihr die Stirn zu bieten. Sie atmete tief ein und aus. „Es war die richtige Entscheidung. Du hast die Welt auf der anderen Seite nicht gesehen. Sie war kurz davor zu kollabieren, sich selbst zu zerstören und das hätte unsere Seite beeinflusst. Immerhin haben diese Farbengewitter aufgehört, sobald wir die Pflanze gerettet hatten." Ihr Herz hämmerte ihr bis ins Ohr. Aber sie war mächtig stolz auf sich.

Bange Sekunden reagierte Minerva nicht, dann nickte sie nachdenklich. Mitten in der Bewegung stockte das Nicken jedoch, als ob ihr etwas komisch vorkam. „Farbengewitter?"

„Ja, Gewitterwolken, die zwar dunkel waren, aber da waren auch Farben drin."

Minerva schaute sie besorgt an. „So etwas gab es hier auch gestern." Sie fuhr sich durchs Haar. „Ich hätte nicht gedacht, dass die beiden Seiten so eng miteinander verknüpft sind." „Wir haben es ja gefixt", lächelte Aggy sie aufmunternd an. Sie schien wieder völlig die Alte zu sein. Mitra war sich sicher, dass Aggy das Wegstecken von emotionalen Katastrophen sehr gut eingeübt hatte. Gerne hätte sie gewusst, wie sich ihre beste Freundin jetzt wirklich fühlte. Aber Mitra wagte nicht nachzufragen, stattdessen aßen sie schweigend ihr Frühstück zu Ende.

Nach dem sie ihre Müslischalen geleert hatten, gingen sie nach draußen. Minerva hatte bereits das Zelt verlassen, um die Schäden näher zu begutachten, die das Erdbeben eventuell verursacht hat.

Als die Mädchen auf die Lichtung traten, sah es anders aus als vorher. Mitra fiel in diesem Moment auf, da sie sich erst jetzt aufmerksam umblickte, dass ein Baum umgestürzt war, der gestern noch dagestanden hatte. Überreste von ihm lagen verkohlt und noch rauchend verteilt. Minerva stand daneben und betrachtete den zerstörten Baum. Mitra und Aggy liefen zu ihr hinüber.

„Was ist da passiert?", fragte Mitra ihre Tante. „Waren das die Angehörigen des Erdvolks?" Minerva schüttelte den Kopf. „Nein, er ist durch das Beben umgeknickt und wäre beinahe auf uns drauf gefallen. Aber er hat stattdessen Bekanntschaft mit unserem Schutzschild gemacht."

Aggys leuchtende Augen wurden ganz groß. „Das zum Thema wir könnten hier von herunterfallenden Dingen erschlagen werden. Also, ich fühle mich jetzt auf jeden Fall wesentlich sicherer als in Billstedt." Mitra wusste, dass Aggy ihre Tante mit ihrer sarkastischen Bemerkung ärgern wollte, aber sie musste zugeben, dass ihre Tante recht zu haben schien, dass sie hier sicherer waren.

„Wirklich beeindruckend", stimmte sie Minerva widerwillig zu.

„Da bin ich. Was gibt es denn so Wichtiges?" erscholl von hinten eine männliche Stimme. Mitras Welt blieb augenblicklich stehen. In Zeitlupe drehte sie sich zu der Stimme um. In ihr drin breitete sich sofort Hitze aus und ihre Hände begannen zu glühen. Er schaffte es immer noch, sie völlig aus der Bahn zu werfen. Eigentlich wollte sie ihm völlig entspannt entgegentreten, doch ihre Mundwinkel streikten und wehrten sich erfolgreich gegen diese Zielsetzung. Ihre geplante Coolness floss dahin. Sie grinste wie ein Honigkuchenpferd. Anton! Er war hier.

Endlich sah sie ihn wieder. Als Anton sie bemerkte, sah auch er sich wiederum nicht mehr in der Lage, seinen Mund zu schließen.

„Mein Ritter in schimmernder Rüstung." Hatte sie das gerade wirklich laut gesagt? Das Glucksen von Aggy gab ihr die unerwünschte Antwort. Seine Lippen verzogen sich zu einem spitzbübischen Lächeln. „Mylady?!"

Minerva räusperte sich. „Hallo Anton, ich wollte dich nur darüber informieren, dass unsere Abenteurer wieder da sind." Sie schaute zwischen Mitra und Anton hin und her. Mitra war sich sicher, dass Minerva dieses *zufällige* Zusammentreffen arrangiert hatte. Das war eindeutig. Wenn Mitra nicht so beschäftigt damit gewesen wäre, ihn anzustarren, wäre sie sicher wütend auf ihre Tante gewesen. Aber so war sie einfach nur froh und beachtete Minerva nicht mehr. Ebenfalls nur am Rande bekam sie mit, dass Aggy sich mit ihrer Tante verabschiedete, da sie aus Billstedt noch wichtige Habseligkeiten bergen wollte. Sie schaffte es gerade noch, ihnen zum Abschied zu winken.

„Wie geht es dir?", fragte er forschend. Ihr Herz machte bei seiner deutlichen Sorge um sie einen Satz.

„Ganz gut." Sie lächelte. „Danke, dass du Papa da rausgeholt hast."

Er lächelte zurück. „Für dich immer."

Sie machte einen Schritt auf ihn zu. Es zog sie wie von alleine zu ihm hin. Sie konnte gar nichts dagegen tun. Sie sog seinen unwiderstehlichen Duft ein und war davon ganz berauscht. Er streckte seine Arme nach ihr aus und sie ließ sich hineinfallen, fühlte sich geborgen und spürte seine

Muskeln unter seinem Shirt.

„Du siehst gut aus." Seine Stimme klang rauchig und ein wohliger Schauer durchfuhr sie. Sie wusste gerade nicht mehr, wieso sie sich getrennt hatten, oder vielmehr, ob sie sich überhaupt getrennt hatten.

„Hallo Brüderchen, da bist du ja wieder. Und du hast Mitra gefunden." Sie konnte das Grinsen in Majas Stimme deutlich hören, ohne sie zu sehen. Noch ein wenig von ihren Gefühlen benebelt, löste sie sich abrupt von seinem Körper. Auch wenn ihr das durch seine magnetische Anziehungskraft wirklich schwerfiel.

„Ja", murmelte er genervt.

„Hallo Maja, geht's gut?", fragte Mitra in einer Tonlage höher, als eigentlich normal gewesen wäre. Maja runzelte ihre Stirn. „Ja, ganz gut und dir?" Mitra nickte. Ihr kam wieder ihre Geburtstagsparty in den Sinn und was sie da erfahren hatte. Sie spielte mit ihren Fingernägeln. Sie musste hier weg, und zwar sofort. Sie hatte bei ihrem Aufenthalt auf der anderen Seite der Barriere ganz vergessen, wie emotional aufreibend es für sie auf dieser Seite war. Sie stolperte einen Schritt rückwärts

„Ihr habt bestimmt ganz viel zu besprechen. So unter Geschwistern. Toll, dass es euch gut geht. Das ist wichtig. Also, bis bald. Wir müssen bald mal was unternehmen." Sie brabbelte rückwärtsgehend, prallte gegen die Zeltwand und drehte sich flink um. Maja schaute ihr stirnrunzelnd hinterher. Und in Antons Blick zeigte sich große Enttäuschung. Um diesen Blicken zu entkommen, öffnete sie rasch den

Reißverschluss und schlüpfte in ihr Zelt, nur um den Zelteingang sobald sie drin war, rasch wieder zu verschließen.

Was war das denn gewesen? Was war denn los mit ihr? Sie mochte Anton doch. Ja, es war nicht die feine Art gewesen, dass er nicht von Anfang an ehrlich zu ihr gewesen war. Aber sie war sich nahezu sicher, dass er sie liebte, und war es nicht das, was zählte? Ihr Herz brach, wenn sie daran dachte, wie sein Gesicht ihr bittend und schmerzerfüllt nachgesehen hatte, als sie zurückgewichen war. Sie schnappte sich eine Wasserflasche aus dem kleinen Kühlschrank und kühlte ihren heiß gelaufenen Kopf. Langsam normalisierte sich ihr Herzschlag wieder. Für so einen Mist hatte sie einfach keine Zeit und Energie. Sie sollte sich Anton und ihren Gefühlen für ihn stellen. Eine Kriegerin, die sich vor so etwas versteckte, das war doch lächerlich. Reiß dich zusammen, sei nicht so ein verdammt peinliches Klischee, beschwor sie sich. Sie schloss ihre Augen und machte sich gerade. Dann machte sie den Reißverschluss wieder auf und trat ins Freie. Doch Anton und Maja waren nicht mehr da.

# Das Camp und der Koller

„Hast du gut geschlafen?" Eine Frau mit Glupschaugen, die sie bereits bei den Versammlungen der Wächterinnen gesehen hatte, schaute sie freundlich an.

Sie nickte abwesend. „Ja, danke." Erst jetzt bemerkte sie, dass sie inzwischen von mehreren der Camp-Bewohner neugierig beobachtet wurde. Sie schlang die Arme um sich und fühlte sich auf einen Schlag unwohl. Ihr Fluchtinstinkt meldete sich. „Ich … ich werde ein bisschen … ich muss los. Bis bald." Mit gesenktem Blick steuerte sie den Ausgang des Lagers an.

„Stopp!" Ein Mann am Ausgang stellte sich ihr in den Weg. Sie spürte, wie die Hitze sich in ihrem Körper aufbaute und sich in ihren Händen staute. Im Rücken nahm sie die lauernden Blicke der Bewohner wahr. Der Mann bemerkte ihre Anspannung und hob beschwichtigend die Hände. „Ganz ruhig. Du musst dich nur einmal registrieren, damit die Schutzschicht dich erkennt und dich wieder ohne Probleme reinlässt." Mitras Körper lockerte sich wieder ein wenig, als sie seiner Anweisung folgte, ihren Arm ausstreckte, die Energieschicht berührte und ihr Feuer beschwor. Die Hitze floss durch ihren Körper in ihre Hand in die Schicht. Ein Flammenmeer bildete sich um ihre Hand herum, welches Sekunden später wieder erlosch. „Gut, erledigt." Er winkte sie durch.

Erleichtert verließ sie das Camp. Hier im Park, wo sie endlich für sich war, entspannte sie sich vollständig. Sie schaute sich um. Eine leichte Brise wehte durch die Bäume und die Büsche. Das erste Mal seit Tagen konnte sie wieder tief durchatmen. Wenn sie noch länger im Camp bleiben musste, würde es nicht mehr lange dauern und sie würde höchstwahrscheinlich einen Lagerkoller bekommen. Für dieses Aufeinanderhocken war die letzte Zeit einfach zu stressig und aufreibend gewesen und der Sieg noch zu weit entfernt, noch nicht greifbar. Sie brauchte ihre ganze Kraft. Sie durfte nicht zu einem Nervenbündel werden.

„Die Retterin der Welten schreitet ihr Reich ab?!"

Mitra fuhr herum und suchte ihre Umgebung nach dem Schnurren ab. Schon sauste ein graues Fellbündel auf sie zu und bevor sie reagieren konnte, schmiegte es sich an sie und kletterte ihre Jeans hoch.

„Hugo?"

„Genau der." Mitra schnappte sich den Wirbelwind und kuschelte ihn in ihre Arme. Sie vergrub ihr Gesicht in sein Fell. Es tat so gut, die kleine Nervensäge wieder bei sich zu haben.      „Das würde ich an deiner Stelle vermeiden. Er ist ein Streuner. Wer weiß, mit was für Schädlingen der befallen ist." Mitra zuckte zurück und wischte sich ihr Gesicht angewidert an ihrer Schulter ab. Auch wenn das aller Wahrscheinlichkeit nichts brachte, wenn sie bereits mit kleinem Getier befallen wäre.

„Wie ist es dir ergangen? Und wie geht es dem Borkenschmetterling?"

„Meinst du den ehrenwerten Vertreter des Erdvolkes?" Hugo leckte bedächtig seine Pfötchen.

Mitra verdrehte die Augen. „Ja genau, den meine ich."

„Der erfreut sich ausgezeichneter Gesundheit."

Das ist gut zu hören."

„Er ist zu seinem Volk zurückgekehrt. Da gibt es einiges zu tun. Und mir geht es exquisit. Vor allem seitdem ich wieder so eine breite Auswahl an Tieren habe, derer ich mich bedienen kann, wenn mir danach ist." Mitra lachte leise, während sie gut gelaunt mit Hugo auf dem Arm spazierte. „Und wie geht es der werten Dame?"

Sie dachte eine Weile über die Frage nach. „Jetzt geht es mir gerade gut. Aber ich merke, wie mir die letzte Zeit meine Energie geraubt wurde. Es gab ein Erdbeben. Ein Angriff der Abtrünnigen. Das war schon heftig und eben als ich das Camp verlassen hatte, wurde ich richtiggehend paranoid. Ich hatte das Gefühl, dass ich von allen angestarrt wurde. Ich musste da sofort raus." Dass sie Anton wiedergesehen und er sie ordentlich durcheinandergewirbelt hatte, behielt sie lieber für sich. Das war ihr mehr als peinlich. Hugo schnurrte beruhigend in ihrer Umarmung.

„Minerva hat Papa gerettet. Er ist jetzt auch da drin." Sie deutete in die Richtung des Camps. „Aber er befindet sich immer noch im Koma und Mildred auch." Ihre Stimme brach, als sie an die beiden dachte. Eine Weile schwiegen sie einfach und hingen ihren Gedanken nach.

„Das Leben der Naturverbundenen", schwadronierte er schließlich.

Mitra schaute ihn mit großen Augen an. „Du bist ja manchmal richtig weise."

Hugo räkelte sich und stupste sie mit einer Tatze, vorsichtshalber mit eingefahrenen Krallen. „Das bin ich stets. Du hältst dich bloß nie an meine Ratschläge." Zu ihrer Rechten erstreckte sich eine Rasenfläche, auf der eine andere Zeltstadt aufgebaut worden war. Eine Gänsehaut überfuhr sie. Diese Menschen hatten wohl ihre Wohnungen aus Angst vor weiteren Erdbeben verlassen. Andere waren gewiss aus der Stadt ganz geflohen, um auf dem Land Sicherheit zu finden, vermutete Mitra. Sie schaute in die andere Richtung. Sie wollte das jetzt nicht sehen.

„Steht es wirklich so schlecht um Hamburg?", flüsterte sie zu Hugo.

„Die Perle des Nordens hat sicher schon bessere Tage erlebt."

Mitra presste ihre Lippen zusammen. „Ich möchte Mildred besuchen", sagte sie unvermittelt. „Bevor es zu spät ist." Sie zückte ihr Handy. Es war bereits nach Mittag. Sie spazierte schon eine ganze Weile durch den Park. Hoffentlich waren Minerva und Aggy wieder zurück. Bevor sie durch die Schutzschicht schreiten konnte, sprang Hugo von ihrem Arm. „Heute gibt es keine gegrillte Katze", scherzte er. „Auf bald." Damit jagte die Katze um die Ecke. Mitra winkte ihm nach.

# Der Ausflug

Als sie zu ihrem Zelt ging, bemerkte sie wieder die Blicke. Doch konnte sie diese dank Hugo nun besser einschätzen. Sie sollten am besten heute noch eine Dorfsitzung abhalten, damit alle auf dem neuesten Stand wären. Sie nickte ihnen lächelnd zu und öffnete ihr Zelt. Aggy war gerade dabei das Zelt in eine Farbexplosion zu verwandeln. „Ah, da bist du ja. Hast du mit dem Polizisten rumgemacht?"

Minerva, die über Papiere gebeugt dasaß, schaute auf und schnalzte missbilligend mit der Zunge.

Mitra stöhnte auf. „Nein, es tut mir leid, dich enttäuschen zu müssen."

Aggy wischte ihren Einwand mit einer Handbewegung weg. „Na, das kann ja noch werden, nicht wahr?" Sie schaute sich zufrieden das Ergebnis ihrer Kreativität an. „Es tut so gut, diesem Zelt ein bisschen Stil zu verpassen."

„Oh ja", stimmte Mitra ihr zu. Obwohl sie sich nicht sicher war, ob sie von der neuen Einrichtung nun Augenkrebs bekommen könnte oder sich die Atmosphäre tatsächlich verbessert hatte. „Können wir gleich ins UKE fahren?", stellte sie möglichst beiläufig ihre Frage. Doch ihre Tante widmetet sich gekonnt konzentriert den Papieren vor sich und ignorierte sie. „Ich möchte gerne Mildred besuchen."

Schließlich seufzte Minerva und gab klein bei. „Gut, aber wir müssen heute auch noch dringend eine Versammlung einberufen. Unsere Mitbewohner werden unruhig und es machen sich bereits Gerüchte breit, dass wir verloren haben, da wir noch nichts gesagt haben. Solche Gedanken müssen unterbunden werden. Wir brauchen Zuversicht und Mut und keine Verzagtheit … Oh, das ist gut." Sie lächelte und schrieb den letzten Satz auf den Zettel.

Mitra biss sich auf die Zunge und sah, wie sich Aggy äußerst intensiv mit einem goldenen Lampion in Form eines Alpakas beschäftigte. Minerva blieb eben Minerva. Sie musste ihrer Tante allerdings recht geben. Die Stimmung nicht kippen zu lassen war ein wichtiges Ziel. Sie setzte sich und schnappte sich einen Schokoriegel.

„Morgen machst du beim Yoga mit. Du strahlst eine sehr gestresste Energie aus, was wiederum mich stresst und das kann ich mir nicht erlauben." Mitra verschluckte sich beinahe an ihrem Riegel, beim Versuch zu lachen und gleichzeitig den Bissen herunterzubekommen. Das sagte die Richtige. Sie war echt unmöglich. Ihre Tante ließ sich jedoch nicht beirren und bedachte sie mit einem Blick, der keine Widerrede erlaubte, und doch regte sich in ihr Widerstand.

„Super, das wollte ich auch schon immer mal machen. Das wird lustig mit euch beiden." Aggy strahlte sie so begeistert an, dass Mitra ihren Widerstand auf später verschob und langsam nickte.

„Dann wäre das ja geklärt", stellte Minerva befriedigt fest. „Wir können jetzt zum UKE fahren. Und wenn wir den Schutzraum schon einmal verlassen, kaufen wir am besten auch gleich ein."

Als sie ins Freie traten, steuerte ihre Tante direkt auf eine Gruppe zu, der auch Maria angehörte. Mit Kommandostimme teilte sie der Gruppe mit, dass heute Abend eine Sitzung stattfinde, sie nun aber erst einmal Einkaufen fahren würden.

Marias Augen leuchteten. „Dann kann deine Nichte ja endlich erzählen, was sie in Erfahrung gebracht hat."

Überheblich verdrehte Minerva ihre Augen. „Ja, das ist sogar der eigentliche Grund des Treffens, meine Liebe." Damit verabschiedete sie sich. Sie signalisierte Mitra und Aggy, ihr zu folgen. Außerhalb des Camps strebte sie ein dichtes Gestrüpp an. Direkt dahinter befreite sie einen Kleinbus von einer Tarndecke.

„Das Auge sieht lediglich das, was es sehen möchte", grinste Minerva, sichtlich stolz auf ihre Idee.

Sie faltete die Decke zusammen und schmiss sie auf den Beifahrersitz. Dann zog sie die Seitentür auf und Mitra und Aggy stiegen ein. Kaum hatten die beiden auf der vorderen Sitzbank Platz genommen, trat Minerva bereits aufs Gaspedal. Mitra blieb wegen ihres rasanten Fahrstils die Luft weg.

„Darf man hier überhaupt fahren?", fragte sie eigentlich mehr rhetorisch als tatsächlich interessiert.

„MAN darf hier sicherlich nicht fahren. Ich natürlich schon. Und die Polizei hat hier derzeit ohnehin anderes zu tun, als Falschfahrer aufzuschreiben. Da kannst du deinen kleinen Lover mal fragen?", antwortete sie unbeeindruckt. Von der Seite sah Mitra ihre Freundin an, die sich eine Hand vor dem Mund hielt. Ihren amüsierten Gesichtsausdruck konnte sie in ihren Augen dennoch ablesen.

„Anton ist nicht mein Lover", teilte Mitra gereizt mit. Sie ignorierte dabei das unterdrückte Kichern von Aggy so gut es ging, was ihr nicht besonders schwerfiel. Denn mit steigendem Entsetzen starrte sie aus dem Fenster und betrachtete das Ausmaß der Zerstörung. Die Stimmung im Auto wurde gedrückter. Gebäude waren eingestürzt, Einzelhändler hatten ihre Schaufenster mit Holz verbarrikadiert. Es gab Straßenzüge, die einem Kriegsgebiet glichen. Zumindest stellte sich Mitra das genauso vor. Auf den Straßen hielten sich kaum Menschen auf, und wenn, dann waren sie in großer Eile.

„Wir werden das schaffen. Die werden uns nicht fertigmachen", brachte Minerva unter zusammengebissenen Zähnen hervor.

„Wo sind denn alle?", fragte Mitra immer noch geschockt.

Durch Minerva ging ein Ruck. Sie schaute auf ihre Uhr, entspannte sich aber gleich wieder. „Ich weiß es nicht genau. Die Ausgangssperre beginnt erst in knapp drei Stunden", informierte sie.

„Ausgangssperre?", fragten Aggy und Mitra gleichzeitig.

„Ja, damit sollen Plünderungen zumindest eingedämmt werden."

Sie fuhren schweigend weiter. Es gab so einiges, was Mitra verdauen musste. Schließlich fuhren sie auf das Gelände des Krankenhauses in Eppendorf. Ganz im Gegensatz zu den verwaisten Straßen tobte hier das Leben. Menschen mit diversen Verletzungen humpelten und schlichen von einem Gebäude ins nächste und dazwischen das medizinische

Personal im Kittel mit tiefschwarzen Augenringen. Ohne das Chaos hier weiter zu beachten, schritt Minerva schnell und sicher durch die Massen und Mitra und Aggy stolperten ihr, so gut es ihnen möglich war, hinterher. Endlich waren sie auf der richtigen Station. Minerva klopfte an einer Tür und öffnete sie, ohne auf ein Herein zu warten.

# Die Sache mit Mildred

Sobald Minerva die Türschwelle übertreten hatte, veränderte sich ihre Energie. Auf einmal war sie ganz klein und verletzlich. Ihre Körperspannung entwich. Leise und langsam ging sie an den anderen stummen Patienten vorbei zu Mildred. Mitra bekam sofort einen gehörigen Schreck. Die Wangen ihrer Großmutter schienen eingefallen und sie wirkte so abgemagert. Ab und an ertönten Pieptöne der verschiedenen Maschinen in diesem Raum. Das Leben hing an diesen Schläuchen und Drähten. Mitra setzte sich auf einen der Stühle und fuhr sich übers Gesicht, das ganz nass war. Sie verstand zunächst nicht, wie das passiert war. Doch dann fiel ihr auf, dass sie unablässig weinte. Sie spürte die tröstende Hand von Aggy auf ihrer Schulter. Minerva hatte sich abgewandt und atmete schwer.

„Aggy und ich werden einkaufen gehen und kommen danach wieder, um dich abzuholen." Sie räusperte sich. „Wir müssen die Sperrzeit beachten", murmelte sie stumpf. Damit verließ sie, ohne sich umzuschauen, das Zimmer. Aggy strich ihrer Freundin noch einmal tröstlich über den Rücken.

„Deine Oma ist eine starke Frau", flüsterte sie beim Hinausgehen mit belegter Stimme. Mitra nickte niemanden bestimmten zu. Daran musste sie glauben. Mildred war stark. Das Piepen machte sie wahnsinnig, da es sie stets daran erinnerte, dass das Leben ihrer Großmutter an einem seidenen Faden hing. Sie hatte einmal irgendwo gelesen, dass es wichtig war mit Komapatienten zu reden oder ihnen etwas vorzulesen. Deswegen räusperte sie sich. „Hallo Oma, ich bin zurück. Ich habe es geschafft. Also zumindest ist die andere Seite wieder stabil. ... Aber jetzt brauchen wir dich. Weißt du? Was sollen wir jetzt bloß machen? Die Abtrünnigen führen was im Schilde. Und Hamburg – du müsstest es mal sehen. Bitte bleib bei uns, bei mir." Sie schluchzte laut auf und atmete tief ein und aus. Versuchte sich wieder zu beruhigen. Sie zückte ein Taschentuch und schnäuzte sich geräuschvoll, während sie sich Mildred näherte. „Ich habe Mama gesehen, weißt du? Auf der anderen Seite. Okay, ich glaube es eigentlich mehr, als dass ich es weiß. Sie hat mir geholfen und ... und ...sich verabschiedet." Sie flüsterte es ihrer Großmutter ins Ohr, aus Sorge jemand könnte sie hören und für völlig durchgeknallt halten. Mit aller Macht versuchte sie den nächsten Schluchzer zu unterdrücken. „Das tat so weh. Sie noch einmal zu verlieren." Mitra setzte sich wieder und schaute aus dem Fenster. „Über so etwas kann ich, glaube ich, nur mit dir reden. Und dann gibt es da auch noch die Sache mit Anton. Ich habe so Angst, ihn zu verlieren, aber gleichzeitig fühle ich mich so verletzt, wenn ich direkt vor ihm stehe. Dann kann ich kaum klar denken. Das macht mich total verrückt."

Die einzige Antwort, die Mitra erhielt, war das regelmäßige Piepen der Maschine. Trotzdem hatte sie gerade wirklich das Gefühl, mit ihrer Großmutter zu reden, und das tat unheimlich gut. Instinktiv griff sie in ihre Jackentasche und holte den Herzanhänger heraus, den sie von

Mildred zum Geburtstag bekommen hatte. Er leuchtete. Nicht so strahlend, wie er es auf der anderen Seite der Barriere getan hatte, aber eindeutig. Wenn es noch einen Beweis gebraucht hätte, dass die Magie sich auf dieser Seite verstärkt hatte, wäre er nun erbracht. Hier im Raum knisterte es förmlich vor Energie. Sie fragte sich gerade, ob das für ihre Großmutter in ihrem Zustand gut oder eher schlecht wäre, als der Boden zu vibrieren begann. Der Anhänger wurde heller. Ein Trinkglas, das auf einen der Tische vergessen worden war, begann sich zu bewegen und zu tanzen – bis es den Rand erreichte und auf dem Fußboden in Millionen Teile zersprang. Mitra nahm die Hände ihrer Großmutter, während das Beben stärker wurde. Einige der Geräte und Betten wären wohl durch den Raum gewandert, wenn das Krankenhaus nicht auf die bisherigen Erdbeben reagiert und sie mit Holz, Seilen und Nägeln an Boden und Wand befestigt hätten. Mitra kam es so vor, als sei ihre Großmutter von dieser Energie oder dem Beben besonders betroffen. Das Piepen, das ihre Oma am Leben hielt, wurde unregelmäßiger.

„Nein, nein, nein. Nicht sterben." Zunächst flüsterte sie, doch steigerte sich ihre Stimme schnell in ein hysterisches Schreien. Sie drückte den Notfallknopf immer wieder und schaute hilfesuchend zur Tür. Doch Mitra befürchtete, dass das überlastete Personal wegen des Bebens viel zu tun hatte, zu viel, um rechtzeitig auf ihr Klingeln zu reagieren. Sie musste jetzt etwas tun. Der Anhänger leuchtete stark auf. Mitra kam eine Idee. Hastig suchte sie nach einem spitzen Gegenstand. Sie ließ ihren Blick hektisch herumschweifen. In der gegenüberliegenden Wand lugte ein schiefer Nagel hervor. Mitra zog daran, er war locker und ließ sich ohne Mühe herausziehen. Ohne weiter nachzudenken, ob das nun eine gute oder eine schlechte Idee war, stach sie mit großer Kraft zwischen die metallene Verzierung in die Ampulle, die zerbrach. Sofort führte sie den Anhänger unter das Pyjamaoberteil und drückte es auf Mildreds Brustkorb, da wo sie das Herz vermutete. Sie konzentrierte sich auf die Energie im Raum, die durch das Beben anscheinend angefacht wurde.

Mitra schloss ihre Augen, ihr wurde heiß, kühl und wieder heiß. Sie verwandelte sich in Wasser, Feuer, Luft, ohne dass sie eine wirkliche Kontrolle darüber zu haben schien. Seit dem Moment, in dem sie die Magie angezapft und sie zugelassen hatte, seit diesem Moment war sie ihr ausgeliefert. Vielleicht lag es aber auch an der Essenz, die sie freigelassen hatte und sich nun über die Brust ihrer Oma ergoss. Sie wusste es nicht, doch das Risiko war es wert. Denn allein der Gedanke, dass ihre Großmutter sterben könnte und sie das niemals zulassen würde, beherrschte sie. Das Gesicht ihrer Mutter erschien vor ihrem inneren Auge, wie sie ihr aufmunternd zulächelte.

Dann hörte das Beben so plötzlich auf, wie es gekommen war. Mitra spürte, dass ihr Körper sich wieder stabilisierte. Sie öffnete ihre Augen, kniff sie jedoch sofort wieder zu, denn von ihrer Hand, die sie immer noch auf die Brust ihrer Oma drückte, ging ein rötliches blendendes Strahlen aus, das nach und nach im Körper von Mildred verschwand. Ihre Großmutter zuckte, als ob Elektroschocks sie erzittern ließen, und dann war alles ruhig und dunkel. Wie gebannt starrte Mitra auf Mildred und nahm erst dann, wie aus einem Nebel, die Schreie und Alarmgeräusche von draußen wahr. Langsam zog sie ihren Anhänger unter dem Oberteil wieder hervor und betrachtete das nun völlig normale unmagische Schmuckstück. Das Piepen aller Geräte wurde wieder langsamer und regelmäßiger, bis auf die Töne vom Gerät ihrer Großmutter, die wiederholten sich in immer rascherer Folge. Noch ehe Mitra deswegen in Panik ausbrechen konnte, machte Mildred auf einmal einen tiefen, gierigen Atemzug und riss im selben Augenblick die Augen auf. Mitra quietschte erschrocken auf. Natürlich hatte sie gehofft, dass ihre Großmutter wieder aufwachen würde, doch hatte sie nicht so wirklich daran geglaubt.

Mildred fasste sich ans Herz und schaute sich verwirrt im Zimmer um, bis sie endlich ihre Nichte erblickte. „Da bist du ja", hauchte sie mehr, als dass sie sprach.

Plötzlich wurde die Tür des Krankenzimmers aufgerissen und eine Krankenschwester stürmte in ihre Zweisamkeit. „Was ist denn hier los?", fragte sie scharf. Mitra fühlte sich ertappt und antwortete kleinlaut und auch ein bisschen dämlich: „Es gab ein Erdbeben", erklärte sie das Offensichtliche. Die Frau bedachte sie mit einem gestressten Blick und beschloss, sie schließlich schlicht zu ignorieren, was wahrscheinlich tatsächlich das Beste war. Mildred hustete, die Krankenschwester eilte zu ihr und begann sie nebenbei routiniert zu untersuchen.

„Frau Billinger. Hören Sie mich?" Mitras Großmutter nickte. Dann leuchtete die Schwester mit einer kleinen Taschenlampe in ihre Augen. „Folgen Sie dem Licht, Frau Billinger… sehr gut. Sie haben uns einen gehörigen Schrecken eingejagt. Der Arzt kommt später mal vorbei. Vielleicht können Sie bereits verlegt werden." Ihr sorgenvoller Blick huschte nach draußen. „Oder sogar entlassen." Und schon war sie wieder verschwunden.

Mitra nahm die Hand ihrer Großmutter und blickte sie liebevoll an. „Geht's dir gut?"

Mildred lächelte und nickte. „Meine Brust tut etwas weh, aber sonst …"

Mitra streichelte ihrer Oma über den Kopf. „Vielleicht solltest du nicht sprechen. Das strengt dich zu sehr an." Mildred lächelte leicht und schloss die Augen. Wenig später ertönte ein leises Schnarchen im Zimmer. Mitra hatte das Zeitgefühl völlig verloren.

Da öffnete sich erneut die Tür des Krankenzimmers und Minerva und hinter ihr Aggy eilten herein. Mildred schreckte wegen der sich nun breit machenden Hektik aus ihrem Schlaf auf.

„Oh Mann, wir haben gehört, es gab hier ein lokales Erdbeben?", plapperte Aggy los. Minerva blieb jedoch abrupt stehen und Aggy rannte in sie hinein. „Autsch!"

„Mama?" Minerva lief auf ihre Mutter zu. Tränen standen in ihren Augen. „Du bist wach. Wie, wann, was ist passiert?", fragte sie niemanden im Speziellen. Mitra reichte ihr wortlos ihren Herzanhänger. Unwirsch nahm sie ihn an. „Was soll ich damit? Ich habe eine Frage …"

152

Sie betrachtete den Anhänger genauer und stockte. Ihr Blick bohrte sich in Mitra. „Was ist passiert?", wiederholte sie ihre Frage. Dieses Mal um einiges aggressiver. Mitra schaute sich schnell um, um zu überprüfen, ob eine der anderen Komapatienten ebenso wachgerüttelt worden war. Doch das Piepen derer Maschinen ging langsam regelmäßig weiter.

„Ich ... ich weiß es nicht genau. Ehrlich!" Minerva musterte ihre Nichte eingehend, als ob sie so mehr aus ihr herausbekommen könnte. „Aber Oma ist wieder wach." Sie schaute ihre Tante wie ein trotziger Teenager an. „Das ist doch gut, oder nicht?"

Minerva seufzte entnervt. „Natürlich ist das gut. Doch wenn das eine Falle der Abtrünnigen war, würde ich das gerne wissen. Du nicht auch?" Daran hatte sie tatsächlich noch gar nicht gedacht. Aber sie hatte keine der Fratzen gespürt. Der Blick ruhte weiter auf ihr, während Aggy peinlich berührt von einem Fuß auf den anderen Fuß trat.

Mitra dachte an all die starke Magie während des Bebens und nickte widerwillig. „Das Beben hat das Piepen der Maschine durcheinandergebracht. Ich hatte Angst, dass sie stirbt. Also hab ich den Rufknopf gedrückt. Doch es kam niemand. Weder eine Schwester noch ein Arzt. Da wurde ich panisch. Ich spürte Magie und hielt auf einmal den Anhänger in der Hand und musste daran denken, wie ihr mich mit der Essenz einmal gerettet hattet. Also habe ich die Ampulle zerschlagen und sie auf Oma gelegt und die Magie wurde stärker. Dann war das Beben vorbei und Oma wachte wieder auf", gab sie die Ereignisse mit jedem Wort hektischer wieder. Mildred war derweil vor lauter

Erschöpfung wieder eingeschlafen. Minerva schaute zweifelnd zwischen Mitra und ihrer Mutter hin und her. Als ihre Tante stumm blieb, setzte Mitra noch eins drauf. „Ich würde es wieder tun."

Bevor Minerva etwas sagen konnte, legte Aggy eine Hand auf ihre Schulter. „Wir müssen glaube ich los. Die Ausgangssperre." Minerva betrachtete ihre schlafende Mutter und grübelte, ob sie hierbleiben sollte, doch zog sie ihr Verantwortungsbewusstsein wieder zum Camp. Also nickte sie und sie verließen das Zimmer.

Als sie die Flure durchschritten, bemerkte Mitra Risse an den Wänden und Staub auf dem Boden. Das Beben hatte ganze Arbeit geleistet. Zwischen gehetztem Personal und panischen oder apathischen Patienten schlängelten sie sich ihren Weg zum Auto, das mit Essenseinkäufen vollgestopft war. Ihre Tante fuhr vom Parkplatz und fädelte sich in den Verkehr ein. Niemand sagte ein Wort, sondern hing seinen Gedanken nach. Entgegenkommende Polizeiautos erinnerten eindringlich an die nahende Ausgangssperre. Zu ihrer eigenen Sicherheit. Mitras Magen rumorte. Das alles hier war ein weiterer Beweis dafür, dass es Hamburg in keinster Weise gut ging. Es musste schnell etwas passieren.

Kurz bevor sie Niendorf erreichten, flüsterte Minerva „Danke" in die Stille. Und das wars. Aber es war alles, was Mitra sich von ihr zu hören wünschte. Schweigend setzten sie ihre Fahrt fort.

Im Camp verstauten sie die Einkäufe für gefühlt mehrere Monate in ihr Zelt. Während sie zwischen Van und Zelt hin- und herliefen nahm

Aggy sich Mitra kurz zur Seite. „Wenn du denkst, dass ich die Sache mit Anton vergessen hätte, muss ich dich leider enttäuschen." Sie zwinkerte und grinste sie verschwörerisch an. Mitra lachte auf. Es war einfach toll, eine Freundin wie sie zu haben, die sie ablenkte und sie die ganze Scheiße, die nebenbei passierte, für einen Moment vergessen ließ.

„Es geht dich trotzdem nichts an." Aggy zog eine Schnute. Mitra verdrehte die Augen. „Es ist halt kompliziert."

„Wem sagst du das?", seufzte Aggy schicksalsbeladen. Ohne einen richtigen Grund kicherten sie los, bepackt mit der letzten Fuhre von Taschen.

„Na, ihr habt ja auf einmal gute Laune", bemerkte ihre Tante. „Dann könnt ihr ja schon einmal ein paar Stühle vor das Feuer stellen. Wir fangen gleich mit der Sitzung an."

Mitra blieb ihr Kichern im Halse stecken. Sie wusste, dass es wichtig war, dass die anderen von ihren Erlebnissen erfuhren. Immerhin gab es danach eine kleine Chance, nicht mehr die ganze Zeit so schamlos begafft zu werden. Doch andererseits wäre sie am liebsten auf dem Absatz umgekehrt. Wieder einmal sollte sie vor einer Gruppe von Menschen reden. Ihr war das letzte Mal, als sie eine öffentliche Rede halten musste, noch schmerzlich in Erinnerung.

„Ich bin bei dir."Aggy strahlte sie aufmunternd an. Mitra nickte schwach. „Du hast deren Arsch gerettet. Also, alles gut. Stell dir Anton nackt vor, dann passt das schon", neckte sie ihre Freundin.

„Ich vermute mal, so einfach funktioniert das nicht", seufzte Mitra.

# Die Sitzung

Während Aggy und Mitra die Stühle für die Versammlung aufbauten, hatten sich schon einige Campbewohner eingefunden. Immer wenn Aggy und Mitra an einem Grüppchen vorbeigingen, verstummten sofort die Gespräche. Sobald die Wartenden das Gefühl hatten, dass Mitra und Aggy weit genug entfernt waren, fingen sie wieder an zu tuscheln. Anton war auch da. Mitra und er tauschten immer wieder schüchterne Blicke aus. Doch Mitra hatte für ein Gespräch mit ihm vor der Sitzung keinen Kopf. Und immer wieder fragte sie sich, was all die nichtmagischen Bewohner hier zu suchen hatten. Waren sie hier im Camp mit all den Maßnahmen sicher, wenn die Abtrünnigen die Wächterinnen auslöschen wollten? Würden sie ebenfalls an der Sitzung teilnehmen? Als Minerva bereits auf ihre kleine improvisierte Bühne, bestehend aus einem Hocker, klettern wollte, hielt Mitra sie an ihrem Ärmel fest.

„Bleiben die nichtmagischen Personen hier? Ist das nicht etwas zu sensibel?"

„Mitra sei nicht so ein Snob. Das sind alles Freunde und nichtmagische Familienmitglieder. Die wissen von unserer Arbeit."

Mitra starrte sie ungläubig an. Sie – ein Snob? Ha, ausgerechnet ihre Tante musste so etwas äußern. Mitra wollte noch was erwidern, doch stand ihre Tante bereits auf ihrem Hocker und begrüßte die Anwesenden. Sie berichtete zunächst, dass Mildred wieder aufgewacht war und dass sie morgen entlassen würde. Die Leute, vor allem die Wächterinnen klatschten begeistert. „Meine Nichte hat derweil die andere Seite der Barriere stabilisiert, statt sie zu zerstören, da eine Zerstörung der jenseitigen Welt die Zerstörung unserer Welt bedeutet hätte."

Das Publikum lächelte Mitra freundlich an. Also stieg auch sie auf einen der Stühle und Aggy nahm den linken Platz neben ihr ein. Sie hob die Hand kurz zum Gruß. „Also, ich möchte jetzt eigentlich keinen Reisebericht abgeben." Einige lachten, was sie ermutigte, weiterzureden.

„Ist im Großen und Ganzen auch nicht weiter empfehlenswert", setzte Aggy nach. „Ich war auch mit dabei."

Mitra schaute ihre Freundin verwirrt an, bevor sie wieder ansetzte. „Das stimmt. Es herrscht dort eine sehr lebensfeindliche Atmosphäre. Die Überfülle an Energie und Magie saugt jegliches Leben auf." Sie stockte und fragte sich, wie das, was sie erlebt hatten, am besten zu erklären war. „Es ging immer darum, eher zu retten als zu zerstören. Es ging um … Liebe." Den Vorsatz, es nicht zu kitschig klingen zu lassen, wurde sie nicht gerecht. Aber es gab keine ungewöhnliche Reaktion der Zuhörer. Sie schaute zu Aggy in der Hoffnung, dass diese besser formulieren, ihre Gedanken begreiflich machen konnte.

„Was wir meinen ist, natürlich müssen diese Feuermonster beseitigt werden. Also, das sind krass böse Typen. Aber wir sollten halt alle sehr gut zusammenarbeiten."

„Und vorher überlegen, was passiert, wenn wir uns für die Zerstörung entscheiden", fuhr Mitra fort. „Ja, dass … wars … eigentlich." Sie zuckte entschuldigend mit den Schultern. Bevor sie vom Stuhl stieg, ließ sie ihren Blick übers Publikum gleiten und blieb unvermittelt bei Anton hängen, der sie anlächelte. Ihre Atmung wurde schneller und sie spürte ein Kribbeln, das sich auf ihrer Haut rasend schnell ausbreitete. Ihr Herzschlag galoppierte und am liebsten wäre sie einfach schnurstracks direkt zu ihm hingelaufen und hätte sich in seine Arme geworfen, seinen Duft in sich aufgenommen und alle Probleme vergessen. Sie schaute schnell wieder weg. Warum musste das Leben eigentlich ständig so kompliziert sein?

„Du zitterst ja richtig. Langsam solltest du dich doch dran gewöhnt haben, vor Menschen zu reden." Aggy schüttelte den Kopf.

„Es ist, wie es ist", antwortete Mitra bloß. Sie war sich gar nicht so hundertprozentig sicher, ob sie wegen der Ansprache oder wegen Anton so zitterte. Sie war aber erleichtert, dass Aggy ihre körperliche Reaktion mit ihrer Rede in Verbindung brachte und nicht mitbekommen hatte, wie sie Anton anstierte. Auf noch mehr Frotzeleien zu diesem Thema konnte sie in diesem Moment gut und gerne verzichten. Näher konnte Aggy sowieso nicht auf sie eingehen, denn schon waren sie von Menschen umzingelt, die sie mit Fragen bombardierten. Aggy war begeistert und gab detailgetreue und teilweise auch überdramatisierte Erlebnisse von der anderen Seite wieder. So erzählte sie von Sandstürmen, die sie beinahe erblindet hätten, und von Skeletten am Straßenrand. Die unerfreuliche Begegnung wiederum war nahezu ein Tatsachenbericht. Die Fratzen waren auch so schlimm genug gewesen. Die Leute hingen ihr an den Lippen und sie hielt sich wohlweislich zurück. Aggy war in so etwas einfach deutlich besser.

Mitra ließ den Blick in die Weite schweifen und sah gerade noch wie Anton und Maja sich in ihr Zelt zurückzogen. Nachdem die Zuschauer genug von den fantastischen Geschichten Aggys hatten, steuerten sie Minerva an, die an einen der kleineren Feuer eine Pfanne in ein Gestell einhängte und diese dann mit Tiefkühlgemüse füllte, um sie anschließend über dem Feuer zu positionieren. Sie gesellten sich dazu. Doch als Minerva die beiden sah, drückte sie Mitra den Pfannenwender in die Hand und meinte: „Wunderbar. Dann kann ich mich vor dem Essen ordentlich waschen. Meine Haare sehen schon völlig fettig aus." Und schon war sie weg.

„Mit irgendetwas habe ich sie anscheinend ernsthaft verärgert. Ich weiß bloß nicht mit was", murmelte Mitra traurig in die Flamme.

„Die kriegt sich schon wieder ein. Spätestens wenn Mildred wieder hier ist und nichts Schlimmes passiert."

„Die Abtrünnigen haben nichts damit zu tun, dass Mildred aufgewacht ist. Ich hätte sie irgendwie bemerkt. Und ich war die ganze Zeit dabei, als es passierte." Mitras Stimme klang frustrierter und wütender, als sie es beabsichtigt hatte. Aggy konnte doch nichts dafür, dass ihre Tante so reagierte. Es nervte sie einfach unheimlich, dass sie anscheinend in Minervas Augen gar nichts richtig machen konnte. „Ich mein, hätte ich sie sterben lassen sollen? Wäre sie dann zufrieden?"

Aggy tätschelte ihr die Schulter. „Ich glaube, dass es auch für Minerva gerade nicht allzu einfach ist. Sie fühlt die ganze Verantwortung für diesen Laden hier. Dann noch die Erdbeben und anderen Naturkatastrophen und die Sorge um dich, als du weg warst, und die Sache mit deinem Vater und die Sorge um ihre Mutter. Ich mein, unter uns, sag ihr das aber nicht", sie schaute sich einmal um, „sie ist ja schon unter normalen Umständen recht …"

„… herrisch?", unterbracht Mitra Aggy unvermittelt.

Diese schmunzelte. „Ich wollte eigentlich eher angespannt sagen. Aber deins passt wohl auch. Ich mein einfach nur, dass das für sie vielleicht etwas zu viel ist."

Mitra dachte eine Weile darüber nach und stocherte dabei im auftauenden Essen in der Pfanne herum. „Ja, das kann schon sein", stimmte sie Aggy ein wenig widerwillig zu.

„Natürlich habe ich recht. Ich bin das allwissende weise Orakel. Also vertrau mir. Dann wirst du schon deinen Weg gehen", bemerkte Aggy ernst.

Mitra nickte. „Und was soll ich jetzt tun, oh allwissendes Orakel? Soll ich mich für was auch immer entschuldigen?"

Aggy setzte einmal mehr ihr Sekretärinnen - Lächeln auf. „Du bist manchmal so anstrengend passiv aggressiv", antwortete sie tadelnd.

„Aber auf deine Frage, sprich sie morgen noch einmal darauf an. Dann bist du hoffentlich nicht mehr so emotional." Mitra wollte sich schon verteidigen, da legte ihre Freundin ihre Hand um Mitras Hüften, drückte sie und legte ihren Kopf auf die Schulter. „Morgen wird alles besser", meinte sie. Mitras Körper wurde weich. Sie lehnte sich leicht gegen Aggy. „Ist das deine professionelle Meinung als allwissendes Orakel?" Mitra und Aggy kicherten. Es war ein schöner Moment und fast bedauerte sie es, dass das Gemüse fertig war. Aggy lief zum Zelt und holte die Schüsseln, um diese großzügig zu befüllen.

# Nur ein Traum?

Das Abendessen verlief angespannt und niemand sprach ein Wort. Es war für Mitra kaum auszuhalten. Doch sie hielt sich an Aggys Rat, obwohl es einiges von ihr abverlangte. Morgen war auch noch ein Tag und sie würden sich hoffentlich etwas beruhigt haben. Schon bald spürte sie die Müdigkeit wie Blei auf ihrem gesamten Körper. Sie schaute kurz noch einmal bei ihrem Vater vorbei und wünschte ihm eine gute Nacht. Danach sah sie sich lediglich noch in der Lage für eine Katzenwäsche und war trotz der vielen Sorgen eine Sekunde, nachdem sie sich hingelegt hatte, eingeschlafen.

Mitten in der Nacht spazierte sie durch den Stadtpark. Nur der Mond spendete ein wenig Licht. Es war totenstill, als ob jemand den Ton abgestellt hatte. Sie war auf der Suche nach Etwas. Nach Etwas, dass doch hier irgendwo sein müsste. Sie drängte sich in Büsche und tastete in jede Lücke. Sie stellte sogar die Bistros und Restaurants auf den Kopf. Doch nichts. Frustriert trat sie gegen das steinerne Schwimmbecken. Da blitzte etwas am Rande ihres Sichtfeldes auf. Als sie sich dahin wandte, seufzte sie erleichtert aus. Sie hatte es gefunden. Es war klein, nahezu unscheinbar. Doch es war magisch. Das erkannte sie eindeutig durch ihr geschultes Auge. Sie näherte sich dem Ding vorsichtig, immer auf der Hut vor möglichen Fallen. Doch nichts geschah. Sie unterdrückte einen Jubelschrei, der sich in ihr bildete und rauswollte. So lange hatte sie es gesucht und da war es. Endlich am Ziel. Sie streckte ihre Hand aus, als die Erde vor ihr auseinanderbrach und aus dem entstandenen Spalt blitzschnell eine massive Mauer aus Lehm emporwuchs. Ohne an Tempo einzubüßen, schlug diese gegen ihren Unterarm. Es knackte laut und Übelkeit und Schmerz unterdrückten für einen Moment alles andere. Sie schrie ihren Schmerz und ihren Frust in die Einsamkeit der Nacht. Dazu gesellte sich ein hallendes, schreckliches Lachen, das ihr nur allzu bekannt war. Das Lachen der Fratze.

Einen Augenschlag später befand sie sich an den Landungsbrücken. Ihr Arm war geheilt und sie fühlte sich wohl. Es war eine magische Stimmung. Es kam ihr so vor, als flaniere sie durch ein Gemälde. Die Promenade stand unter Wasser, aber das störte sie nicht. Es war wundervoll. Und so, als ob er schon die gesamte Zeit da gewesen wäre, tauchte Anton neben ihr auf und hielt ihre Hand. Sie schauten sich tief in die Augen, in die Seele. Sie war ganz auf ihn konzentriert, dass sie gar nicht mitbekam, wie die Gebäude um sie herum in Flammen aufgingen oder in sich zusammenstürzten. Nichts anderes als nur sie beide war wichtig. Es tat so gut, loszulassen. Die Verantwortung konnte jemand anderes übernehmen. Sie hatte Anton. Beschwingt sprangen sie über den gefluteten Fußweg.

Mitra merkte auf einmal, dass sie sich gar nicht mehr auf der Promenade befanden, sondern am Elbstrand ausgelassen herumtollten. Sie wurden immer mutiger und wateten schließlich knöcheltief durch den Fluss. Er nahm ihre zweite Hand und drehte sie zärtlich, aber bestimmt zu sich. Ihr ganzer Körper kribbelte und sie verlor sich in seinen sanften grünen Augen, die so voller Liebe waren. Seine Lippen näherten sich den ihren und als sie endlich ihre berührten, raubte es ihr beinahe den Atem. Ihr Herz pochte und verbreitete ihre Begierde, die sie weder unterdrücken konnte noch wollte. Sie sehnte sich danach, seinen muskulösen Körper zu erkunden und dass seine starken Hände wiederum den ihren erforschten. Als sie sich ihm entgegen drängte, um ihn noch mehr zu spüren, schob er sie von sich weg. Noch ganz benebelt schaute sie ihn fragend an. Wollte er nicht auch mehr? Sie suchte seinen Blick und als sie ihn fand, prallte sie beinahe zurück. Die Liebe war verschwunden. Was sie jetzt noch in seinen Augen sah, war Bedauern und eine tiefe Sehnsucht. Bevor sie begreifen konnte, was hier vor sich ging, schubste er sie von sich fort und sie musste entsetzt feststellen, dass sie nicht mehr am Strand waren, sondern auf dem noch intakten Altonaer Balkon. Sie fiel nach hinten. Ihre Hände suchten nach seinem Griff, der sie retten könnte, doch sie fand keinen Halt. Ihr Herz setzte aus. Warum? Ihre Kehle war wie zugeschnürt. Kein Ton kam raus. Ihre Augen waren starr auf Anton gerichtet, der sie ungerührt anschaute, so als ob es ihn nicht weiter kümmere. Ihr Herz war gebrochen.

164

# *Audienz*

Mit einem erstickten Schrei wachte Mitra auf. Sie war schweißgebadet und ihr Herzschlag hinderte sie daran, tiefe Atemzüge machen zu können. Erst nach und nach beruhigte sie sich und sie nahm die Umgebung wieder wahr. Sie schaute sich um. Sie lag auf ihrer Matratze in ihrem Zelt. Es war noch dunkel draußen. Lediglich das Licht der Lagerfeuer erhellte das Innere ein wenig. Leise Stimmen drangen zu ihr herein. Alles war gut. Es war nur ein Alptraum gewesen. Nichts Neues. Sie war hellwach, sie sträubte sich dennoch aufzustehen. Sie war einfach noch zu faul und sie sehnte sich nach Schlaf. Also legte sie sich wieder hin und horchte dem leisen Schnarchen ihrer Mitbewohnerinnen und den Stimmen von draußen. Und obwohl Aggy sich hin und her wälzte, wurde Mitra langsam wunderbar träge und nach einiger Zeit fielen ihre Augen tatsächlich zu.

Sie wachte erst wieder auf, als es hell war, durch Aggys Schrei. Mitra fuhr zu ihr herum. Ihr Gesicht war tränennass.

„Nein, nicht ihn!" Mitra zögerte kurz, sie zu wecken, da Aggy doch so gerne ausschlief. Doch der Traum schien nicht besonders schön zu sein. Aggy würde sie in so einer Situation auch wecken. Also rüttelte sie beherzt ihre Freundin. „Aggy? Aggy! Wach auf."

Aggys Lider begannen zu flackern. Mitra rüttelte sie nun heftiger. Endlich stöhnte Aggy und öffnete noch schlaftrunken und verwirrt die

Augen. „Wo … Wo bin ich?" Dann erkannte sie Mitra und begriff die Situation. Sie fuhr sich übers Gesicht.

„Du hattest einen Alptraum. Was ich so mitbekommen habe einen echt schlimmen Alptraum."

Aggy sank wieder in ihr Kissen. „Ja, ich glaube schon." Sie schloss die Augen. „Danke", flüsterte sie.

„Willst du darüber reden?"

Aggy schwieg. Doch dann schüttelte sie leicht den Kopf. „Nein, ich möchte es lieber vergessen."

Das konnte Mitra verstehen. Mit ihren Alpträumen ging es ihr ähnlich. Vor allem den Moment, als Anton sie eiskalt in den Abgrund gestoßen hatte. Sie fragte sich, was ihr Unterbewusstsein ihr damit sagen wollte. Aggys Lachen riss sie aus ihren düsteren Gedanken.

„Wir sind schon zwei durchgeknallte Mädels. Völlig durch. Und wir sollen die Welt retten", japste sie.

Durchgeknallt? Mitra fragte sich, ob sie wütend auf Aggy sein sollte, doch dann dachte sie noch einmal nach und erkannte den Wahnsinn und die tragische Wahrheit dahinter. Sie lächelte Aggy zu. „Ja, das ist schon krass."

„Krass? Mir tut die Welt richtiggehend leid." Aggy versuchte ihr Zwerchfell unter Kontrolle zu bekommen. Mitra boxte sie in die Seite. „Hey, wir sind schon ziemlich … effektiv. Oder nicht?"

Aggy wiegte ihren Kopf auf dem Kissen hin und her. „Ja, mag schon sein", antwortete sie einsilbig. Danach hingen beide ihren

Gedanken nach und starrten auf das Zeltdach.

„Ah, ihr seid ja SCHON wach." Minerva zog das schon unendliche in die Länge. „Wir bekommen Besuch. Er wurde von Hugo angekündigt. Vertreter des Erdvolks kommen. Bis dahin solltet ihr einigermaßen vorzeigbar sein." Damit fegte sie wieder nach draußen. „Und ihr habt das Yoga mal wieder verpasst", rief sie noch hinein. Dann waren sie wieder alleine.

„Ob das ein gutes Zeichen ist?"

Mitra glaubte es nicht. Sie erwartete die nächste Schreckensnachricht. Ächzend zwang sie sich hoch. „Wir sollten trotzdem artig sein. Sonst werden wir öffentlich durch meine Tante hingerichtet."

Aggy nickte. „Ja, das ist nicht unwahrscheinlich und ich habe Hunger."

Mitras Magen machte ebenfalls eindeutige Geräusche. „Und vergessen wir den Kaffee nicht."

Eine halbe Stunde später standen sie am Feuer und warteten, dass der Kaffee fertig kochte, während sie ihr Müsli hinunterschlangen. Ab und an grüßten sie die anderen Bewohner. Mitra bekam Gesprächsfetzen über Rezepte und das Wetter mit. Die Atmosphäre hier erschien ihr jetzt beinahe friedlich und sie erwischte sich dabei, dass sie lächelte. Sie gewöhnte sich bereits an diesen Ort und er war gar nicht mehr so schlimm, wie sie ihn anfangs empfunden hatte. Vielleicht war sie aber auch nur vom köstlichen Kaffeeduft benebelt, der sich aus der Kanne über dem Feuer entfaltete. Aggy schnappte sich beherzt zwei Topflappen.

„Endlich. Jetzt kann der Tag beginnen." Mit einem seligen Lächeln goß sie ihnen beiden Kaffee ein. Anschließend setzten sie sich auf zwei Klappstühle. „So klappt das auch mit diesem Campen."

Eine Weile genossen sie die Harmonie. Sorgen, so beschloss Mitra, mache sie sich erst, wenn sie wüssten warum das Erdvolk mit ihnen reden wollte. Jetzt brachte es einfach noch nichts. Aus einen der Zelte trat Anton in Uniform heraus und ging in eiligen Schritten zum Ausgang. In Richtung seiner Arbeit. Arbeit! Ein Schock durchfuhr Mitra. Nicht wegen Anton oder vielleicht nicht NUR wegen Anton, sondern vor allem, weil Telmec ihr jetzt wieder einfiel. Es war so viel passiert in letzter Zeit, dass sie ihre Ausbildung völlig vergessen hatte. Ja, ihre Tante hatte sie krankgemeldet, bevor sie auf die andere Seite der Barriere gelangt waren. Aber das war ja schon einige Tage her. Und trotz des Ausnahmezustandes in Hamburg ging der Betrieb wahrscheinlich weiter. Sie war unvermittelt auf den Beinen.

„Wir müssen zur Arbeit. Hoffentlich sind wir nicht bereits gekündigt." Panisch kramte sie nach ihrem Handy. Wenn sie es schafften Hamburg zu retten, wollte sie nicht arbeitslos sein.

Aggy verdrehte stattdessen einfach nur die Augen und blieb ganz entspannt sitzen. „Komm bitte runter. Du stresst mich ein bisschen. Kleine Streberin." Mitra starrte ihre beste Freundin fassungslos an. Sie wusste, dass Aggy die Arbeit bei Telmec nicht gerade ernst nahm, um es mal vorsichtig auszudrücken. Aber dass sie eine Abmahnung oder sogar eine Kündigung in Kauf nahm, konnte Mitra überhaupt nicht verstehen. Auch nicht jetzt. „Frag doch erst einmal deine Tante, was sie mit denen da besprochen hat, bevor du dich selber in die Scheiße reitest."

Mitra hatte bereits die Nummer ihres Chefs angeklickt und ließ nun ihr Handy langsam sinken. Damit hatte Aggy wiederum recht. Das hätte nun wirklich nach hinten losgehen können. „Guter Einwand", musste sie zugeben. „Siehst du sie hier irgendwo?" Mitra drehte sich einmal im Kreis und konnte Minerva nirgendwo ausmachen. „Vielleicht ist sie im Zelt", drang Aggys gelangweilte Stimme an ihr Ohr. Wie konnte sie nur so gelassen, geradezu gleichgültig sein?

Mitra stapfte in ihr Zelt, was sie verwaist vorfand. Als sie wieder rausging, kam Minerva mit einer anderen Wächterin in ein Gespräch vertieft gerade mit zwei Hockern im Arm wieder ins Camp. Die Vorbereitungen für den hohen Besuch liefen entsprechend der Voraussetzungen auf Hochtouren. Vorsichtig trat sie näher und räusperte sich. Die andere Wächterin verabschiedete sich geschäftig und verschwand hinter Zelten.

„Ja bitte?" Minervas Stimme klang kühl. Mitra überfuhr eine Gänsehaut. Sie spielte mit ihren Fingern. Die Atmosphäre zwischen ihnen beiden verunsicherte sie, sodass sie anfing zu stottern.

„Ja … ja, a… also es geht um meine Ausbildung." Sie schaute ihre Tante erwartungsvoll an. Doch diese reagierte nicht. „Also, wegen der

Fehlzeit. Du hattest doch netterweise mit meinem Chef telefoniert ... aber jetzt ist es ja schon ein wenig her. Und ich wollte fragen, also was die jetzt denken?" Ihre Stimme wurde immer leiser und sie ärgerte sich, dass es ihre Tante mal wieder geschafft hatte sie so einzuschüchtern.

Diese zog ihre Augenbraue nach oben und starrte sie genervt an, als ob es das dämlichste Anliegen der Welt wäre. Dann stellte sie die Hocker wortlos vor einer Stuhlreihe auf und wandte sich ihr wieder zu, sichtlich sich um Ruhe bemühend. „Du bist noch bis nächsten Montag krankgeschrieben."

Mitra schaute sie irritiert an. „Aber wie ... wie hast du das geschafft? Und was soll ich denn bitteschön haben?" Sie schaute ihre Tante mit immer größer werdenden Augen an.

Diese fing nun endlich an zu lächeln. „Ich habe meine Kontakte, meine liebe Nichte. Das war überhaupt kein Problem, wenn man die richtigen Ärzte kennt. Und in dem Chaos, was gerade herrscht, war es erst recht kein Problem. Eine meiner leichtesten Übungen." Mitra biss sich auf die Lippe. Was dachte ihr Arbeitgeber wohl, was ihr fehlte, oder dachten sie gar, dass sie schwänzte? „War das jetzt alles? Können wir uns wieder mit etwas Wichtigem auseinandersetzen? Ich würde mich freuen." Sie nickte. Ihre Tante seufzte und wuselte bereits an ihr vorbei und zitierte eine zierliche Frau vom großen Feuer zu ihr heran. Sie schämte sich ein bisschen. Ihre Tante hatte schon recht. Es gab fürwahr Wichtigeres zu bereden, als dass sie bei ihrer Ausbildung fehlte. „Das Krankenhaus hat sich übrigens bei mir gemeldet. Mama geht es stabil gut. Sie wird heute entlassen", rief sie ihr noch über die Schulter zu. Wobei sie sogar kurz richtiggehend strahlte.

„Das freut mich. Das ist doch gut, oder?", fragte Mitra vorsichtig, da die Spontanheilung ihrer Großmutter ja so ein heikles Thema bei ihr zu sein schien.

Minervas Strahlen brach sich nun dauerhaft seine Bahn, ohne dass ihre Tante es aufhalten konnte. „Ja, das ist einfach fantastisch. Wieso fragst du so etwas?"

Mitra betrachtete ihre Fußspitzen intensiver. Sie wusste nicht genau, wie sie es formulieren sollte, ohne dass ihre Tante möglicherweise wieder wütend werden würde. „Ich hatte gestern so ein bisschen … Man könnte gedacht haben … Also, zumindest ein bisschen. Das war jetzt auch nur mein Eindruck, dass du wütend warst auf mich?"

Minerva zuckte mit den Schultern und kratzte sich am Kinn, während sie zu überlegen schien. „Also, wütend war ich nicht. Nein, alles gut." Damit wandte sie sich endgültig ab, um sich zur Gänze wieder den Vorbereitungen zu widmen.

Mitra fragte sich, ob sie so paranoid war, dass sie das Verhalten ihrer Tante tatsächlich falsch interpretiert hatte. „Okay", versuchte sie es möglichst locker und ging wieder zu Aggy. Diese war bereits wieder dabei neuen Kaffee zu kochen. Alleine dafür hätte sie ihre Freundin am liebsten geknutscht. Sie redete mit Maja, die sich zu ihr an das Feuer gesellt hatte.

„Hier siehst du?" Aggy nickte auf ihren Arm, den sie nach vorne streckte und der sich in Wasser verwandelte.

„Das ist ja mal sehr cool. Ein Mensch mit der Kraft des Wassers."
Maja grinste breit. Aggy schaute sie gewichtig mit Stolz geschwellter
Brust an.

„Ich würde mich ja eher als Orakel oder meinetwegen noch als
ehrwürdige Vertreterin der Nixen bezeichnen."

Maja kicherte und begrüßte Mitra, als diese sich zu ihnen gesellte.

„Da hast du natürlich völlig recht", stimmte Maja Aggy zu. „Anders
kann man es nicht sehen. Aber ich muss jetzt auch los. Die Arbeit ruft."
Sie winkte zum Abschied.

„Eine wirklich patente junge Dame", bemerkte Aggy anerkennend.
„Hat mich gleich erkannt."

Mitra lachte leise. „Das ist bei dir ja auch zu offensichtlich. Aber ja.
Maja ist schon in Ordnung." Aggy schnappte sich Mitras Tasse und goss
den frisch gekochten Kaffee in ihre beiden Behältnisse.

„Und hast du alles geregelt? Wieder Mitarbeiterin des Monats?",
neckte Aggy. Mitra boxte Ihre Freundin leicht in die Seite.

„Hey, ich habe Kaffee in der Hand."

„DU solltest dich auch um solche Dinge sorgen. Aber ja, es ist so
weit alles okay. Minerva war nur ein bisschen merkwürdig. Hat so getan,
als ob alles in Ordnung zwischen uns wäre. Und zum Schluss habe ich
ihr das sogar abgekauft."

„Habe ich dir doch gesagt. Das solltest du inzwischen aber wirklich
gelernt haben, dass du auf das weise Orakel hören musst. Ich habe

172

manchmal das Gefühl, dass ich hier Perlen vor die Säue werfe." Eine Weile standen sie da und tranken einträchtig ihren kleinen Luxus des Tages. Minerva kam zu ihnen und rieb ihre Hände angespannt aneinander.

„Jetzt dürften die Vertreter des Erdvolks gleich da sein."

„Was denkst du, worum es gehen wird?"

Minerva schüttelte den Kopf. „Ich weiß es nicht, aber bei unserem derzeitigen Glück wird es etwas Schlimmes sein."

Mitra bekam eine Gänsehaut. Ein leises Summen ertönte und sie schauten nach oben in den Himmel, wo der angekündigte Besuch bereits über der Schutzschicht flog. Ihre Tante riss ihre Arme wie bei ihrer Ankunft in die Höhe, um ihm Einlass zu gewähren. Mitra beobachtete, wie die Luft unvermittelt in Höhe der Baumwipfel anfing zu flirren und ein Loch entstand, durch welches sie hindurchflogen. Sie wusste nicht genau, ob sie es sich lediglich einbildete. Aber es kam ihr so vor, als ob für diesen Moment, wo das Loch entstand, frische Luft ins Camp hereinströmte.

„Dass sie angeflogen kommen, statt durch das Erdreich zu uns zu gelangen, ist ebenfalls kein gutes Omen", murmelte Minerva düster. Sobald sich die Delegation innerhalb des Schutzraumes befand, ließ sie ihre Arme wieder sinken. Hoch über ihren Köpfen flirrte es abermals und dann war es wieder so, als ob keine magische Schutzschicht existierte.

„Seid gegrüßt." Minerva verbeugte sich. Mitra, Aggy und die

Umstehenden taten es ihr gleich. Die Vertreter surrten auf Augenhöhe Minervas und nahmen huldvoll die Ehrerbietung von Mitras Tante entgegen.

Nicht unfreundlich, aber knapp und ohne Umschweife kam einer der Angehörigen des Erdvolkes, offenbar der Anführer und Sprecher der Abordnung, sofort zum Punkt: „Wir möchten alleine mit Euch reden." Er deutete dabei auf Minerva, Mitra und Aggy. „Nur mit Euch dreien." Mitra spürte, wie sich Aggy, als ihr klar wurde, dasss auch sie gemeint war, noch gerader machte. Ihre Tante strich ihr Kleid glatt. Mitra konnte sehen, dass sie sich von der Direktheit des Vertreters vor den Kopf gestoßen fühlte.

„Selbstverständlich. Folgt mir", antwortete Minerva souverän. Einmal mehr kam Mitra nicht umhin, ihre Tante zu bewundern. Sie war für diese Position der Anführerin wirklich gemacht. Wenn Mildred eines Tages nicht mehr wäre, würde sie eine würdige Nachfolgerin sein. Doch schon eine Sekunde später schalt sie sich für diese Gedanken. Wie konnte sie nur an den Tod ihrer Großmutter denken. Sie würde ewig leben. Sie war einfach zu wichtig, um zu sterben, beschloss sie.

Minerva führte die Vertreter ins Zelt und Mitra und Aggy folgten der Gruppe. Nachdem sie alle in das Zelt eingetreten waren, zog Aggy den Reißverschluss hinter sich zu. Die Delegation ließ sich um den Klapptisch nieder. Die drei folgten deren Beispiel und setzten sich auf die Gartenstühle.

„Wir haben erfahren, dass Ihr uns etwas Wichtiges mitzuteilen

174

habt?", eröffnete Minerva das Gespräch. „Ihr könnt uns alles sagen. Ihr seid hier unter Freunden."

Der Anführer des Erdvolkes schloss kurz seine blitzenden schwarzen Augen, sodass sein gesamtes Gesicht aussah wie eine Baumoberfläche. Dann öffnete er sie wieder. „Wir wollten Euch warnen. Die Abtrünnigen, wie Euer Volk sie nennt, sind auf dem Vormarsch. Wir haben Grund zu der Annahme, dass die vielen Erdbeben der letzten Tage einen Grund haben. Sie wollen uns damit nicht in erster Linie einschüchtern, sondern es scheint so, dass sie auf der Suche nach unserer … Essenz sind." Die ganze Delegation musste sich, nachdem er es ausgesprochen hatte, wieder sammeln. „Wir vermuten das, weil sich viele der Epizentren der Beben sich erschreckenderweise in der Nähe des Aufenthaltsortes unserer … Essenz befinden."

Damit hatte Mitra nicht gerechnet. Und so wie Mitra den Blick ihrer Tante interpretierte, ging es Minerva ähnlich. Aber es machte Sinn. Sobald die Abtrünnigen im Besitz aller Essenzen sein würden, wäre ihr Sieg besiegelt. Dann könnten sie die Welt erfolgreich unterjochen, sie unbarmherzig verbrennen und gänzlich zerstören.

Mitra biss sich auf ihre Lippen. „Das darf nicht passieren", presste sie hervor.

Der Sprecher der Delegation fuhr zu ihr herum. „Das haben wir nicht vor, Frau Naturverbundene.

Mitra wurde rot. Sie wollte sich schon entschuldigen. So hatte sie es doch nicht gemeint. Jedoch kam Minerva ihr zuvor und lenkte so von ihr ab. „Können wir Euch in dieser schweren Zeit irgendwie unterstützen. Wenn wir helfen können, wollen wir das machen. Es ist unser aller Kampf."

Der Sprecher nickte dankbar. Seine Flügel zuckten. „Darauf haben wir gehofft. Derzeit wüssten wir allerdings nicht wobei."

Mitra zuckte bei seiner Wortwahl zusammen. Sie atmete tief ein und aus. Wobei konnten sie schon hilfreich sein?! Sie biss sich auf die Lippen.

„Wäre es nicht hilfreich, wenn wir alle Essenzen an einen Ort versammeln würden? Dann könnten wir sie mit vollen vereinten Kräften schützen", schlug Aggy vor.

Minerva und der Anführer schüttelten sofort beide den Kopf.

„Undenkbar und zu gefährlich. Dafür sind die Abtrünnigen derzeit zu stark. Wir hätten ihnen nichts entgegenzusetzen", antwortete Minerva.

„Unser Versteck ist gut. So schnell werden sie es nicht finden." Er blitzte Aggy wütend an. Doch Mitra erfasste, dass er mit dieser Aussage lediglich seinen und den Stolz seines Volkes schützen wollte. „Gab es Anzeichen, dass Eure Essenz in Gefahr ist?"

Minerva ließ die letzten Tage Revue passieren.

„Nein, es war nichts zu spüren, dass Etwas eindringen wollte. Nur diese Erdbeben."

Mitra biss sich auf die Zunge, um sich gerade noch rechtzeitig davon abzuhalten, ihre Tante zu fragen, ob die Essenz nicht gerade völlig schutzlos in dem Saal der Wächterinnen brannte. Doch dann kamen ihre

Gedanken auf einmal ins Stocken. Die Feuer hier im Camp, die nie gelöscht wurden. Sie hätte beinahe erschrocken aufgeschrien. Es wäre irgendwie genial und doch gleichzeitig unglaublich gefährlich. Dies war selbstverständlich nicht der Rahmen, um das mit Minerva zu diskutieren.

Aggy griff nachdenklich nach einer Wasserflasche und nahm einen Schluck. Ohne Vorwarnung versteifte sich ihr Körper bei Kontakt mit dem Nass, zerfloss zu Wasser und setzte sich kurz darauf wieder in ihre menschliche Hülle zusammen. Aber danach war sie es nicht mehr so richtig. Ihre Augen waren von einem leuchtenden Türkis. Aus ihrem offenstehenden Mund schimmerte es hell. Mitra hörte Minerva und die Delegation erschrocken aufkeuchen. Sie war das Orakel.

„Ein Volk nach dem anderen wird fallen und sich auflösen. Das Feuer wird das Leben verbannen. Schützt den Ursprung. Gemeinsam." Ihre Stimme hallte im Gehörgang der Anwesenden, immer und immer wieder. Aggys Augen verdunkelten sich und das Leuchten aus ihrem Mund erlosch. Ihr Körper erschlaffte und Aggy sackte ohnmächtig in sich zusammen. Gerade noch rechtzeitig konnte Mitra ihre beste Freundin davor schützen, unsanft auf den Boden aufzuknallen.

„Aggy? Alles gut?" Sie hielt Aggys Oberkörper in ihren Armen und schüttelte sie sanft, bis deren Augenlider flatterten und sie endlich ihre Augen wieder öffnete. Ihr Blick huschte umher, um sich zu orientieren.

„Hatte ich mal wieder eine geniale Idee?", flüsterte sie grinsend.

„Ich glaube, du hast uns eher mal wieder ratlos zurückgelassen. Du solltest aufhören, so mysteriöses Zeugs zu faseln", lächelte Mitra erleichtert.

„Da sagst du was", pflichtete ihr Minerva seufzend bei. „Das würde in der Tat vieles erleichtern."

Die Borkenschmetterlinge hatten während der Ansprache des Orakels ihre Flügel nicht unter Kontrolle und es hielt sie nicht länger am Tisch auf den Stühlen.

„Das Orakel hat gesprochen. Ein Volk nach dem anderen wird fallen." Die Stimme des Anführers knarzte zitternd.

„Wir können es aufhalten. Wir müssen zusammenarbeiten", rief Mitra ermutigend. Das grollende Lachen, das dem Anführer entfuhr, war völlig freudlos. Er glaubte eindeutig nicht an ihre Interpretation.

„Schützt den Ursprung", wisperte ihre Tante mehr zu sich als zur Gruppe.

Aggy richtete sich wieder auf.

„Da habe ich wohl für ordentlich Gesprächsstoff gesorgt."

„Was denkst du, was mit dem Ursprung gemeint ist?", fragte Minerva Aggy. Diese zuckte jedoch lediglich mit den Schultern. „Aber das ist der Schlüssel. Wir sollen zusammenarbeiten, um den Ursprung zu schützen. Das wurde ziemlich klar."

„Vielleicht der Ursprung des Lebens? Oder von Hamburg?", versuchte sich Mitra an ein wenig brainstorming.

„Den Ursprung von Hamburg habt ihr recht erfolgreich zubetoniert. Da gibt es nichts zu schützen. Und ich halte Eure verseuchte Wohnstätte auch nicht für schützenswert. Das hat das werte Orakel sicher nicht mit ihrer Weissagung gemeint", plusterte sich der Anführer auf.

Mitra schaute angespannt zu Minerva hinüber. Doch die blieb völlig gelassen, zumindest nach außen. Noch vor gar nicht allzu langer Zeit hätte ihre Tante diese Aussage mit einer mindestens so bissigen, wenn nicht gar vernichtenden Antwort bedacht. Doch nun ignorierte sie die Verachtung, die in den Worten des Vertreters des Erdvolkes lag. Mitra fiel ein Stein vom Herzen.

„Ich glaube auch nicht, dass diese Stadt gemeint ist. Wenn dann höchstens unsere erste Zusammenkunft der Völker. Aber so was ist nicht zu schützen."

„Der Ursprung des Lebens ist für mich ein Samen oder ein Saatkorn", schlug Aggy vor, die inzwischen wieder auf einen der Stühle Platz genommen hatte. Einer der Borkenschmetterlinge fing ordentlich an zu husten und die anderen spielten nervös mit ihren Speeren.

„Alles in Ordnung mit Euch?", fragte Mitra neugierig.

„Keine Sorge, uns geht es wunderbar. Ein interessanter Vorschlag mit dem Samen", meinte der Anführer bloß. Dann folgte Schweigen.

Ohne einer Lösung gegen die Bedrohung näher gekommen zu sein, verabschiedeten sie sich schließlich voneinander. Minerva wiederholte ihr Angebot, jederzeit das Erdvolk zu unterstützen. Doch die Vertreter des Erdvolkes versprachen lediglich mit ihnen durch die Vertreter des Luftvolkes in Kontakt zu bleiben.

„Dieser verdammte Stolz wird uns am Ende noch alles kosten", fluchte Mitra, als ihre Tante ihre Arme wieder senkte, um die Schutzschicht zu schließen.

„Ja, allerdings musst du auch zugeben, dass wir als Vertreter des neuen Feuervolkes dem Erdvolk nicht allzu viel an Unterstützung anzubieten haben. Wir sollten uns jetzt erst einmal darum kümmern, dass unsere Essenz den besten Schutz erhält, der möglich ist." Das führte Mitra wieder zu ihrem Verdacht. Sie spielte mit ihren Fingerspitzen. „Wo ist unsere Essenz eigentlich derzeit? Ist sie noch in dem Versammlungssaal der Wächterinnen?"

Minerva betrachtete sie mit einem amüsierten Gesichtsausdruck.

„Hältst du mich wirklich für so unvorsichtig? Nein, ich möchte sagen, für so dämlich? Das würde ich bei jedem anderen eindeutig als Beleidigung auffassen."

Mitra wurde rot.

„Ich wusste nicht, dass wir die Essenz bewegen können. Wo ist sie also?"

„Warum sollten wir sie nicht bewegen können? Wir haben sie ja sogar in Flakons umgefüllt."

Sie gingen in ihr Zelt zurück und ihre Tante senkte die Lautstärke ihrer Stimme zu einem Flüstern, sodass Mitra ihr Ohr zu ihren Lippen führen musste.

„Es ist das große Feuer in der Mitte dieser Zeltstadt." Sie lächelte Mitra selbstzufrieden an. „So haben wir sie immer im Blick und können sie mit geballter Kraft verteidigen, wenn es nötig werden sollte."

Mitra begann das Ausmaß ihrer derzeitigen Wohnsituation langsam zu verstehen.

„Das ist der wahre Grund, wieso wir alle umgezogen sind, oder? Um die Essenz so besser schützen zu können?"

Minerva nickte anerkennend.

„Du bist halt doch meine Nichte. Es war nicht mehr ausreichend, dass nur zwei Wächterinnen gemeinsam die Flamme bewachten. Das war kein wirklicher Schutz. Zudem war klar, dass das ursprüngliche Feuervolk natürlich wusste, wo wir die Essenz aufbewahrten. Wir konnten sie einfach nicht dalassen. Unser Heim war verwüstet und durch die Erdbeben wurden einige Wohnungen unbewohnbar. Als der Erlass des ersten Bürgermeisters kam, dass es offiziell in der jetzigen Lage erlaubt sei in Parks zu campieren, war die Idee geboren."

Das klang logisch und doch war Mitra nicht restlos überzeugt.

„Ist das nicht zu gefährlich?"

Minervas Augen verengten sich zu Schlitzen.

„Wenn du einen besseren Einfall hast, bring dich gerne ein. Nur raus damit. Aber während du auf der anderen Seite gewesen bist, ist hier so einiges passiert wie du siehst. Das hier ist eine gute Idee. Wir alle passen zusammen auf sie auf. Es gibt keinen restlos sichereren Ort für die Essenz."

Ihre Tante wandte sich bereits beim Reden von ihr ab. Mitra war von der Heftigkeit ihrer Reaktion geschockt.

„Nein, die Idee ist super. Wirklich!", beeilte sie sich zu sagen. „Wenn man es weiß, klingt es bloß einfach nur so gefährlich. Aber kurzfristig war wahrscheinlich wirklich nichts anderes möglich."

Minerva atmete tief ein und aus, bevor sie sich wieder ihrer Nichte zuwandte.

„Ja, es ist keine finale Lösung. Ich habe zumindest nicht vor, länger als nötig in diesem Lager zu leben. Ich vermisse die Zivilisation ungemein."

„Oh, wirklich süß ihr zwei." Mitra zuckte zusammen. Sie hatte Aggy gar nicht mehr wahrgenommen. Aber diese saß noch auf dem Stuhl mit einer Wasserflasche in der Hand und einem breiten Grinsen auf ihrem Gesicht. Mitra hielt eine Hand vor ihrer Brust. „Ich wusste gar nicht, dass du auch so lange schweigen kannst."

Aggy lachte: „Ja, meine Talente sind in der Tat zahlreich." Ihre Tante beäugte Aggy misstrauisch. Auch sie hatte Aggy erst wahrgenommen, als sie gesprochen hatte und das missfiel ihr augenfällig.

„Dir ist klar, dass du nichts von unserem Privatgespräch mitbekommen haben darfst. Vergiss es also bitte sofort wieder."

Aggy hob beschwichtigend die Hände in die Luft.

„Ich schwöre, dass ich es bereits nicht mehr weiß", beteuerte sie feierlich.

Mitra war sich nicht sicher, ob Aggy wirklich verstand, wie ernst es Minerva damit war.

„Das war eine vertrauliche Unterhaltung zwischen Wächterinnen. Diese Geheimnisse dürfen nicht nach außen getragen werden", setzte

Minerva nach.

Aggy sackte in sich zusammen. So sehr war sie von den Worten Minervas verletzt. Sie gehörte nicht dazu, auch jetzt nicht als Orakel. Mitra konnte es nicht ertragen, ihre beste Freundin so zu sehen.

„Aggy wusste genauso wie ich, dass die Essenz sich im Saal der Wächterinnen befand, und hat dichtgehalten. Sie ist eine von uns."

Minerva fuhr sich durch ihr Haar.

„Es ist nichts gegen dich. Du bist ein tolles Mädchen, aber du bist nun einmal inzwischen auch eine Nixe. Es gibt Dinge, die wir intern besprechen müssen. Das verstehst du doch, oder?"

Ihre Tante überraschte Mitra immer wieder. Sie konnte ja nahezu sensibel sein. Die Angesprochene nickte, nahm einen weiteren Schluck aus der Wasserflasche und stand ächzend und dennoch möglichst würdevoll auf, um das Zelt zu verlassen. Mitras Magen rumorte. Dies entsprach nicht einer harmonischen Atmosphäre. Sie musste das wieder geradebiegen. Sie lächelte Minerva an, um dieser zu signalisieren, dass sie sie verstand. Und das tat sie wirklich. Aber … es war halt kompliziert. Denn Aggy war nun einmal nicht nur das Orakel UND eine Vertreterin des Wasservolkes, sondern sie war ihre beste Freundin. Und sie vertraute ihr voll und ganz. Niemals würde Aggy sie hintergehen und Geheimnisse verraten.

„Ich seh mal nach ihr."

Ihre Tante setzte sich.

„Wir fahren gleich ins Krankenhaus, um Mama abzuholen, ja?!" Es war keine Frage, vielmehr eine Feststellung.

# *Abschied*

Mitras Atem stockte kurz. Aggy war gerade dabei, das Camp zu verlassen. Sie wollte doch nicht abhauen? Mitra nahm buchstäblich ihre Füße in die Hände und rannte ihrer Freundin hinterher.

„Aggy!", rief sie ihr nach. „Sie hat es doch so gar nicht gemeint. Du gehörst hierher. Zu uns." Sie keuchte. Unbedingt musste sie etwas an ihrem Fitnesszustand verbessern. Aggy hielt an und drehte sich um, mit einem ernsten Gesichtsausdruck, den Mitra gar nicht bei ihr kannte.

Als Mitra sie eingeholt hatte, reagierte sie: „Hey!"

„Hey!" Dann gingen sie schweigend zum Ausgang und spazierten ein wenig.

„Wir werden Mildred nachher abholen", versuchte Mitra die Stimmung etwas aufzuhellen.

„Das freut mich", meinte Aggy bloß. Diese stille Aggy machte Mitra nervös. „Du weißt, dass wir dich alle toll finden und du zu uns gehörst, oder?"

Aggy schüttelte den Kopf.

„Nein, ich gehöre hier nur so teilweise hin. Minerva hat schon recht. Ich bin eine Nixe und keine Wächterin. Ich sollte zu ihnen. Sie erwarten mich sicher schon." Sie sagte das mit so einer Ruhe und ohne Gram, dass Mitra gar nicht wusste was gerade vor sich ging. Die nächste Frage traute sie sich gar nicht zu stellen.

„Was meinst du damit?" Mitra schluckte und betete innerlich, dass sie nicht die Antwort bekam, die sie befürchtete. Aggy hielt an, nahm Mitras Hand und sagte entschlossen: „Ich werde jetzt zu den Nixen gehen. Ich muss meinen Platz in diesem Krieg finden. Und dafür muss ich zum Wasservolk." Mitras Augen wurden feucht. Sie konnte Aggy verstehen. Wie konnte sie das auch nicht? Sie wusste selbst, wie schwer es gewesen war, sich in dieser magischen Welt zumindest grob zurecht zu finden. Aggy hatte ihr dabei so geholfen. Jetzt musste sie das auch für sie tun.

„Du kommst doch wieder, oder?", fragte sie leise. Sie hatte schreckliche Angst sie für immer zu verlieren. Ihre beste Freundin.

Aggy schwieg und zuckte nach einer gefühlten Ewigkeit mit ihren Schultern.

„Das ist noch so neu. Ich versteh das alles noch nicht, wie das funktioniert oder was das Wasservolk von mir erwartet", murmelte sie.

Mitra nahm die Verletzung in ihren Augen wahr. Die Sehnsucht irgendwo wirklich dazuzugehören. Und sie wurde wütend, wenn sie an Aggys sogenannte Mutter und den Vater dachte, die einfach ohne sie nach Berlin geflohen waren. Aggy hatte noch nicht einmal mit der Wimper gezuckt. Sie war es bereits gewohnt, von denen so behandelt zu werden. Mitra konnte sich nicht vorstellen, wie sich das anfühlen musste. Sie schluckte.

„Du hast immer eine Familie hier. Bei mir." Tränen standen in ihren Augen. Die nächsten Worte fielen ihr schwer, aber sie wollte für Aggy das Beste. Auch wenn das erst einmal bedeutete, dass sie sich trennen mussten. „Ich kann verstehen, dass du zu den Nixen möchtest, um mehr zu erfahren und Dinge zu lernen. Aber ich würde mich freuen … Du bist hier immer …" Sie schniefte und wischte sich schnell die Tränen von der Wange. Aggy lächelte sie an. Auch ihr Gesicht war bereits nass. Mitra dachte daran, wie Aggy von ihrem Erlebnis bei den Nixen geschwärmt hatte, wie sie sich mit ihnen verbunden gefühlt hatte. Sie wischte die Erinnerung schnell beiseite. Sie hoffte einfach, dass sie bald wiederkam. Langsam gingen sie weiter. „Wärst du einfach so gegangen? Ohne Tschüss zu sagen?", fragte sie.

„Ich mag es nicht so gerne, mich zu verabschieden." Aggy schaute beschämt zur Seite. „Ich habe schon, seitdem wir hier angekommen waren, so eine Sehnsucht in mir, die ich nicht so recht zuordnen oder deuten konnte", erklärte sie leise. „Und als deine Tante sagte, dass ich eine Nixe sei, fiel es mir quasi wie Schuppen von den Augen", witzelte sie. Wieder ganz die Alte. Was irgendwie tröstlich war. Aber Mitra war nicht nach Scherzen zumute. Als Aggy merkte, dass ihr Auflockerungsversuch nichts brachte, wurde sie wieder ernst. „Diese Sehnsucht war ihr Ruf. Es war der Ruf der Nixen."

Sie erreichten das Ufer eines kleinen Sees. Aggy wandte sich Mitra zu.

„Tja, hier sind wir wohl." Unentschlossen schaute sie auf die Wasseroberfläche.

Mitra war kurz davor, ihre Freundin zu bitten, bei ihr zu bleiben. Sie sollte nicht gehen, sie brauchte Aggy. Doch das brachte sie nicht übers Herz. Das wäre einfach zu selbstsüchtig. Sie atmete tief durch und schluckte ihr Tränen, die erneut an die Oberfläche drängten, hinunter.

„Ich kann es verstehen. Ich hoffe du findest, was du da suchst, und vielleicht kommst du ja bald zurück ... Ich würde mich sehr freuen." Den letzten Satz konnte sie sich nicht verkneifen. Dann nahm sie Aggy fest in die Arme. Aggy drückte sie ebenso fest, bevor sie sich von ihr löste. Ohne noch einmal zurückzuschauen, watete sie in das Wasser, welches unvermittelt dort aufleuchtete, wo sie eintrat.

„Kannst du sie singen hören?", fragte Aggy selig. Um ihre Beine begann das Wasser wild um sie herum zu fließen. Es stieg an ihr hoch und verwandelte sie rasend schnell in ihr Element. Dann war sie verschwunden. Mitra wandte sich umgehend von dem See ab und ließ ihrer Trauer freien Lauf. Aggy war ihre beste und einzige Freundin gewesen. Die Einzige, die es mit ihr ausgehalten hatte, und nun war sie wieder alleine. Der Wind frischte auf, während sie niedergeschlagen den Weg zum Camp einschlug. Zunächst fiel es ihr gar nicht auf, dass die Brise allein um sie herumwirbelte, sich um sie herum konzentrierte. Die Blätter und Äste, an denen sie vorbeischlich blieben still, unbewegt. Doch als ihre Haut prickelte, verschränkte sie verwirrt die Arme ineinander. Da war Etwas. Sie wurde verfolgt. Es war ihr erschreckend klar, dass es nichts bringen würde, wegzulaufen. Das Camp war noch zu weit weg, um sich schnell hinter die Schutzschicht in Sicherheit zu bringen. Und wenn sie es recht bedachte, war sie jetzt genau in der richtigen Stimmung, um so ein mieses, abtrünniges Arschloch fertigzumachen. Sie war gerade dabei, auszuloten, ob es sinnvoller wäre, den Bedroher mit Feuer zu bekämpfen oder sich in Luft zu verwandeln. Plötzlich vernahm sie ein Kichern. Angestrengt lauschte sie. War es wirklich ein Kichern? Der Wind ebbte ab und ein kleines Eichhörnchen baumelte auf einmal kopfüber direkt vor ihren Augen. Sie schrie erschrocken auf, taumelte zurück, stolperte über eine Wurzel und fiel der Länge nach hin auf ihr Steißbein, was höllisch schmerzte. Nachdem sie sich dazu in der Lage sah, schaute sie genauer hin. Das putzige Tier hatte sich inzwischen vom Ast auf den Stamm zum Boden gehangelt und gackerte in einer Tour. Mitra biss die Zähne zusammen und funkelte die Nervkröte finster an.

„Hugo, was willst du hier?"

Doch der Luftgeist lachte unbeirrt weiter. Für so ein kindisches Verhalten hatte Mitra gerade überhaupt keine Zeit. Umständlich rappelte sie sich wieder auf die Füße und ignorierte das alberne Eichhörnchen. Doch so schnell wurde sie Hugo natürlich nicht los.

„Jetzt sei doch nicht so", japste er. „Verstehst du keinen Spaß?" Auf diese Frage ging Mitra noch nicht einmal ein. Sie ging weiter. Sobald sie im Inneren der Schutzzone sein würde, hätte sie wieder Ruhe vor ihm.

Mit einem galanten Satz landete das Tier auf ihrer linken Schulter und kitzelte sie am Hals und im Gesicht mit dem Puschelschwanz. Vergebens versuchte sie ihn von ihrer Nase und ihrem Mund fernzuhalten. Sie seufzte genervt.

„Sag doch einfach, wie ich zu der Ehre komme, dich so schnell wiederzusehen?"

„Ich wollte nur wissen, wie es dir geht. Immerhin warst du recht lange auf der anderen Seite der Barriere. Das ist sicher hart für eine Sterbliche", flötete er. Mitra war in keiner guten Stimmung für so ein neckendes Gespräch.

„Für eine Sterbliche ist es hart, aber für dich nicht, oder wie?", fauchte sie.

„Es gibt schönere Orte fürwahr, aber es hat mich nicht weiter berührt."

„Das würde deine Katze wahrscheinlich nicht unterschreiben." In dem Moment, in dem sie es aussprach, tat es ihr bereits leid. Aber dieser Tiefschlag kam einfach zu schnell aus ihrem Mund hinaus. Wie zu erwarten, distanzierte sich Hugo von ihr und sprang nun von Ast zu Ast, statt weiter auf ihrer Schulter zu weilen. Er hatte seinen Wirt für sie alle geopfert. Und sie wusste auch noch sehr genau, dass es sein wunder Punkt war, dass seine Tiere alle so schnell gestorben waren. Sie seufzte. Wieso musste er sie auch immer so reizen? Sie atmete tief ein und aus, um die Wut und Trauer zumindest ein wenig auszugleichen.

„Mir geht es soweit ganz gut." Hugo hopste neben ihr stumm weiter und schmollte. „Außer … Aggy ist weg", versuchte sie sich zu erklären. „Sie ist jetzt eine Nixe", fügte sie leise hinzu.

„Oh", meinte Hugo und war mit einem Satz wieder bei ihr auf der

Schulter. Dieses Mal auf der rechten. Er legte den Puschelschwanz nun um ihren Nacken, was sie tatsächlich etwas tröstete. „Das tut mir leid."

„Danke", murmelte sie. Und sie fühlte sich ein wenig besser. Sie hatte den Eindruck, dass Hugo sie verstand. Er war ja selbst seit langer Zeit gezwungenermaßen ein Einzelkämpfer.

„Sie kommt bestimmt bald wieder. Kein normaler Mensch hält es lange bei den Wasserbiestern aus", meinte er trocken.

Mitra lachte lauthals los. Dieser verrückte kleine Luftgeist. Doch holte sie die Traurigkeit gleich wieder ein.

„Leider ist sie ja kein normaler Mensch." Als sie den Weg folgend, um eine Kurve gingen, tauchte das Camp vor ihnen auf. Mitra blieb stehen und streichelte über das Fell von Hugo. „Hast du das von dem Erdvolk gehört?"

Das Eichhörnchen versteifte sich. „Das waren fürwahr keine guten Neuigkeiten. Wir hatten gehofft, dass es unorganisierte Attacken wären, aber es scheint ein Plan hinter den Angriffen zu stecken." Mitras Magen rumorte bei den Worten des Luftgeistes. Sie erinnerte sich an das, was Aggy als Orakel erzählt hatte.

„Bevor ... Aggy ... gegangen ist, hatte sie einen Orakelanfall. Es ging darum, dass ein Volk nach dem anderen fallen würde und dass das Feuer alles Leben verbanne und wir gemeinsam den Ursprung schützen müssten." Sie spielte mit ihren Fingernägeln. „Ich verstehe das alles nicht. Sie wollen die Essenzen stehlen. Und dann alles vernichten? Und wir? Was sollen wir machen? Wir sollen zusammen einen Ursprung schützen. Was für einen Ursprung?" Sie schnippte einmal. „Und, ach ja, das Erdvolk hat kein Interesse an einer Unterstützung durch uns, um seine Essenz zu schützen. Das zum Thema gemeinsam." Frustriert trat sie gegen einen umgestürzten Baum, der eines der letzten Erdbeben nicht überlebt hatte. Hugo hüpfte auf den am Boden liegenden Stamm.

„Ja, das scheint etwas düster zu sein. Aber andererseits haben sie diese Attacken öffentlich gemacht und euch darüber informiert. Wir sind im Austausch. Das war vor einiger Zeit, die noch gar nicht so lange her ist, nicht der Fall." Mitra runzelte die Stirn. „Es ist kein riesiger Fortschritt aber es ist einer, den es zu würdigen gilt."

„Hm", meinte sie. „Reicht halt in der derzeitigen Lage nicht aus."

„Du bist so pessimistisch. Wenn sich die Situation zuspitzt, werden wir alle wieder an einen Strang ziehen und füreinander einstehen. Das haben wir am Rathaus bewiesen und mit dem Ausflug auf die andere Seite der Barriere. Jedes Volk hat einen Vertreter entsandt. Das ist eine große Sache, Fräulein Gold."

Mitra versuchte ein Lächeln und … positiv zu bleiben. Doch sie konnte – Optimismus hin oder her – den Gedanken nicht abschütteln, dass diese Mühlen zu langsam mahlten und die Abtrünnigen ihnen haushoch überlegen waren. Die waren organisiert. Sie selbst erschienen ihr vielmehr wie ein zerschlagener Haufen. Das Lächeln verblasste und sie seufzte.

„Na dann müssen wir nur noch herausfinden, wer oder was dieser Ursprung sein soll, der geschützt werden muss. Vielleicht sollten wir auch mal wieder eine Ratssitzung einberufen."

„Hast du es noch nicht mitbekommen?" Sie schüttelte den Kopf. Nicht noch eine Hiobsbotschaft. Ihr schwirrte der Kopf. „Es gibt keine Ratssitzung mehr. Die Lichtung ist nicht mehr sicher. Wir könnten belauscht werden. Das ist überhaupt nur der Grund, wieso das ehrenwerte Luftvolk die Kommunikation zwischen den Völkern sicherstellt. Sonst wäre sie vermutlich schon zusammengebrochen.

„Das wird ja immer besser", fluchte Mitra.

„Ich werde den Orakelspruch meinem Volk darlegen und uns um eine Deutung bemühen. Gehaben Sie sich wohl, Madame. Und Kopf hoch." Er hob eine Pfote. Mitra hob ihre Hand.

„Mach das und gehaben Sie sich ebenso wohl, Monsieur." Damit fuhr ein Schatten aus dem Eichhörnchen, das Mitra eine Weile mit schockgeweiteten Augen anstarrte und dann verwirrt Reißaus nahm.

Mit gemischten Gefühlen durchschritt Mitra die Schutzschicht des Camps und steuerte das Zelt ihres Vaters an. Sie lugte durch den Zelteingang und stellte fest, dass die Ärztin nicht vor Ort war. Mitra krabbelte zu ihm. Er hatte seine Augen geschlossen. Liebevoll blickte ihn Mitra an. Sie fühlte sich erschöpft, obwohl der Tag kaum begonnen hatte. Ohne groß darüber nachzudenken, legte sie sich neben ihren Vater und ruhte sich aus.

„Irgendwie ist alles so anstrengend. Also eigentlich verpasst du nichts. Jetzt in diesem Moment würde ich sogar sehr gerne mit dir tauschen. Außer dein Traumland ist so schrecklich wie die andere Seite der Barriere, dann lieber nicht." Sie wischte sich verstohlen eine Träne aus dem Gesicht und starrte die Zeltwand und dann ihren leblos wirkenden Vater an. „Es tut mir leid … Aggy hatte mich gewarnt. Ich hätte dich nach Hause schicken sollen. Das hatte sie damals orakelt. Aber ich habe … ich wollte einfach nicht so recht daran glauben. Und jetzt musst du dafür leiden. Das ist nicht fair." Sie schniefte etwas, während das Leben draußen seinen weiteren Gang nahm. Leute plapperten, riefen sich was zu und einige hämmerten auch etwas zusammen. Es hatte etwas Beruhigendes, sodass sie in eine Art Meditation verfiel. Sie hielt die Hand ihres Vaters und entspannte sich. Das war fast besser als Yoga. Als Minerva auf einmal ihren Kopf ins Zelt steckte, hatte Mitra sogar ein leichtes Lächeln auf den Lippen.

„Ah, hier bist du. Ich hab dich gesucht. Alles okay bei dir?" Sie starrte ihre Nichte verständnislos an. „Was tust du da?"

Mitra schaute verwirrt auf ihre Tante. „Ich besuche meinen Vater." Dann räusperte sie sich. „Was gibt es?"

„Na, was schon? Wir wollten Mama abholen. Das weißt du doch."

Mitra drückte die Hand ihres Vaters fester.

„Ich bin gleich da." Minerva zog eine Augenbraue hoch, doch vermied es dankenswerterweise einen weiteren Kommentar abzugeben. „Ich werde dich retten. Das verspreche ich dir. Wir schaffen das." Sie umarmte ihn und erschrak kurz, da er sich so kühl anfühlte. Aus einer Tasche in der Ecke fischte sie eine zweite Decke hervor und mummelte ihn ordentlich in die zwei Decken ein. Erst dann fühlte sie sich einigermaßen bereit, ihn alleine zurückzulassen.

## *Mildred campt*

„Wo ist eigentlich deine Freundin? Shoppen oder schwimmen?", fragte ihre Tante, während sie einen Passanten anhupte, der es wagte, vor ihr die Straße zu betreten. Mitra betrachtete die nahezu leere Stadt und die Ruinen zwischen den noch vorhandenen Häusern.

„Sie ist schwimmen", antwortete sie und hoffte, dass Minerva nicht nachhaken würde. „Wann hattest du eigentlich vor mir davon zu erzählen, dass der Rat sich nicht mehr auf der Lichtung trifft?"

Die Antwort interessierte sie nicht wirklich. Aber Mitra wollte sichergehen, dass das Aggy-Thema zumindest vorerst vom Tisch war. Sie verspürte nicht die geringste Lust, mit ihrer Tante darüber zu reden, dass ihre beste Freundin wohl erst mal nicht wieder auftauchen würde. Vor allem deswegen nicht, da sie ihr eine nicht unerhebliche Teilschuld daran gab, dass sie nun weg war. Auch wenn es rational betrachtet wesentlich schwerwiegendere Gründe für ihren Weggang gab. Minerva zog eine Augenbraue hoch.

„Woher kommt denn jetzt diese Frage? Du hast das Thema schlicht nicht angesprochen und ich habe nicht daran gedacht. Ich wusste nicht, dass ich Rapport bei dir abzugeben habe."

Mit Schwung fuhr sie auf das Gelände des UKE und steuerte danach ein Sanitätshaus an. Als sie den fragenden Blick Mitras spürte, verdrehte Minerva die Augen. „Wir holen uns natürlich einen Rollstuhl. Mama wird in der ersten Zeit nicht gerade die Mobilste sein." Mitra schwieg. Das ergab natürlich Sinn. Danach luden sie den zusammengeklappten Rollstuhl in den Kofferraum.

Das Gelände des UKE war wie den Tag zuvor absolut überfüllt und mehr als chaotisch. Als sie das Hauptgebäude betraten und sich durch die Menschenmasse zur Treppe schlugen, die in die obere Etage führte, entdeckten sie Mitras Großmutter ganz am Rand in einem Rollstuhl sitzend, darauf wartend, dass sie sie abholten. Die Leute strömten an ihr vorbei und sie wirkte verloren. Mitra brach es das Herz, sie so zu sehen. Das Personal hätte sie die paar Minuten auch noch auf dem Zimmer lassen können, ärgerte sie sich. Auch wenn sie im Angesicht der Massen natürlich verstand, dass jeder Zentimeter in diesem Krankenhaus derzeit Gold wert war. Sie kämpften sich zu ihr durch und erst als sich Minerva vor ihr kniete, um sie zu begrüßen, nahm Mildred sie wirklich wahr. Sie lächelte erleichtert und ohne große weitere Worte schoben sie sie aus dieser Hektik, die Mitra bereits jetzt Kopfschmerzen bereitete, zum Auto. Mildred war noch ein wenig wackelig auf den Beinen, doch am Arm ihrer Tochter, konnte sie sich relativ gut auf den Vordersitz hieven. Mitra brachte den Rollstuhl anschließend schnell zum Empfang und sie fuhren zurück zum Camp. Die Fahrt verlief ruhig. Jede in ihren Gedanken versunken. Mildred ihrerseits betrachtete das vorbeiziehende Chaos im stummen Entsetzen. Doch schon bald merkte sie, dass die Richtung, die einschlugen, ganz und gar nicht stimmte.

„Wohin fahren wir?", fragte sie. Zunächst verstand Minerva nicht, worauf sie hinauswollte. „Wir fahren nach Hause. Ist dir das nicht recht?"

„Und wieso fährst du dann in Richtung Niendorf? Oder hast du dir ein neues Zuhause gekauft?" Erst jetzt schien ihre Tante zu realisieren, was Mildred meinte.

„Die … Situation … hat sich geändert", antwortete sie gedehnt. „Das siehst du ja. Vieles ist zerstört. Und wir mussten die Essenz in Sicherheit bringen." Mildred schaute ihre Tochter erwartungsvoll an. „Und? Leben wir jetzt in einer Gartenlaube, oder wie?", versuchte sie einen Scherz. Doch keine lachte. Noch nicht einmal sie selbst.

„Also, beinahe", antwortete Minerva einsilbig und fuhr auf das Parkgelände.

„Was machst du da? Das ist ein Fußweg und keine Straße", rief Mildred, deren Körper sich verspannte.

Minerva rutschte unruhig auf ihrem Sitz hin und her.

„Das hat die Stadt inzwischen erlaubt." Mildred schaute ihre Tochter zweifelnd von der Seite aus an, schwieg aber abwartend. Sie fuhren an einer Zeltstadt vorbei.

„Also, es ist so, dass wir hier im Park leben. Damit wir alle zusammen sind und damit wir vor allem unsere Essenz besser schützen können. Es schien nicht mehr ausreichend, zwei Wächterinnen zum Schutz in den Saal abzustellen. Und deswegen leben wir vorübergehend hier." Minerva machte eine ausladende Geste, als sie am Ziel angekommen waren. Mildred schaute auf die vor ihnen liegende

Lichtung.

„Steht unser Haus nicht mehr?", fragte sie ausdruckslos.

„Doch, doch." Dann stockte Minerva. „Also zumindest ist das mein letzter Stand", führte sie unsicher weiter aus. Eine Weile schauten alle Insassen im Auto sich das Treiben im Camp an. Dann atmete Mildred schwer aus und rang sich zu einer Entscheidung durch, die ihr sichtlich schwerfiel.

„Das war eine wirklich gute Entscheidung. Ich sehe auch gerade keine andere Lösung für diese … Situation. Das klappt schon." Mit dem letzten Satz versuchte sie sich selbst Mut zuzusprechen. Die Aussicht, in der nächsten nicht absehbaren Zeit in einem Zelt zu schlafen, behagte ihrer Großmutter allerdings ganz und gar nicht. Minerva machte sich gerade.

„Es ist auf jeden Fall sehr viel sicherer. Immerhin gab es in der letzten Zeit viele Erdbeben. Und die werden wohl an der Tagesordnung bleiben."

Mildred nickte schicksalsergeben.

„Allerdings wird es hier schwierig, mich fortzubewegen." Sie deutete missmutig auf ihre Beine.

„Das ist wahr." Daran hatte Minerva nicht gedacht. „Aber es hat der Natur sei Dank in den letzten Tagen nicht geregnet. Also ist der Untergrund nicht so schlammig. Das dürfte fürs Erste mit dem Rollstuhl funktionieren. Wir werden Holzplatten holen und sie hier für dich auslegen." Minerva war ein bisschen rot geworden. Ihre Mutter tätschelte beruhigend ihre Schulter.

„Eine gute Idee, mein Schatz. Und mit ein bisschen Übung werde ich bestimmt bald sicher auf Krücken gehen können." Und schon war Mildred bereits damit beschäftigt, auszusteigen. „Helft ihr mir raus?"

Minerva hüpfte behände aus dem Wagen und Mitra machte sich sofort daran, den Rollstuhl auszuladen. Minerva stützte ihre Mutter beim Aussteigen, die sich dann in den von Mitra bereitgestellten Rollstuhl plumpsen ließ.

„Das muss schlimm gewesen sein, als du an jenem Abend zu Hause gewesen warst?!", versuchte Mitra die Sprache möglichst einfühlsam wieder auf das Thema des Überfalls zu bringen. Doch ihre Großmutter winkte ab.

„Vergangenheit ist Vergangenheit. Was nützt es über verschüttete Milch zu klagen. Und hier ist offensichtlich auch so einiges passiert. Auch so einiges Unerfreuliches." Mitra dachte an all das, was ihre Oma dank ihres Komas nicht mitbekommen hatte.

„Ja, ein bisschen hast du verpasst. Aber es war auch nichts dabei, was man miterleben musste." Mitra lächelte sie an.

„Das glaube ich gerne", antwortete sie halb lachend, halb keuchend.

Als sie den Hauptplatz erreichten, wurde Mildred von den Wächterinnen gebührend empfangen. Alle freuten sich, dass sie wieder da war und dass es ihr besser ging. Mildred blühte regelrecht auf. Mit jeder Frau, die vorbeikam, hielt sie ein kleines Pläuschchen. Schon nach kurzer Zeit war sie so gut gelaunt, dass sie Geschichten aus ihrer

Kindheit zum Besten gab. Und bei mehr als einer der Erzählungen musste Mitra herzhaft lachen. Die Zeit flog an Mitra vorbei und erst bei der einsetzenden Dämmerung realisierte sie, dass der Abend angebrochen war. Mildred gähnte herzhaft.

„Ich glaube, ich muss mich jetzt hinlegen. Man meint gar nicht, wie ermüdend so ein Koma sein kann." Mitra war sofort zur Stelle, um Mildred ins Zelt zu schieben. „Aber vorher muss ich dringend noch einen Happen zu mir nehmen. So ein Koma ist nicht nur ermüdend, sondern macht auch sehr hungrig."

In dem Moment schaute Mitra zum Ausgang hinüber und beobachtete Anton, der gerade das Camp betrat und zielstrebig sein Zelt ansteuerte. Ihr Herz blieb kurz stehen. Mitra wurde ganz heiß und schaute schnell in die Richtung, in der ihr Zelt stand. Als sie noch einmal über ihre Schulter schaute, war Anton nicht mehr da und ihr Herz beruhigte sich allmählich wieder.

Sie schoben Mildred in ihr Zelt und Mitra hörte ihre Großmutter scharf einatmen. Ihr Blick glitt über die Kisten und das spärliche Mobiliar. Auch die versuchte Aufhübschung von Aggy konnte nicht darüber hinwegtäuschen, dass sie sich in einer recht armseligen Behausung befanden. Doch ihre Großmutter straffte, ganz die Anführerin, die Schultern und sagte nichts.

Nach einem ausgiebigen Nachtmahl fiel Mildred todmüde in ihr Bett. Mitra wiederum schlich noch einmal raus und gesellte sich zu der Nachtwache ans Feuer. Sie war nicht sonderlich gesprächig, aber es war einfach schön, noch ein wenig länger am Feuer zu sitzen, anstatt sich gleich hinzulegen. Sie starrte in die Flammen und sinnierte darüber, dass die Welt kurz davor war unterzugehen, und sie dennoch nichts taten, dass sie den Feind nicht aktiv genug bekämpften. Es war so frustrierend, genau wie die Zeit damals, kurz vor dem Kampf auf den Rathausplatz. Sie wusste zwar auch nicht, was sie jetzt stattdessen anstellen sollten, aber irgendwas suchen, aufspüren, auskundschaften müsste doch möglich sein. Einfach nur auf den Tod zu warten, durfte keine Option sein.

# Die Suche

„Wir kommen der Essenz des Erdvolks näher. Unsere Soldaten im Boden können es spüren", zischte es um ihre Ohren. Magda und Morgana standen in der Fischbeker Heide. Unsicher ließen sie die Lichtkreise ihrer Taschenlampen über die Umgebung huschen. Die Erde unter ihnen vibrierte. Es dauerte nicht mehr lange und es würde zu einem erneuten Beben kommen. Sie wussten nicht genau, was da unter ihren Füßen geschah, aber was es auch immer war, führte dazu, dass die Auswirkungen davon noch in der Innenstadt von Hamburg zu spüren waren. Magda fühlte sich einmal mehr von den Kräften der anderen Völker eingeschüchtert. Sie steckte ihre Taschenlampe wieder ein und formte stattdessen eine Feuerkugel in ihren Händen, um etwas besser sehen zu können. Einfach um ihren Mitstreitern zu zeigen, dass Morgana und sie auch Macht besaßen. Morgana tat es ihr mit einem kleinen Grinsen nach. Es war inzwischen schon genug Magie auf diese Seite der Barriere geschwappt, dass sie diese peinliche Unterstützung eines Feuerzeuges oder Streichholzes nicht mehr benötigten. Und genau dafür kämpften sie ja auch: Für die Befreiung der Magie. Wie viel mächtiger würden sie werden, wenn diese vermaledeite Barriere endlich niedergerissen wäre. Magda seufzte sehnsuchtsvoll.

Doch jetzt, gerade in diesem Moment, standen sie in der völligen Einöde im Dunkeln und warteten darauf, dass die unter ihnen in der Erde

Verborgenen bei ihrer Suche erfolgreich sein würden. Dieses Warten und dieses Frieren in der Nacht machten eindeutig keinen Spaß. Wenigstens würden sie nicht gestört werden. Die Häuser in der Nähe des Epizentrums waren bereits vor einigen Tagen alle eingestürzt und unbewohnbar. Argwöhnisch betrachtete sie die verbliebenen Bäume, um zu überprüfen wie stabil sie noch waren. Die Luftgeister sausten dermaßen aufgeregt um sie herum. Machten sie dadurch ganz wuschig. Seit Tagen. Sie hätte am liebsten geschrien. Ein Baum auf dem Kopf wäre ein mehr als peinlicher Tod. Einer Kriegerin oder noch besser einer Erlöserin wirklich nicht würdig. Sie schienen allerdings solide. Sie wankten zwar, aber blieben fest verwurzelt. Es knackte. Unter ihren Füßen passierte etwas.

## *Die Lösung*

Mitra schreckte hoch. Etwas hatte sie geweckt. Da schlief sie endlich mal gut mit angenehmen Träumen und dann das. Sie horchte in die Nacht, doch außer dem Schnarchen ihrer Verwandten, dem Knistern des Feuers und dem Flüstern der Wachen von draußen, vernahm sie nichts. Irgendetwas stimmte dennoch nicht. Alarmiert aber widerwillig richtete sie sich zum Sitzen auf ihrer Matratze auf. Da war was. War das ein Grollen? Gab es ein Gewitter? Nein, nein, das kam nicht von oben. Sondern von unten. Aus der Erde. Noch bevor sie es fassen konnte, brach die Stille und das unbestimmte Grollen wuchs zu einem Beben an. Die Menschen im Camp wurden wach. Einige schrien erschrocken auf, andere fluchten. Doch sie im Zelt blieben angespannt ruhig. Mitra ließ sich zurück auf die Matratze fallen. Unfähig etwas anderes zu tun. Diese Beben waren noch unheimlicher, wenn man wusste, weshalb sie ausbrachen. Krampfhaft hielten sie sich an ihren Betten fest, während die gestapelten Kisten wegrutschten und sich über den Boden entleerten.

„Gut, dass wir auf Glas und Porzellan verzichtet haben", presste Minerva hervor. Dann nach einer gefühlten Ewigkeit war das Beben vorbei und Minerva war eine Sekunde später bereits auf den Füßen und raste nach draußen, um nach der Essenz zu sehen. Mitra wollte hinter ihr her, aber es ging nicht. Ihre Hände und ihre Arme begannen zu schmerzen und erst als sie hinschaute, bemerkte sie, dass sie sich immer noch verkrampft an der Matratze festhielt. Nur langsam sah sie sich in der Lage, ihre Finger zu lösen.

„Und so habt ihr also die letzten Tage verbracht?", murmelte ihre Großmutter neben ihr.

„Ja, das passiert schon ab und zu", erwiderte Mitra. „Aber nicht jeden Tag", versuchte sie Optimismus zu verbreiten.

Mildred fuhr sich übers Gesicht und versuchte sich zu beruhigen, um einen klaren Gedanken zu fassen.

„Wie geht es deinem Vater?", fragte sie unvermittelt.

„Er ist im Nebenzelt und anscheinend so weit in Ordnung laut der Ärztin, aber halt noch komatös."

„Das tut mir leid." Sie spürte die Hand ihrer Großmutter auf ihrer. Von draußen hörten sie Minerva wie ein Rohrspatz schimpfen, wodurch Mitra und Mildred leicht kicherten.

„Was ist noch alles passiert seit damals?"

Mitra stieß Luft aus.

„Also, da war schon ein bisschen was. Ich habe allerdings nicht alles mitbekommen, weil ich mit Aggy und Hugo auf der anderen Seite der Barriere war. Da konnten wir den Magiefluss zwar etwas stoppen, aber es gibt hier immer noch viel Magie und das nutzen die Feinde, um Hamburg zu zerstören, und sie wollen anscheinend die Essenz vom Erdvolk. Deswegen die Erdbeben." Mildred nickte langsam und versuchte den Informationen ihrer Enkelin zu folgen. Und dann blieb sie bei dem Punkt mit Mitras Ausflug auf die andere Seite stecken.

„Du warst wo? Bist du verrückt? Und Aggy auch?" Mildred fuhr mit dem Kopf zu ihr herum. Mitra nahm das Entsetzen in der Stimme ihrer Großmutter wahr. Sie biss sich auf die Lippen. Sie hatte ganz vergessen, dass Mildred von der letzten Ratssitzung nichts mitbekommen hatte und somit auch nicht wusste, dass Aggy das neue Orakel war. Ohne diese Informationen kam es ihrer Oma natürlich ziemlich dämlich vor, wenn sie mit ihrer besten Freundin einfach mal ins Feindesgebiet spazierte. Also begann sie noch einmal von vorne.

„Das Treffen auf der Lichtung war recht … ereignisreich. Aggy wurde von unserer Essenz zur Sitzung mit auf die Lichtung gesogen. Und jetzt ist sie eine Nixe und ein Orakel."

Mildred japste überrascht auf.

„Da fällt man einmal ins Koma und die gesamte Welt wird auf den Kopf gestellt. Wo ist deine Freundin denn jetzt?"

„Bei ihnen", antwortete Mitra knapp. „Na ja, und nachdem sie zur Nixe umgewandelt war, hatte sie eine Vorhersehung. Wir wurden aufgefordert, also Aggy meinte, in dem Fall ja nicht wirklich Aggy, sondern das Orakel, die Weissagung meinte, dass aus jedem Volk einer rüber muss." Mildred schien das Gesagte erst einmal verarbeiten zu müssen. Es war aber auch wirklich nicht einfach, den Anschluss wieder zu erlangen. „Nachdem wir uns drüben eingewöhnt hatten, die Regeln verstanden haben, war es ganz okay da. Wir durften uns zum Beispiel nicht trennen. Dann haben wir die Essenz gefunden und haben die Seite stabilisiert. Den Auftrag des Orakels sozusagen erfüllt." Wieder ließ sie die unschöne Begegnung mit den Fratzen aus, um Mildred nicht unnötig zu belasten. „Aber jetzt gibt es ja wieder eine neue Botschaft. Die wird schwieriger zu erfüllen sein. Es geht mal wieder ums Zusammenarbeiten", stöhnte sie.

„Hm", meinte Mildred nur noch dazu.

Von draußen hörten sie wieder ihre Tante fluchen, dann einen Knall. Es schien, als sei etwas schweres Metallenes auf den Boden gefallen. Sie lauschten den Geräuschen eine Weile. Dann hielt Mitra es schließlich nicht mehr aus. „Ich glaube, ich sollte mal nachschauen, was da los ist", bemerkte sie ruhig. „Ist es okay, wenn ich dich alleine lasse, Omi?"

„Natürlich, mach dir um mich keine Sorgen", antwortete Mildred.

Mitra verließ das Zelt und schritt auf den Hauptplatz zu, auf dem ein irres Gewusel herrschte. Und mitten drin entdeckte sie ihre Tante, die sich mit zwei weiteren Frauen gegen das Gestell stemmte, auf dem eine Feuerschale befestigt war, in der wiederum züngelnde Flammen emporschlugen. Das Gestell drohte zu kippen. Die Essenz war in Gefahr. Mitra rannte sofort zu ihnen hin und drückte ebenfalls gegen das Gestell. Sie bemerkte in dem panischen Moment nicht einmal, dass sie sich diese Nacht wieder für ihr Minnie-Maus-Nachthemd entschieden hatte.

„Wieso hast du nicht um Hilfe gerufen", schnaufte sie.

„Das schaffen wir schon", war die schlichte Antwort ihrer Tante. Mitra wollte bereits entnervt ihren Ärger freien Lauf lassen, dass dieser

Stolz, nicht um Hilfe zu bitten, ihnen wahrscheinlich bald den Sieg kosten würde. Doch da schafften sie es tatsächlich und die Schale war wieder gerade. Allerdings war eines der vier Beine, auf denen die Feuerschale ruhte, weggeknickt.

„Ich hole schnell was, mit dem wir das Bein ersetzen können. Geht es, wenn ich loslasse?" fragte Mitra.

Doch ihre Tante schüttelte unwirsch den Kopf. „Mach dir keine Mühe." Sie löste eine Hand von der Schale und streckte die Hand in Richtung Ausgang. Mitra sah ihren Arm glühen und einen Moment später kam ein dicker Ast angeflogen, der sich durch das Dirigieren von Minerva direkt unter die abgeknickte Stelle stellte und so die Schale stabilisierte. Die Gefahr war gebannt und Mitra atmete erleichtert aus.

„Ich hab dir doch gesagt, alles unter Kontrolle. Schönes Nachthemd übrigens." Ihre Tante grinste und zog eine Augenbraue hoch.

Mitra biss sich auf die Zunge und ging eilig zum Zelt zurück, bevor noch mehr ihr Outfit sehen konnten. Ihre Großmutter richtete sich auf und schaute ihre Enkelin erwartungsvoll an, als diese reinrauschte. Doch die winkte ab. „Alles wieder in Ordnung. Bloß Minerva …" Mitra ließ sich auf ihre Matratze plumpsen. Sie strich ihr Nachthemd glatt und haderte kurz mit sich, ob sie weiterreden sollte, entschied sich dann aber dafür. „Aber was mich wirklich nervt ist, dass wir darauf warten, dass etwas Schlimmes passiert, statt es aktiv zu verhindern."

Ihre Großmutter streckte ihre Hand nach ihr aus und streichelte ihren Rücken. „Hast du denn einen Vorschlag?", fragte Mildred.

Frustriert ob ihrer gefühlten Hilflosigkeit zuckte sie mit den Schultern. „Ich weiß es auch nicht, aber ich denke, es wäre ein Anfang, wenn wir uns alle wieder träfen. Wir kämpfen nicht gemeinsam, sondern jeder für sich. So wird es nicht klappen."

Mildred nickte zustimmend.

„Da hast du wohl recht. Was hatte das Orakel denn genau gesagt?"

„Den genauen Wortlaut weiß ich nicht mehr", musste sie zugeben. Sie hätte es aufschreiben müssen, stellte sie peinlich berührt fest. „Aber es war, dass ein Volk nach dem anderen fallen würde, dass das Feuer jegliches Leben auf der Erde verbannt und dass wir gemeinsam den Ursprung schützen müssten. So in der Richtung." Sie lächelte ihre Großmutter entschuldigend an. Doch Mildred spielte gedankenverloren mit einer ihrer lockigen Strähnen.

„Ein Volk nach dem anderen wird fallen", murmelte sie. „Das ist ja recht eindeutig." Mitra schaute sie fragend an. „Ein Volk kann nur fallen, wenn ihm seine Essenz entwendet wird. Das frühere Feuervolk will also eine Essenz nach der anderen stehlen. Die Essenz des Erdvolks ist lediglich die erste." Mitra bekam eine Gänsehaut, wenn sie daran dachte. Es war offensichtlich, aber es erschreckte sie dennoch.

Mildred nahm sich bereits die anderen Segmente des Orakelspruchs vor.

„Dann wird das frühere Feuervolk unsere Seite der Barriere niederbrennen und das Leben aussaugen. So weit, so klar. Aber was hat es mit dem Ursprung auf sich?"

Mitra schaute sie gebannt an. Auf einmal klatschte Mildred in die Hände. „Die Essenz. Sie ist der Ursprung der Macht der Völker. Ohne werden sie fallen und dann fällt die Welt. Wir müssen die Essenzen gemeinsam schützen."

„Ja, das ist es, aber natürlich."

Dann realisierte Mitra, was ihre Großmutter da gerade gesagt hatte. Das Lächeln fiel ihr aus dem Gesicht. „Oh!", brachte sie noch heraus, als Minerva hereinspazierte. Völlig mit sich zufrieden.

„Was macht ihr denn für lange Gesichter. Wir haben die Flamme wieder stabilisiert. Keine Notwendigkeit sich Sorgen zu machen."

„Das hast du wunderbar gemacht, Schatz. Sehr gut", lobte Mildred ihre Tochter tonlos.

„Was ist denn hier los?", fragte Minerva und ihre Stimme klang inzwischen etwas gereizt.

Mitra spielte mit ihren Fingernägeln.

„Wir wissen jetzt vermutlich, was das Orakel mit ihrer Vorhersehung meinte." Sie ließ das Gesagte auf ihre Tante wirken, die sie nun neugierig betrachtete. Das Gereizte war einer Besorgnis gewichen. „Wir denken, dass das Orakel meinte, dass wir das Stehlen der Essenzen nur aufhalten können, wenn alle Völker sich dem gemeinsam entgegenstellen. Ansonsten werden wir und die Welt fallen."

Minerva ließ sich auf einen Stuhl fallen.

„Eigentlich nichts wirklich Überraschendes und trotzdem sehr beunruhigend, es noch einmal als Weissagung vorliegen zu haben", stöhnte sie verzweifelt.

„Aber sollten wir denn jetzt nicht endlich etwas unternehmen?", fragte Mitra ungeduldig.

Minerva fuhr sich durch ihre Haare und schaute ihre Mutter an. Dann nickte sie erst zaghaft, als keine Widerworte von Mildred zu erwarten waren deutlicher.

„Ja, das heißt es wohl. Es kommen heute wieder die Boten des Luftvolkes", meinte sie schließlich. „Alle zusammen, das wird das Erdvolk auf keinen Fall gutheißen. Dass wir zusammenarbeiten müssen."

Mitra hatte das Gefühl, als ob eine Zentnerlast von ihrem Herzen genommen worden wäre. „Das ist die richtige Entscheidung."

„Wir werden gleich eine Sitzung der Wächter einberufen. Freu dich nicht zu früh. Ich bin mir nicht sicher, ob sie sich dafür entscheiden werden. Viele sind seit den Erdbeben sehr verunsichert und das Camp - Leben … na ja, es ist schwierig", versuchte Minerva ihre Hoffnungen etwas zu dämpfen.

„Und selbst wenn. Wenn ich es richtig verstanden habe, haben wir auch noch gar keinen Ort, an dem eine Sitzung der Völker sicher abgehalten könnten", warf Mildred ein.

„Wir könnten es einfach hier machen. Die anderen Bewohner müssten währenddessen die Schutzzone verlassen. Dann klappt es bestimmt."

Mitra gab zu, dass es noch kein besonders ausgereifter Plan war, aber dieser Ort bot zumindest einen gewissen Schutz und die Chance, dass sie frühzeitig gewarnt werden würden, wenn sich unerwünschte magisch begabte Wesen der Sitzung näherten.

„Ich glaube nicht, dass wir die anderen Bewohner hier aus dem geschützten Camp herausbekämen. Und die anderen Völker würden unsere Einladung nicht annehmen. Wir als Gastgeber." Minerva lachte auf. „Vorher friert die Hölle ein."

Mildred schmunzelte ebenfalls. Mitra lächelte betont unschuldig.

„Der Vorstoß kommt ja nun mal von uns. Wenn sie keinen besseren Vorschlag haben ...", wendete Mitra ein. Minerva grinste.

„Manchmal mag ich die Art, wie du denkst. Ich werde mal die Wächterinnen zusammentrommeln. Schon praktisch, dass ich dafür bloß an die Zelte klopfen muss."

Es gibt für alles Vorteile, dachte Mitra nur. Sogar hierfür. Mildred ächzte vom Bett aus und strich sich frustriert über ihre Lippen.

„Hilfst du mir, mich frisch zu machen für den wichtigen Tag?", fragte sie mit gespielter guter Laune. Doch es war offensichtlich, wie schwer es ihrer Großmutter fiel, Hilfe anzunehmen, oder noch schlimmer, darum zu bitten.

„Na klar. Sehr gerne." Mitra half ihrer Großmutter hoch. „Weißt du, Oma, ich kenn dich inzwischen ja ganz gut. Deshalb bin ich mir sicher, es dauert gar nicht mehr lange und du wirst wieder in deinem Garten tanzen."

„Ein guter Hinweis", lächelte Mildred geschmeichelt. „Den muss ich auch noch inspizieren. Nach meinem letzten … Ausfall sah er ja … leider lediglich gewöhnungsbedürftig aus. Und da hattet ihr es noch versucht hinzubekommen. Wie es wohl jetzt um ihn steht?"

Mitra biss sich auf die Lippe, als sie zum Waschzuber gingen. Mildreds geheiligter Garten bei der Villa und in Alsterdorf. Die sahen wahrscheinlich beide nicht mehr allzu gut aus.

# Die Sorge der Wächterinnen

Nachdem sie ihre Großmutter geholfen hatte, sich frisch zu machen, platzierte sie ihre Großmutter in ihrem Rollstuhl an einem Feuerplatz. Mitra huschte noch mal ins Zelt und schnappte sich den Kaffeekocher und das Kaffeepulver.

„Schön, dass sich einige Sachen nie ändern", sagte Mildred, als Mitra wieder auftauchte. Die schaute ihre Großmutter verwirrt von der Seite an. „Du bist immer noch kaffeesüchtig", lachte Mildred.

„Na ja, süchtig würde ich nicht direkt dazu sagen. Aber ich wäre auf jeden Fall tatsächlich recht traurig und vielleicht auch etwas … angespannt, wenn ich keinen Kaffee bekäme", antwortete sie schmunzelnd.

Als sie den Kaffee über der kleinen Feuerstelle aufsetzte, merkte sie, dass sich die Stimmung im Camp verändert hatte. Sie konnte die Aufregung spüren. Es war nicht unbedingt eine positive, sondern eher eine ängstliche Stimmung. Sie verschränkte ihre Arme vor ihrem Oberkörper und beobachtete die Menschen. Der Kaffee begann zu kochen und Mitra nahm ihn von der Feuerstelle. Dann goss sie sich ihren Becher voll und setzte sich ihrer Oma gegenüber.

„Die Essenz wirkt wahre Wunder."

„Meinst du den Kaffee?", fragte Mitra. Doch dann fiel der Groschen. Mitra schaute sie mit großen Augen an.

„Woher …?"

Mildred lachte, ihre Enkelin so sprachlos zu sehen.

„Mein liebes Kind, ich mag vielleicht alt sein, aber ich bin nicht blöd." Mitra wollte bereits widersprechen. Sie hatte nie auch nur gedacht, dass ihre Großmutter blöd wäre. Doch Mildred winkte bereits ab. „Ich bin eine erfahrene, magisch begabte Frau. Ich weiß, wie es sich anfühlt, wenn man mit der Essenz in Kontakt gekommen ist. Zudem habe ich deinen Herzanhänger gesehen. Die Ampulle war zerbrochen. Da musste ich nur eins und eins zusammenzählen." Mitra nickte.

„Tut mir leid, dass ich den Anhänger kaputt gemacht habe. Es war nur … ich hatte Angst, dass du das Erdbeben nicht überlebst. Deine Maschine hat auf einmal so unregelmäßig gepiept", murmelte sie.

„Mir tut es nicht leid. Dankeschön."

Sie schauten sich eine Weile lächelnd an, ohne ein Wort zu verlieren.

„Machst du eigentlich noch dein Yoga? Ein wenig Yoga zu praktizieren ist gerade jetzt so wichtig. In so stressigen Zeiten, in denen wir leben."

Mitra räusperte sich. Langsam nervte es ein wenig, dass alle sie bedrängten, Yoga zu betreiben. Es tat gut, ja, aber wie sollte sie es derzeit in ihren Alltag integrieren? Die hatten leicht reden.

„Na, was gibt es Neues?" Mitra verschluckte sich fast an ihrem Kaffee. Sie hörte ein unterdrücktes Auflachen und drehte sich zu der Stimme langsam um.

„Ich trinke gerade Kaffee, Maja, und selbst?"

„Ganz gut. Hallo Mildred, wie geht's heute?"

„Wie der blühende Frühling", antwortete Mildred freundlich. Maja nickte abwesend. Eine unangenehme Gesprächspause entstand.

„Und, was führt dich zu uns?", fragte Mitra. „Doch nicht etwa der Kaffeeduft."

Die Angesprochene biss sich auf die Lippe. Und druckste herum: „Es wurde zu einer Sitzung gebeten und ich frage mich, … ob ihr vielleicht mehr wisst?!" Es war mehr eine Feststellung als eine Frage.

„Geht nur darum, wie es jetzt eigentlich weitergehen soll", antwortete Mitra, während sie sich Kaffee nachgoss. „Möchtest du auch einen?"

Maja schüttelte mit dem Kopf. Nervös wechselte sie ständig von einem Standbein aufs andere. In ihr drin arbeitete es. Es schien sie etwas zu beschäftigen und anscheinend wusste sie nicht, wie sie es am besten formulieren sollte. Mitra tat so, als ob sie den inneren Kampf nicht mitbekam. Ihr schwante Böses, in was für eine Richtung sich das Gespräch entwickeln könnte. Und Maja war so ziemlich eine der letzten Personen, mit denen sie darüber reden wollte. Und erst recht nicht vor ihrer Großmutter, die sie neugierig beobachtete.

„Äh, also Mitra", fing Maja an. „Ich … ich wollte mit dir noch über was Privates reden", stammelte sie. Mitras Schultern sackten nach unten. Früher oder später war es nahezu unausweichlich, dass sie dieses Gespräch führten, doch Mitra hatte gehofft, dass es eher später sein würde. Am besten dann, wenn sie sich selbst sicher wäre. Mit einem gequälten Lächeln schaute sie Maja an. Dann wandte sie sich an Mildred. Für dieses Gespräch brauchte sie keine Zeugen, die sie im

Anschluss daran noch mehr Fragen in den Bauch bohrten.

„Oma, ist es okay, wenn ich ein Stück mit Maja spazieren gehe?", fragte sie, während sie bereits aufstand. Ihre Hände um die Kaffeetasse verkrampft.

„Kindchen, geht ruhig. Ich entspanne mich hier am Feuer."

Maja und Mitra gingen schweigend ein Stück nebeneinander her.

„Ich möchte mich da nicht einmischen", begann Maja schließlich. Dann tu es nicht, schrie Mitra sie stumm an. Doch Maja sprach unbehelligt weiter. „Magst du meinen Bruder noch?"

In Mitras Kehle bildete sich ein Kloß, den sie gewaltsam versuchte herunterzuschlucken.

„Weil ich denke, Anton mag dich noch. Er hat sehr gelitten, als du … drüben warst. Hatte Angst um dich. Es war mit ihm kaum auszuhalten in der Zeit. Ich weiß nicht genau, wieso ihr euch getrennt habt, aber ich denke, dass es anscheinend keine besonders guten Gründe gab."

Mitra war froh, in ihren Händen den Kaffeebecher zu halten, da er sie davon abhielt mit ihren Fingerspitzen zu spielen, was ihre Nervosität offensichtlich gemacht hätte. Ihr Lächeln fühlte sich so an, als ob es in ihrem Gesicht festgefroren wäre. Doch wenigstens sah sie sich in der Lage den Kloß loszuwerden.

„Das ist schön, dass du dich um Anton sorgst. Er ist ein toller Typ." Ihre Stimme war kaum mehr als ein Wispern. Zu mehr sah sie sich nicht in der Lage.

Maja starrte sie an und atmete frustriert aus. „Und jetzt?"

Mitra leckte über ihre Lippen. Ihr Mund war auf einmal wie ausgetrocknet. Sie blieb stehen. „Es … es ist kompliziert, Maja", antwortete sie etwas lahm. Und es geht dich überhaupt nichts an, dachte sie sich im Stillen.

Maja zog ihre linke Augenbraue hoch. „Ernsthaft? So wie ihr euch anschmachtet? Es ist kompliziert? Diese Wohnsituation ist kompliziert. Ihr seid einfach nur feige." Damit machte sie auf dem Absatz kehrt und stürmte zu ihrem Zelt.

Mitra wusste nicht, was sie gerade fühlen sollte, doch tatsächlich schlich sich ein kleines Lächeln auf ihre Lippen. Maja glaubte, dass Anton sie anschmachtete. Doch dann wurde sie sie sich ihrem Status als Paar wieder bewusst und ihre Miene verfinsterte sich. Es WAR kompliziert. Sie hatte doch keine Ahnung. Missmutig nahm sie den letzten Schluck Kaffee.

Als Mitra wieder zu Mildred zurückkehrte, mied sie den Augenkontakt mit ihrer Großmutter. „Komm lass uns wieder reingehen", murmelte sie stattdessen.

Mit dem Eintreten in das Zelt, streifte sie nur kurz der Blick ihrer Tante, die sich sofort wieder ihrer Zeitung in ihrer Hand zuwandte.

„Dich kann man anscheinend auch nicht eine Sekunde aus den Augen lassen."

„Was deine Tante eigentlich sagen wollte, du scheinst nicht besonders glücklich auszusehen."

„Nein, alles in Ordnung." Und nicht nur, um vom Thema abzulenken, sondern aus tatsächlicher Neugierde fragte sie: „Und wie ist jetzt der Plan?"

„Wenn du meinst", meinte Minerva gedehnt, „wir gehen gleich raus, erklären die Situation, stimmen ab und dann dürfte recht bald auch das Luftvolk erscheinen und denen geben wir dann die Neuigkeiten mit auf den Weg."

Mitra nickte leicht. „Klingt logisch."

Mit Rücksicht auf Mildred blieben sie wenig später bei der Versammlung einfach auf dem Boden und somit auf Augenhöhe mit den anderen Wächterinnen. Mitra versuchte nicht zu sehr, einzelne Menschen zu fokussieren. Aus Angst sie könnte Maja oder Anton entdecken und auf ihre Blicke treffen, die sie dann ablenkten oder verunsicherten. Ihrer Tante hörte sie kaum zu, nur Fetzen nahm sie wahr und die klangen sehr gut. Trotzdem schauten die Wächterinnen am Ende eher verängstigt als aufgeklärt. Wer sollte es ihnen auch verdenken. Die Situation war übel.

„Seid ihr einverstanden, dass wir uns mit den anderen Völkern zusammentun, um alle Essenzen gemeinsam zu schützen?"

Mitra hielt den Atem an. Sie hoffte nur, dass die Angst nicht dazu führte, dass sie sich versteckten, sondern dass sie kämpften. Sie wünschte sich, dass ihre Tante diese Frage nicht gestellt hätte. Sie mussten dem Orakel folgen. Es gab doch keine andere Option.

„Dann hebt nun eure Hand."

Mitra schaute über die Köpfe der Wächterinnen, um die Hände zu zählen, die sich lediglich zögerlich hoben. Nervös stellte sie fest, dass es auf keinen Fall für eine überwältigende Mehrheit reichen würde. Minerva zählte die Stimmen und schrieb sie auf.

„Gegenprobe, wer ist dagegen?" Mitra traute sich nicht, richtig hinzuschauen. „Dankeschön. Das Ergebnis ist äußerst knapp. Aber wir werden uns in eurem Namen dafür einsetzen, dass wir die Essenzen schützen."

Die Hälfte der Wächterinnen wirkten wegen des Ergebnisses nahezu panisch. Sie hatte nie darauf geachtet. Aber könnte es sein, dass es sogar Wächterinnen gab, die die Schutzschicht seit deren Errichtung nicht mehr verlassen hatten? Weil sie zu große Angst spürten? Sie biss sich auf die Lippen. Sie konnte es irgendwie verstehen. Aber rational betrachtet, ergab es keinen Sinn. Sie waren hier nicht geschützt. Sie würden hier sterben, wenn der Feind meinte, dass sie an der Reihe wären, und es für angebracht hielt, sie zu töten. Wenn sie sich ihm aktiv entgegenstellten, hatten sie zumindest eine Chance, zu überleben und ihre Welt zu retten. Sie war froh, dass wenigstens eine knappe Mehrheit es ähnlich wie sie sah.

„Okay, nun gibt es, wie ich gerade berichtet habe, das Problem, dass es keinen Versammlungsort mehr gibt, zumindest keinen sicheren mehr. Eine Idee wäre, die Zusammenkunft hier abzuhalten. Für die Zeit der Sitzung müssten wir euch natürlich bitten, das Camp zu verlassen."

Minerva hatte es vermieden das Wort Schutzraum auszusprechen und doch brauste ein wütendes Gemurmel auf und vereinzelte

Schreckensschreie. Nachdem sich die erste Empörung gelegt hatte, wurde es wieder etwas ruhiger. Minerva ließ sich nichts anmerken und sprach ungerührt weiter.

„Es ist ein Vorschlag und es ist wichtig, eine Möglichkeit zu haben, sich mit den anderen Völkern auszutauschen. Wer dafür ist, hebe bitte die Hand." Ein Zählen war unwichtig. Es war klar, dass dies bei Weitem nicht die Hälfte der Anwesenden waren, die sich meldeten. Minerva fragte dennoch weiter. „Wer ist dagegen?" Eine klare Mehrheit gab ein Zeichen. „Ihr habt gesprochen. Wir werden das Camp nicht als möglichen Versammlungsort vorschlagen, aber um ein Treffen generell bitten und empfehlen, dass wir die Essenzen gemeinsam schützen. Dankeschön für eure Stimme und euer Vertrauen. Wenn Ihr Ideen habt, wo wir eine Versammlung abhalten könnten, meldet euch gerne bei mir", so löste sie die das Treffen auf. Die Atmosphäre war nicht die Beste, aber nachdem geklärt war, dass sie nicht genötigt wurden, den Schutzraum zu verlassen, waren die Anwesenden zumindest nicht mehr allzu gereizt. Mitra merkte erst jetzt, wie angespannt sie während der Abstimmung gewesen war. Sie atmete erleichtert aus und fuhr sich durch ihre kurzen Haare.

Im nächsten Augenblick hätte sie sich gern geschlagen. Wieso musste sie ständig in die falsche Richtung schauen? Ihr Blick glitt von Antons Wuschelkopf zu seinen breiten Schultern, muskulösen Armen und seinen – sie musste es zugeben– ziemlich knackigen Hintern. Sie wandte schnell den Kopf von ihm ab, bevor er sich umdrehte und sie beim Starren oder Sabbern erwischte. Maja hatte ja recht. Sie sollten miteinander reden, das wäre vernünftig. Aber war sie bereit, ihm wieder zu vertrauen? Zudem war sie ihm wahrscheinlich immer noch zu jung. Da nütze es auch nichts, dass es ihr immer schwerer fiel, sich von ihm fernzuhalten.

„Das lief gar nicht mal schlecht", brachte sie Minerva dankenswerterweise auf andere Gedanken. Mitra nickte.

„Es hätte zumindest schlechter laufen können. Aber es war schon arg knapp. Ich hoffe, jede von ihnen wird bereit sein, ihren Beitrag zu leisten, die Essenzen mit den anderen Völkern zu schützen, wenn es mit den anderen so beschlossen wird", dämpfte Mildred ihre Tochter.

„Ein Schritt nach dem anderen", antwortete diese betont gut gelaunt. „Es nützt nichts, negativ zu denken. Was passieren wird, wird passieren, ob wir uns nun vorher zerfleischen oder nicht."

Auf einmal begann das Alarmsystem des Camps loszugehen. Schon beim ersten Aufheulen taten Mitra die Ohren weh. Für einen Moment verlor sie die Orientierung. Hier draußen war es um Längen lauter als in ihrem Zelt. Sie fragte sich, ob der Alarm außerhalb der Schutzschicht zu hören war. Minerva schaute nach oben, Mildred folgte ihrem Blick. Eine Handbewegung von Minerva ließ den Alarm verstummen. Nur mit äußerster Willensstärke hielt sich Mitra auf den Beinen. Es dauerte noch einige Sekunden, bis sie sich wieder unter Kontrolle hatte.

Sie sah nun ebenfalls nach oben und erkannte am grauen Himmel Schatten, die hin und her glitten. Ihre Tante hob ihre Arme, die Luft über ihnen begann zu vibrieren und ein frischer Windstoß traf Mitra im Gesicht. Die Schatten, unter ihnen ein Rabe, sanken in das nun geöffnete Lager. Minerva ließ ihre Arme wieder sinken. Über ihnen spiegelte sich die Luft abermals und die Schutzschicht war wieder intakt.

„Seid uns willkommen", begrüßte Mildred die Angehörigen des Luftvolks freundlich.

„Euch geht es besser. Eine Freude", wehte es als Antwort.

„Ich danke Ihnen."

Minerva hibbelte ungeduldig von einem Bein aufs andere. In ihren Augen waren diese Floskeln völlig unnötig. Mildred spürte das selbstverständlich.

„Auch wenn es schrecklich ist, was das frühere Feuervolk gerade tut. Das schmerzt."

Der Rabe senkte den Kopf huldvoll. „Da sprecht Ihr die Wahrheit."

Danach sannen sie ihren Worten nach. Es dauerte nicht lange und Minerva hakte ein: „Wie Ihr sicher bereits durch den Gesandten erfahren habt, hatte das Orakel wieder eine Vision." Der Rabe fixierte Minerva, während die Schatten im Hintergrund unheimlich waberten. Minerva nahm dies als Zeichen und Motivation weiterzureden. „Wir meinen das Rätsel gelöst zu haben." Sie schluckte vor Aufregung. Die Abgesandten zeigten keinerlei Regung. „Wir glauben, dass die Abtrünnigen versuchen werden, nicht nur die Essenz des Erdvolks zu stehlen, sondern alle. Eine nach der nächsten. Die Völker werden fallen. Wenn wir nicht zusammenarbeiten."

Sie ließ ihre Worte wirken. Und tatsächlich flatterte der Rabe zweimal mit seinen Flügeln und die Schatten zuckten.

„Wir schlagen vor, dass wir also genau das tun sollten, was das Orakel von uns wünscht. Gemeinsam sind wir stark. Das haben wir bereits zweimal sehr eindrucksvoll bewiesen. Alle Völker sollten sich treffen. Auch wenn wir bedauerlicherweise noch keine geeignete Idee haben, wo dieses Treffen stattfinden könnte."

Der Rabe drehte sich wortlos zu den Schatten, die sich immer schneller um ihn zu drehen begannen, bis sie sich so schnell drehten, dass sie ineinander verschwammen und eine Art Wirbelwind bildeten. Mitra spielte mit ihren Fingern. Was passierte hier? Viele der Campbewohner schauten ängstlich aus ihren Zelten. Auch Anton starrte die Szenerie grimmig und angespannt an. Er wirkte auf Mitra so, als sei er kurz davor, sich todesmutig dem Luftvolk entgegenzustellen. Ihr wurde ganz warm davon. Doch sie war auch sehr froh, dass er die Schatten nicht angriff. Sie brauchten nicht noch mehr Komplikationen. Sie schluckte und zwang sich, ihren Blick von ihm abzuwenden. Außerhalb des Wirbels war es völlig windstill.

In Mitra rumorte es. All die Furcht, die in diesem Camp herrschte, war eine Art Pulverfass, was bei solchen unerklärlichen Aktionen explodieren könnte. Mitra schloss die Augen und konzentrierte sich auf die Schatten und den Raben. Sie spürte die Magie, die durch sie hindurchfloss und es dauerte gar nicht lange und sie verband sich mit dem Luftvolk. Sie hörte ein rauschendes Flüstern. Es war ihr nicht möglich genau zu verstehen, um was es ging, aber dass es sich um eine Kommunikation handelte war klar. Sie beratschlagten sich. Mitra spürte, dass sie ihren Körper in Luft verwandelt hatte, obwohl sie sich gar nicht fokussiert hatte.

Sie näherte sich dem Wirbelsturm, um zu erfahren, über was die Delegation diskutierte. Doch in dem Moment zuckte der Kopf des Raben in ihre Richtung und sie wurde durch schwarze, funkelnde Augen angestarrt. Sie war aufgeflogen. Sie entfernte sich schlagartig, prallte zurück, als ob sie gegen eine massive Wand gelaufen wäre. Mitra war sich sicher, dass sie rot geworden wäre, wenn dies in diesem Zustand möglich gewesen wäre. Sie verlor den Zugang zur Magie und bildete ihren menschlichen Körper zurück, was ein erschrockenes Tuscheln hervorrief.

Kurz nachdem sie wieder aufgetaucht war, verlangsamte sich allmählich der Schattenwirbel um den Raben, bis er schließlich endgültig zum Stehen kam und die Schatten wieder hinter ihm Stellung bezogen. Dieser wiederum starrte sie einfach nur an. Mitra schluckte. Es war eine bedrohliche Situation. Doch sie wusste, was von ihr erwartet wurde. Sie neigte den Kopf.

„Sehr geehrter Vertreter des Luftvolkes, uns war nicht klar, was es bedeutete, dass Sie sich zurückgezogen hatten. Auf keinen Fall hatte ich die die Absicht, Euch zu belauschen. Es tut mir leid, wenn dieser Eindruck entstanden ist."

Danach hob sie den Kopf und der Rabe fuhr sich mit seinem Schnabel über sein Federkleid.

„Wohl dann. Wir hätten unser Gespräch ankündigen sollen. Eure Neuigkeiten haben uns in einen gewisse Aufruhr versetzt. Wir sind geneigt, Euch zu folgen, müssen dies mit unserem Volk aber erst besprechen und werden Eure Erkenntnisse weitertragen. Wir werden Euch über den Ausgang unserer Gespräche berichten."

Mildred und Minerva nickten würdevoll zu den Worten des Raben, der sich bereits in die Lüfte erhob, gefolgt von den Schatten. Minerva hob abermals ihre Arme und über ihnen glitt die Schicht flirrend zur Seite. Die Schatten umhüllten ihren Anführer, der aus den Raben hinausglitt, und sie verschwanden am Horizont.

„Hoffentlich bringt es etwas", flüsterte Mitra, die dem Luftvolk hinterherschaute.

„Die Vertreter stimmten uns zu. Das lässt berechtigte Hoffnung zu, oder nicht?", fragte Mildred. Mitra wackelte vage mit dem Kopf. „Und in der Zwischenzeit werden wir einen Ausflug starten, um uns alle abzulenken", verkündete Minerva energiegeladen. „Wir fahren zum Baumarkt, um Latten zu kaufen. Für deine Straße auf dem Dorfplatz, Mama."

Minerva bugsierte Mitra bereits in Richtung Ausgang.

„Ich möchte auch mit. Dann können wir gleich mal meinen Garten einen Besuch abstatten", bestimmte Mildred. Und da Mildred ebenso stur sein konnte wie ihre Tochter, versuchte diese erst gar nicht, ihre Mutter davon abzubringen.

Mitra war diese Ablenkung ganz recht. So war die Wahrscheinlichkeit geringer, dass sie Anton treffen würde. Sie wollte erst einmal ihren Kopf freibekommen, sich über ihre Beziehung klarwerden, bevor sie ihn abermals planlos gegenüberstand und sich wieder zwischen Herz und Verstand zerriss.

# *Gilbert*

Das Gebäude des Baumarktes stand noch stabil, trotz der Erschütterungen der letzten Tage. Lediglich die Leuchtreklame hatte es anscheinend nicht mehr geschafft und war entfernt worden. Als sie dann allerdings im Laden nach Holzplatten oder Bretter fragten, wurde ihnen mitgeteilt, dass solche Dinge bereits ausverkauft seien. Die Stadt und die Polizei haben die Lagerbestände restlos aufgekauft und benutzten diese, um Läden und Häuser vor Plünderungen zu schützen.

„So ein verfluchter Mist", wetterte Minerva erbost und schlug auf das leere Regal, sodass es ordentlich schepperte. Der Verkäufer zuckte trotz ihres Ausbruchs lediglich gelangweilt mit den Schultern. Aggressive Kunden schienen in der derzeitigen Lage bei Weitem nichts Ungewöhnliches zu sein. Er verabschiedete sich mit einem Kopfnicken völlig leidenschaftslos und ging weiter seiner Arbeit nach.

„Ja, das sieht apart aus."

Mitras Körper zog sich zusammen und ihr Herz krampfte sich. Sie hatte gehofft, diese Stimme nicht wieder hören zu müssen. Rasch packte sie den Rollstuhl ihrer Großmutter und bog in einen Gang nach links ab, wo sich in einem Regal Toilettensitze stapelten, um der Person zu entkommen, die zu diesem Bariton gehörte. Doch natürlich hatte sie die Rechnung ohne ihre Tante gemacht.

„Wie nett, ist das nicht dein zauberhafter Kollege, in den du so unglaublich versch…", schrie sie quer durch den Laden.

„Wir müssen los", zischte Mitra geschockt von der Dreistigkeit Minervas. Sie hätte sie am liebsten in den Boden gestampft. Die gluckste allerdings einfach nur albern vor sich hin, anstatt sich anständigerweise schuldig zu fühlen. Deshalb überließ sie Mildred kurz sich selbst, um Minerva aus seiner Sichtweite zu bringen. Sie ergriff ihre Tante am Handgelenk und zerrte sie hinter sich in den Gang, wo Mildred im Rollstuhl wartete. Doch es war bereits zu spät. Gilbert stand mit einer älteren Version von sich und einem Verkäufer in einem Gang gegenüber beim Farbenmischer. Die Welt ging unter und die Herren von Müller suchten sich eine Wandfarbe aus. Mitra verdrehte die Augen. Sie hatte derzeit nicht einmal eine Wand. Zumindest keine massive.

Gilbert hatte sie erspäht. Dieser kleine schleimige Mörder. Sie machte sich gerade. Es brachte nichts mehr, sich zu verstecken. Und sie war zugegebenermaßen ziemlich neugierig, wie er sich nach der Behandlung von „Schwester" Maja ihr gegenüber verhielt. Immerhin hatte sie ihr damals lediglich zugezwinkert und gemeint, dass sich Schwester Maja um ihn kümmern würde. Sie war zu aufgewühlt gewesen, nachzufragen, was sie damit meinte, weil er sie hatte umbringen wollen. Er hatte zwar unter dem Bann der Abtrünnigen gestanden, aber verziehen hatte sie ihm dennoch nicht.

„Hi Mitra." Er hob die Hand zum Gruß

„Heyyyy Gilbert." Ihr Lächeln war festgefroren und sie hielt weiterhin einen gebührenden Sicherheitsabstand. Wer wusste schon, ob seine Mordlust wieder angefacht werden würde, wenn er sie sah. Lächelnd ging er auf sie zu. Immerhin ganz ohne Mordwerkzeug, um ihr damit den Kopf einzuschlagen.

„Mitra, es freut mich dich wiederzusehen." Er klang einigermaßen ehrlich.

„Ganz meinerseits." Ihre Lippen klebten an den Zähnen fest. Es war eine merkwürdige Situation. In ihrem Kopf sah sie sich immer noch mit ihm in einem Kellerraum gefangen, wie er versuchte, sie mit einer Eisenstange zu erschlagen. Doch auf der anderen Seite konnte er sich anscheinend an gar nichts erinnern und seinem ungezwungenem Lächeln nach zu urteilen, fehlte ihm ein nicht unerheblicher Zeitraum.

„Möchtest du mich nicht der Dame vorstellen, mein Sohn?", fragte eine autoritätsgewohnte Stimme, die ihr jedoch ganz und gar nicht unsympathisch erschien. Dennoch spannte sie sich noch mehr an, falls dies biologisch überhaupt noch möglich war. Gilberts Vater stand ihr nun gegenüber und hielt ihr die Hand hin. Mit einem kräftigen, aber nicht unangenehmen Handschlag begrüßte er sie. War er nicht ein hohes Tier bei Telmec? Hatte Gilbert ihr gegenüber nicht einmal so etwas erwähnt? Bevor Gilbert etwas Peinliches sagen konnte, wie das ist meine Freundin oder wir haben uns getrennt, versuchte Mitra sich für den Vater an ihrem strahlendsten Lächeln.

„Hallo, ich bin Mitra, eine Bekannte Ihres Sohnes. Ich bin mit meiner Großmutter, Mildred Billinger, und meiner Tante, Minerva Billinger unterwegs."

Mitra fand sich gerade richtig clever. Möglichst viele Namen aufzählen, damit ihrer möglichst schlecht hängenblieb. Sie hatte den Nachnamen Billinger ins Spiel gebracht, um ihn glauben zu lassen, dass sie ebenfalls so hieß. Den Vorwurf, den eine leise Stimme ihr einflüsterte, sie sei paranoid, konnte sie selbstverständlich nicht entkräftigen, aber man konnte nicht alles sein, clever und nicht paranoid. Herr von Müller blickte zum Gang mit den Toilettensitzen hinüber, wo sie hingezeigt hatte, allerdings war da kein Mensch zu sehen, was ihn sichtlich verwirrte. Sie biss sich auf die Lippen. Großartig. Diese kleinen Biester. Hoffentlich hielt er sie jetzt nicht für durchgeknallt. Gilbert durchbohrte sie forschend mit seinen Augen, den sie nicht zu deuten vermochte. Wenn sie doch bloß wüsste, was Maja im Einzelnen mit ihm gemacht hatte. Herr von Müller hatte sich bemerkenswert schnell wieder unter Kontrolle. „Schön, es ist immer gut, etwas mit seiner Familie zu unternehmen. Nicht wahr, mein Sohn?" Dieser nickte strahlend. Mitra beschlich der Eindruck, sich in einer Zahnpasta Werbung zu befinden. Bevor noch eine Frage kam, ob sie ihren heimischen Sanitärbereich sanieren wollte, verabschiedete sich Mitra entschuldigend, um ihre Verwandten zu suchen.

„So, leider muss ich jetzt los. Muss mich mal auf die Suche nach meiner Großmutter und meiner Tante machen. Schön, Sie kennengelernt zu haben, das war nett." Sie drehte sich entschlossen um. Eilig ging sie in Richtung Ausgang und sah sich nicht noch einmal um. Ihr Leben war eindeutig zu kompliziert und merkwürdig für ihren Geschmack.

Als sie auf den Parkplatz schritt, suchte sie die menschenleere Umgebung ab. Wo steckten bloß Mildred und Minerva? Auf keinen Fall würde sie jetzt noch einmal in den Laden gehen und sich noch peinlicher machen, als sie es ohnehin schon getan hatte. Ziellos betrat sie den Platz, als sie ein Auto sah, dass bei der Ausfahrt stand. Der Motor wurde gestartet. Bevor Mitra ein komisches Gefühl bekommen konnte, hupte es und Mitra erkannte, dass es Minervas Auto war. Genervt ging sie auf den Wagen zu und schon folgte das nächste Hupen. Sie winkte beschwichtigend, damit Mildred nicht noch mehr Aufmerksamkeit auf sich zog.

Als sie sich hinten in den Wagen quetschte, presste sie hervor: „Ich hatte euch bereits gesehen."

„Das sah eindeutig nicht so aus, als ob du uns gesehen hättest", meinte Minerva ungerührt, als sie auf die Straße fuhr „und wir haben nicht ewig Zeit. Wir wollen schließlich noch zum Garten vor der Schließzeit." Ihre Tante wie sie leibte und lebte. Einfach unglaublich.

„Du hast doch Gilbert überhaupt erst auf mich aufmerksam gemacht", fauchte sie zurück. „Ich wollte ungesehen einfach den Laden verlassen."

„Ich war mir nicht ganz sicher, ob er nicht eventuell wieder aktuell sein könnte."

Mitra riss die Augen auf. War sie verrückt geworden?

„Er wollte mich umbringen. Das war unsere letzte Begegnung."

Minerva zuckte völlig unschuldig mit den Schultern.

„Ich komme bei deinem Liebesleben einfach nicht mehr hinterher."
Mitra biss sich auf die Lippen, bevor ihr etwas Gemeines rausrutschte.
Wie: besser, als gar kein Liebesleben. Aber sie hielt lieber den Mund,
weil sie sich nicht auf dieselbe Stufe mit ihrer Tante stellen wollte.
Verärgert funkelte sie ihre Tante von hinten an.

„Minerva, das war nicht besonders freundlich von dir", ermahnte
Mildred ihre Tochter streng.

„Das war doch nicht ernst gemeint. Immer so überempfindlich. Es tut
mir leid", meckerte sie von vorne. Es kam ein wenig lax von ihr. Aber
Mitra kaufte ihr die Entschuldigung dennoch ab. Ihre Tante war
schließlich genauso fertig wie sie alle. Sie schluckte ihren Ärger runter.
„Kein Problem", nuschelte sie. „Wunderbar, dann auf zum Garten."

# Leben und Sterben eines Gartens

Minerva ergatterte in der Nähe der Polizei einen Parkplatz. Mit vereinten Kräften schaffte es Mildred schließlich aus dem Auto in den Rollstuhl. Sie bogen in den richtigen Weg ein. Zu ihrer Rechten erstreckten sich die Wohnungsblöcke, die zum Teil noch recht intakt aussahen und zur Linken die Gärten. Schon aus einiger Entfernung war zu erkennen, dass Mildreds Garten sich über etwas mehr Zuwendung in der letzten Zeit gefreut hätte. Während die Nachbarn sich offensichtlich intensiver als sonst um ihr Kleinod gekümmert hatten, wirkte Mildreds Garten wie ein heruntergekommener Dschungel. Ihre Großmutter keuchte entsetzt auf, als sie einen Blick riskierte.

„Das ist schlimmer, als ich es in mir meinen schlimmsten Alpträumen hätte ausmalen können."

„Dafür bist du schon wesentlich fitter als gestern. Der Genesungsverlauf läuft nahezu magisch", witzelte Minerva nervös. Sie standen am Zaun und spähten auf die andere Seite, während Minerva auf ihre Uhr schaute. Die Sperrstunde rückte näher. Ihre Großmutter drängte es in den Garten, um wenigstens das Nötigste zu richten.

„Wir müssen langsam wieder los, Mama", flüsterte Minerva eindringlich in Mildreds Ohr. Die schüttelte den Kopf.

„Ich möchte hierbleiben. Ich schlafe hier. Wenn es etwas Neues gibt, könnt ihr mich kontaktieren."

Mildred wollte ihren Garten keine Sekunde mehr aus den Augen. Mitra wurde erst jetzt bewusst, wie viel er ihr bedeutete. Ihre Tante presste ihre Lippen zusammen.

„Du bist hier nicht sicher. Ich kann dich nicht hierlassen. So ganz alleine, den Elementen ausgeliefert, in dem Zustand, in dem du dich befindest." Die Hände ihrer Großmutter krallten sich an den Lehnen des Rollstuhls fest und begannen zu zittern.

„Hallo Frau Billinger, schön Sie zu sehen. Geht es Ihnen besser?" Aus der Laube nebenan trat gerade ein Mann in den besten Jahren an den Zaun und lächelte sie freundlich an. Vom Zustand seines Grundstücks zu urteilen, wohnte er dort inzwischen, was sicherlich gemütlicher als ein Zelt war.

„Guten Tag, Herr Sanchez, mich bringt nichts so schnell um", lächelte Mildred den Mann traurig an. „Mir geht es eindeutig besser als meinem kleinen Schatz." Sein Blick fiel auf ihren Rollstuhl und er nickte verständnisvoll.

„Ich habe mich schon gewundert, was das zu bedeuten hat." Er zögerte keine Sekunde bevor er weitersprach. „Wenn Sie erlauben, helfe ich Ihnen gerne, ihn wieder ein wenig aufzupeppen. Auch wenn ich keinen so magischen Daumen habe wie Sie." Mildred schluckte einen Kloß hinunter.

„Sie unterschätzen sich", lächelte sie. „Wenn es keine Mühe macht, ich wäre Ihnen sehr dankbar." Er verbeugte sich leicht. „Es wäre mir eine Ehre."

# *Besuch*

Mildred bedankte sich überschwänglich und wurde von Minerva schließlich wieder zum Auto gedrängt. Eine Weile schlichen sie langsam und schweigend über den Sand, bis sich Minerva räusperte: „Das mit dem Zustand des Gartens ..." Sie atmete tief ein. „... Es ist einfach so viel passiert. Es gab keinen Platz mehr dafür."

Mildred schaute zu ihrer Tochter hoch, die an ihrer Seite ging.

„Ich mache dir doch keinen Vorwurf. Du müsstest inzwischen wissen, wie es sich anhört, wenn ich dir einen Vorwurf mache", fügte sie scherzhaft hinzu.

Ein wenig leichter ums Herz fuhren sie zurück zum Zeltdorf.

„Was machen wir jetzt eigentlich mit dem Boden, wenn es regnet? Dieser verfluchte Baumarkt. Wie kann man sich so schlecht disponieren in diesen Zeiten und seine Kunden so im Stich lassen. Unglaublich und unglaublich unprofessionell", schimpfte Minerva wie ein Rohrspatz, als sie beim Eingang parkten.

„Ach, irgendwie wird das schon gehen, mein Schatz", versuchte Mildred sie zu beruhigen. Auch wenn es nicht besonders überzeugt klang. „Es bringt doch auch nichts sich darüber aufzuregen."

„Und ich bin ja auch noch da", brachte sich Mitra zurück ins Gespräch, bemüht die Wogen zu glätten.

Mildred nickte. „Außerdem braucht die Stadt nun einmal das Holz, um Schlimmeres zu verhindern.''

Irgendetwas in der Körperspannung von Minerva änderte sich beim letzten Satz von Mildred. Sie schien auf der Lauer zu sein, was Mitra auf ihrem Sitz unruhig hin- und her rutschen ließ. Sie kannte ihre Tante und glaubte nicht, dass dies ein gutes Zeichen war.

„Die Stadt, hmmm?'' Nachdenklich schaute Minerva aus der Frontscheibe hinaus. Mitra schnallte sich möglichst unauffällig ab. Ihre Hände wanderten zum Griff. „Die Stadt? Nein, die Polizei hatte sich der Verkäufer berichtigt, nicht wahr?! Es war die Polizei.''

Mitra unterdrückte mit aller Macht einen Aufschrei. Das durfte hier nicht passieren. Das würde ihre Tante doch wohl nicht von ihr verlangen. Sie war nicht immer die netteste Person, aber sie war vernünftig und hatte sie lieb … Na ja, zumindest konnte sie sie irgendwie sicher leiden. Auf ihre Art. Sicherheitshalber schoss ihre Hand zum Türöffner, um sich zu befreien und dieser Situation zu entkommen. Doch ihre Tante war schneller. Sie drehte den Kopf zu ihr um und fixierte sie mir ihrem Blick.

„Dein Lover arbeitet doch bei der Polizei.''

Mitra schluckte. „Ich dachte Gilbert ist mein Lover'', versuchte sie kleinlaut abzulenken. Minerva wischte den Einwand zur Seite. „Nein, der wollte dich doch umbringen. Den hat Maja das Gedächtnis gelöscht. Interessant, dass er sich noch an dich erinnern konnte'', meinte sie nebenbei mehr zu sich selbst. „Na, eine wie uns vergisst man halt nicht. Auch nicht mit Magie, nicht wahr?'', strahlte sie Mitra an. Doch sie spürte, dass es ein vergiftetes Kompliment war und der nächste Satz bewies es. „Nein, ich meine den schnuckeligen Polizisten. Der dich so anschmachtet."

Mitra wusste natürlich, was Minerva von ihr wollte. Doch so einfach würde sie es ihr nicht machen. Sie sollte diese bodenlose Frechheit wenigstens laut aussprechen.

„Anton Leisz macht bei der Polizei seine Ausbildung. Das ist wahr. Und?"

„Minerva, es ist ihr unangenehm. Sie scheinen gerade in einer schwierigen Phase zu sein." Wenigstens kam ihr ihre Großmutter zu Hilfe. Doch ihre Tante hatte Blut geleckt und achtete nicht auf sie. Sie wollte ihrer Mutter ihren Aufenthalt in diesem Camp möglichst angenehm gestalten. Verständlich. Aber nicht auf ihre Kosten.

„Ihr tut gerade so, als ob ich erwarte, dass du ihn verführst, um ein Verbrechen zu vertuschen. Ich möchte bloß, dass du ihn nett fragst, ob etwas Holz übriggeblieben ist, was wir uns ausborgen dürften." Sie riss die Arme in die Luft. „Das ist doch wohl keine große Sache, oder?"

Mitra sank in ihren Sitz zurück und seufzte. Sie wollte Mildred natürlich auch helfen. Und mit ein wenig Abstand betrachtet, war es eigentlich wirklich keine große Sache. Sie starrte das Autodach an und gab sich einen Ruck.

„Okay, alles in Ordnung. Ich frag ihn", ergab sie sich nuschelnd. Minerva jauchzte auf. „Aber ich kann nicht versprechen, dass er Ja sagen wird. Ich werde ihn bloß fragen, nicht mehr", beharrte sie.

„Das ist sehr lieb von dir. Vielen Dank." Mildred schien ganz gerührt, was ihr noch den nötigen Motivationsschub gab. „Dann los."

Als Mitra ihre Oma am Feuer platziert hatte, schaute sie in die Richtung von Antons Zelt. Ihr Herz begann sofort schneller zu klopfen. Allein bei dem Gedanken ihm nahe zu sein, in seine grünen, schelmischen Augen zu blicken. Es war eine Frage, nicht mehr und nicht weniger. Keine große Sache. Vielleicht war er noch nicht einmal da. Sie atmete tief ein und aus und bemühte sich ihren Herzschlag und ihre Atmung unter Kontrolle zu bringen. Sie befeuchtete ihre trockenen Lippen mit ihrer Zunge und klopfte gegen die Zeltwand, was natürlich kaum zu hören war. Sie wollte aber auch nicht einfach seine Privatsphäre stören und ins Zelt stürmen, so wie es Minerva wahrscheinlich gemacht hätte.

„Anton?", fragte sie. Ihre Stimme klang leise und rau, als ob sie seit Stunden nicht mehr geredet hätte. Das durfte doch nicht wahr sein. Sie war Mitra Gold, die Naturverbundene. Sie hat den Fratzen die Stirn geboten. Dann würde sie einem Mann doch wohl um einen Gefallen bitten können. Zugegeben, ein ziemlich heißer Mann mit unwiderstehlichen Lippen und hypnotisierenden Augen. Mitra räusperte sich ob ihrer schlüpfrigen Gedanken peinlich berührt.

„Bist du da?", fragte sie etwas lauter. Es blieb still auf der anderen Seite und sie wollte sich bereits erleichtert auf den Rückweg machen, als sie es rascheln hörte. Also blieb sie widerwillig stehen. Sie tat das hier für ihre Großmutter, die sie bei ihr hat Leben lassen und ihr so geholfen hatte. Dann ertönten schwere Schritte und der Reißverschluss des Zelteingangs öffnete sich zaghaft. Sie befeuchtete noch einmal ihre Lippen. Und dann sah sie ihn, lediglich gekleidet in einer Jogginghose. Der Anblick raubte ihr den Atem und ihr ganzer Körper kribbelte. Sie vergaß für einen Moment, warum sie ihn aufsuchte, und dass es wichtig für einen Menschen war, zu atmen. Seine Augen schienen sie forschend zu durchbohren. Mit all ihrer Willenskraft zwickte sie sich in die Finger, um ihr Gehirn durch den Schmerz aus dem Nebel ins Hier und Jetzt wieder zu holen. Ihre Lungen erkannten gerade noch rechtzeitig ihr Versäumnis. Gierig sog sie die Luft ein.

„Hey, da bist du ja", keuchte sie leicht außer Atem. Ihre Stimme kam ihr so fremd vor, dass sie zunächst gar nicht wusste, wer da gerade gesprochen hatte. Unsicher huschten ihre Augen über seinen Körper, ohne die leiseste Ahnung, wo sie am besten hingucken sollte. Auf seinen muskulösen Oberkörper, seinen breiten Brustkorb, seine starken Schultern zum Anlehnen, seine trainierten Arme oder auf seine samtenen Lippen oder in diese verführerischen grünen Augen. So ein verfluchter Mist, wieso musste dieser Typ nur so gut aussehen? Und wieso musste er so spärlich bekleidet sein?

Er gähnte herzhaft und hielt sich eine Hand vor dem Mund. Wie süß er doch war. Wie ein kleiner Löwe, dachte sie. Beschämt schüttelte sie innerlich den Kopf über sich selbst. Sie musste sich wirklich zusammenreißen.

„Hey, was gibt es?" Ja, was gab es eigentlich? Sie biss sich auf die

Lippen und dachte angestrengt nach, während sich ein unverschämtes Lächeln um seine Lippen, nein, um seine samtenen Lippen, kräuselte.

„Ich musste so lange warten, deswegen musste ich noch einmal überlegen", rechtfertigte sie sich halblaut. Er nickte amüsiert und schaute sie abwartend an. Dieser kleine sexy Mistkerl. „Also du arbeitest doch bei der Polizei?" Seine Augen wurden dunkel. Ansonsten reagierte er nicht. „Genau, und wir waren gerade beim Baumarkt." Was für eine merkwürdige Überleitung. „Um Holz zu kaufen, also Platten oder Bretter für Oma, damit sie sich zumindest hier, relativ frei und selbstständig bewegen kann. Aber die hatten keine Bretter, weil die Stadt, also die Polizei alles aufgekauft hat." Sie schaute auf seine Nase. Damit sie nicht in seine Augen schauen musste, die sie nur von ihrer Mission abbringen würden. Sie würde sich schlichtweg in ihnen verlieren. „Gibt es eine Möglichkeit, dass wir etwas davon haben können?", fragte sie zerknirscht, da ihr das gerade jetzt, da sie es laut aussprach, fürchterlich peinlich war. Es war so eine unverschämte Bitte.

Er starrte sie weiterhin an, als ob er noch mehr von ihr erwartete. Als er merkte, dass dies nicht passieren würde, räusperte er sich.

„Das ist der Grund, wieso du mich weckst? Ich hätte mir da ein anderes Thema erhofft."

Er wirkte ehrlich gekränkt und sie musste schlucken. Er hatte um ein Gespräch gebeten und nun kam sie mit so einer Lappalie. Es war ihr hinten runtergerutscht. Sie hatte es schlicht verdrängt. Ihr Gehirn lief heiß. Was sollte sie jetzt sagen, ohne ihn noch mehr zu verletzen? Doch es dauerte zu lange. Mit einem freudlosen Lacher trat er zurück ins Zelt und schloss den Reißverschluss. Mitra musste dem hilflos zusehen, als ob er vor ihren Augen sein Herz zuschloss. Erst nach einigen schmerzhaften Sekunden sah sie sich imstande, sich umzudrehen und wie ein geprügelter Hund zu ihrem Zelt zurückzugehen. Sie war ein Trampel, ein Idiot, herzlos. Ein idiotischer, herzloser Trampel. Sie verfluchte sich. Ein perfektes Gespräch für Aggy, die sicher jetzt einen unangenehmen, aber unter Umständen hilfreichen Plan in petto hätte.

Minerva sah von ihrem Buch auf und schaute sie kurz an, als sie reinrauschte. „Und, warst du erfolgreich?"

„Nein!", schrie sie frustriert.

„Hm!" machte ihre Tante nur und doch war Mitra klar, was sie eigentlich damit meinte. Das war mir klar, dass du noch nicht einmal das hinbekommen würdest. Mitra wischte sich über ihr Gesicht und bemerkte, dass es ganz nass geworden war. Wieder einmal war sie froh, dass sie sich nicht schminkte. Verstohlen kramte sie ein Taschentuch hervor und trocknete sich die verräterischen Tränen. Danach verließ sie das Zelt wieder. Die Gegenwart ihrer Tante konnte sie gerade nicht ertragen. Sie schnappte sich einen Stuhl und ließ sich auf ihn neben Mildred sinken. Die streckte gleich einen Arm aus und legte ihn ungefragt um ihre Schultern. Eine Weile schauten sie so gedankenverloren in die Essenz.

„Lief es nicht so gut?", fragte Mildred vorsichtig. Mitra schüttelte den Kopf. „Das tut mir sehr leid." Sie schwiegen weiter. „Du warst nicht begeistert von Minervas Idee, schon bevor du sie umgesetzt hast." Es war keine Frage, sondern eine Tatsache, deswegen blieb Mitra still. Die Antwort war ohnehin bekannt. „Und doch hast du es gemacht, warum?" Die Frage überraschte und überforderte Mitra gleichermaßen.

„Weil ihr das von mir erwartet habt natürlich", bemerkte sie verwirrt.

„Ich habe gar nichts von dir erwartet. Minerva hatte lediglich eine Idee, und um ehrlich zu sein, habe ich es von Anfang an für eine ihrer Schnapsideen gehalten. Sie ist manchmal etwas forsch und vorschnell." Sie lächelte Mitra an. „Das hast du vielleicht inzwischen selber gemerkt." Was sollte das denn jetzt?

„Wieso hast du dann nichts gesagt?"

„Du musst zugeben, dass ich meinen Einwand vorgebracht hatte, dass ich es für unnötig hielt." Mitra nickte widerwillig. „Und du hattest nicht wirklich etwas entgegengesetzt." Schuldbewusst biss sich Mitra auf die Lippe. „Was ich sagen will ist, dass es gut ist, anderen zuzuhören und ihre Meinung ernst zu nehmen. Aber wenn du anderer Meinung bist, solltest du das auch kommunizieren und klarmachen, warum du anderer Meinung bist." Mitra lehnte sich mit ihrem Kopf an den tröstenden Körper ihrer Großmutter. „Ich werde nicht ewig da sein, um dich vor der stürmischen Art meiner Tochter zu beschützen. Das musst du selber schaffen, fürchte ich", sprach diese leise weiter. Mitra hob ihren Kopf ruckartig, geschockt von den Worten, die sie gehört hatte.

„Du wirst uns noch alle überleben", bestimmte sie trotzig.

„Sei nicht töricht. Das ist sehr unwahrscheinlich. Aber das ist auch in

Ordnung. Versprich mich nur eins." Sie sah ihre Enkelin ernst an. „Bild dir deine eigene Meinung und handele danach." Sie sah Mitra so lange unnachgiebig an, bis diese schließlich nickte. „Das wird nicht immer richtig sein, aber du kannst dich rechtfertigen und lernen. Vertrau einer weisen alten Frau." Mitra stupste ihr spielerisch gegen die Schulter.

„Weise bist du wirklich." Mildred machte lachend eine wegwerfende Handbewegung.

„Aber was machen wir denn jetzt wegen Anton?"

Mitra fühlte sich gleich wieder wie auf den Boden zerschmettert. Sie zuckte mit den Schultern.

„Ich glaube, dass es das war. Ich war einfach ein zu großer Idiot." Ihre Großmutter streichelte ihren Rücken. „Liebst du ihn denn? Möchtest du mit ihm zusammenkommen?"

Mitra besann sich ihrer Zweifel, seitdem sie wusste, dass er Marias Sohn war und dass sie sich nur kennengelernt hatten, damit er sie babysittete. Wenn sie nur daran dachte, wurde sie wieder wütend und war gewillt Nein zu sagen. Aber dann fiel ihr ein, wie er sie zum Lachen brachte, wie wohl sie sich immer bei ihm gefühlt hatte und wie ihr ganzer Körper kribbelte, wenn er sie lediglich anschaute mit diesen unglaublichen grünen Augen, geschweige denn die Hitze, die folgte, wenn sie seine Lippen spürte. Wenn sie ehrlich zu sich war, musste sie zugeben, dass sie immer noch in ihn verliebt war, aber gleichzeitig wusste sie einfach nicht, ob sie ihm noch vertrauen konnte. Andererseits war es doch wohl mehr als nur gerecht, wenn sie ihm die Chance geben würde, mit ihr zu reden. Sich auszusprechen. Immerhin war sie ihm nicht völlig egal, also, vielleicht war er ja ehrlich zu ihr. Ihr schwirrte der Kopf. Doch sie kam zu keinem so richtig überzeugendem Ergebnis.

„Ich verstehe. Du solltest auf jeden Fall mit ihm reden. Er scheint ein sehr netter junger Mann zu sein."

Da führte wohl kein Weg daran vorbei. Obwohl ihr schon bei der Vorstellung daran, sich der Magen umdrehte.

„Ich glaub, ich geh erst einmal ein bisschen alleine spazieren", murmelte sie.

„Apropos Polizei. Denk an die Ausgangssperre. Lass dich nicht erwischen. Bleib am besten hier in der Nähe."

„Okay."

Langsam, aber sicher fiel ihr dieser Lifestyle schwer auf die Nerven. Sie ging aber einfach mal davon aus, dass es hier im Park keine Patrouille geben würde. Die hatten ja wohl andere Probleme. Sie verließ das Camp mit dem festen Vorsatz, einen Schlachtplan für Anton auszutüfteln. Das musste wohlüberlegt sein. Doch ihre Gedanken hatten andere Zielsetzungen. Sie drifteten immer wieder ab. Beispielsweise fragte sie sich, wieso Hugo nicht Teil der Luftvolk-Post war. War es ein niederer Posten oder wurde ihm nicht vertraut, wenn es um die Einschätzung des neuen Feuervolks ging? Danach ließ sie den Tag Revue passieren und sah immer wieder das unschuldige Gesicht von Gilbert und gleichzeitig sein von Hass verzerrtes daneben. Wie konnte sie ihrem Vater nur helfen? Kurz überlegte sie, ihm auch die Essenz einzuflößen, doch dann erinnerte sie sich daran, dass sie ihn in Gestalt einer Fratze mit der vollen Kraft ihres Feuers ins Koma geschlagen hatte. Die Essenz würde ihn sicher endgültig töten.

Ehe sie sich versah, hatten ihre ziellosen Schritte sie direkt zu dem Fluss geführt, an dem sie Aggy verabschiedet hatte. Ob es ihr gut ging? Sollte sie vielleicht nach ihr fragen? Nein, sie wollte sie nicht stalken. Wenn sie so weit war, würde Aggy wissen, wo sie sich befand. Sie war derzeit gerade bestimmt in ihrem persönlichen Himmel. Und das gönnte sie ihr. Sie wollte sie nicht mit ihren blöden Problemen nerven.

Die Erde bebte unter ihr. Nicht schon wieder. Können die sich nicht einmal vierundzwanzig Stunden ruhig verhalten? Sie hatte es einfach satt. Entnervt setzte sie sich auf dem Boden mit dem festen Vorsatz, das kommende Erdbeben stoisch abzuwarten. Das Vibrieren verstärkte sich erwartungsgemäß. Das Wasser schlug Wellen. Ihre Narbe in der linken Hand begann zu schmerzen. Das war neu. Passierte hier etwas anderes als bei den vorherigen Beben? Da knackte es in der Nähe. Sie suchte flink die Bäume in der Umgebung ab, ob sie sich in Gefahr befand. Aber die schienen nicht die Ursache des Geräuschs. Die Bewegung unter ihr veränderte seine Intensität. Sie konnte nicht genau sagen, was da gerade passierte. Doch sie brauchte sich nicht lange den Kopf zerbrechen. Denn genau vor ihren Augen bei den Büschen entstand ein Spalt in der Erde. Erst glaubte sie, sie bildete es sich nur ein. Doch dann drifteten die beiden Erdhälften immer mehr auseinander. Der Spalt wurde nicht nur breiter, sondern auch länger und bewegte sich genau auf sie zu. Sie krabbelte im Krebsgang von ihm weg. Sie befürchtete, in den Abgrund hineingezogen zu werden. Sie erschauderte. Der Spalt schien tief zu sein – sehr tief und schwarz. Eine Sekunde später wünschte sie sich, dass sie weiterhin in die alles verschlingende Dunkelheit starren konnte. Denn es begann rot-orange zu glühen. Ihre Narbe pochte inzwischen. Diese verfluchte Fratze wollte das zu Ende bringen, was sie im Stadtpark begonnen hatte. Wenigstens war Aggy dieses Mal nicht bei ihr. Sie war bei den Nixen in Sicherheit. Zumindest vorerst. Schon vernahm sie das kratzende Lachen, dass sie, bevor sie es hörte, durch ihren Körper vibrieren spürte.

„Hab ich dich." Das unheimliche Flüstern nahm ihr die Fähigkeit, sich zu bewegen. Die Fratze lachte irre weiter. „Heute ist dein Glückstag. Du musst nicht mit ansehen, wie die Welt, wie du sie kennst, untergeht und durch das einzig wahre Volk aufersteht."

Der Spalt vor ihr war inzwischen so breit wie sie groß und hielt vor ihr an. Mitra probierte ruhig, gegen ihren Herzschlag, der in ihrem Ohr pochte, anzuatmen. Sie versuchte sich an ihren Kampfgeist, den sie auf der anderen Seite der Barriere gespürt hatte, zu erinnern. Den sie durch ihre Mutter gefühlt hatte, doch auch der war gerade unter ihrer aufkeimenden Panik verschüttet, was wahrscheinlich daran lag, dass sie dieses Mal alleine war. Das Glühen aus dem Abgrund wurde heller, wie Lava schien es anzusteigen. Mitra meinte bereits, die Hitze zu spüren.

„Was hätten wir für Spaß haben können. Doch du wolltest dich einfach nicht für die Seite der Sieger entscheiden." Das rauchige

Krächzen aus der Tiefe quoll voller Bedauern zu ihr hoch. „Du hättest auch abhauen können, wie deine Mutter." Ihre Hand krampfte sich in die Erde, als die Fratze ihre Mutter erwähnte. Er hatte nicht das Recht dazu.

„Hör auf damit, über sie zu reden", brachte sie keuchend hervor. Ihr Mund verweigerte ihr beinahe seinen Dienst. Der Schmerz, der durch ihre Narbe in ihren Körper floss, lähmte sie zusätzlich. Das Lachen der Fratze wurde schriller.

„Ja, geb dich mir hin." Sie sah die Tentakel, die sich aus dem Feuer bildeten. Wut breitete sich in ihr aus, die es ihr erlaubte, etwas besser zu atmen. Sie robbte weg vor dem Abgrund und dem Feuerungeheuer, das den Moment und vor allem ihre derzeitige Machtlosigkeit sichtlich auskostete.

Sie griff wahllos nach einem Stein und warf ihn in Richtung der Tentakel. Der Stein zerschmolz, bevor er das Ungeheuer erreichen konnte. Es lachte hämisch.

„Einer wahren Naturverbundenen würdig. Vielleicht habe ich dich auch überschätzt."

Dieses glühende Mistvieh. Dieses Teufelsmiststück. Doch andererseits das Arschloch hatte recht. Sie hatte Magie in sich. Der eben noch vermisste Kampfgeist erwachte in ihr mit wildem, kaltem Zorn. Ihr Atem und Herzschlag normalisierten sich. Alles erschien ihr wie in Zeitlupe. Die Tentakel schlängelten sich derweil weiter auf sie zu.

„Planst du einen glamouröseren Abgang? Recht hast du. Ich wäre sonst auch allzu enttäuscht."

Mitra versuchte das unerträgliche Geplappere der Fratze auszublenden und die Magie um sich herum einzufangen. Doch das war schwerer als gedacht. Das Feuerungetüm schien einen Sog um sich zu bilden. Alles was sie empfand, war rasende, nicht kontrollierbare Magie, die sie nicht erreichen konnte. Sie glitt an ihr vorbei. Die Fratze lachte noch mehr, als sie ihre Panik spürte.

„Begreife es! Eure Zeit ist vorbei. Sie gehört der Vergangenheit an."

„Nein!" schrie sie. Verzweifelt probierte sie zumindest einen Feuerball entstehen zu lassen.

„So putzig es auch ist, dich scheitern zu sehen, aber ich fürchte, ich habe ich noch andere Dinge zu tun. Diese Welt beispielsweise in ein Feuerparadies verwandeln."

Die Tentakel schwollen an und wurden größer. Mitra schrie ihren Schmerz raus. Doch anstelle einer Schwächung, spürte sie eine Kraft, die nicht aus ihr kam.

„Zu spät, Brandgeschwür. Lass dich von mir löschen."

Die Stimme klang wie ein Orkan, wie eine Monsterwelle. Bevor sie sich zu ihr umdrehen konnte, wurde sie von Wasser eingehüllt. Sie hörte das Wutgeheul der Fratze. Sie selbst wurde abrupt rückwärts gezogen, während sie sich durch die Magie des Wassers in ihr Element verwandelte. Sie wurde flüssig und spürte das Zusammengehörigkeitsgefühl mit allem um sie herum. Sie genoss einfach den Moment und hatte schon beinahe vergessen, dass sie dem

Tod nur gerade so entkommen war.

„Was hast du da draußen alleine gemacht?", zischelte ihr eine ganz und gar nicht unbekannte Stimme ins nicht vorhandene Ohr.

„Aggy? Bist du es?"

Es kicherte hallend aus allen Richtungen ihr entgegen, was sich ein wenig unheimlich anhörte.

„Du kennst mich unter diesem irdischen Namen. Hier heiße ich allerdings *das werte Orakel*. Kurz materialisierte sich vor ihr das Gesicht ihrer besten Freundin, bevor es sich wieder mit dem Wasser verband. „Man kann dich aber auch wirklich keine Sekunde aus den Augen lassen."

Aggy klang richtig glücklich, was Mitra direkt in ihr Herz schnitt. Würden sie sich je unter normalen Umständen wiedersehen oder hatte sie ihre Freundin für immer verloren? Sie erinnerte sich an die Autofahrt, nachdem Aggy das Orakel geworden war und an ihre meergrünen Augen. Und diese abweisende Art. Diese Distanz zwischen ihnen, die sich damals aufgebaut hatte. Sie hatte gedacht, dass der Aufenthalt auf der anderen Seite der Barriere, sie wieder näher zueinander gebracht hätte. Aber das war vielleicht doch eher ein Wunschtraum gewesen.

„TsTsTs, ich bin noch immer deine beste und coolste Freundin."

„Was?" Konnte Aggy ihre Gedanken lesen?

„Ja, aber natürlich. Hier im Wasser haben wir Nixen keine Geheimnisse. Wir wissen alles voneinander", belehrte sie sie mit ihrer

50er-Jahre Sekretärinnen Stimme.

„Ist wahrscheinlich ganz praktisch. So bekommt man nicht so viel Wasser in den Mund, wenn man reden möchte."

„Das war fast witzig, meine Liebe. Aber jetzt, wo wir es geklärt haben, dass ich nichts an meiner Großartigkeit eingebüßt habe und dein sehnlichster Wunsch, mit mir befreundet zu bleiben, in Erfüllung gegangen ist, kommen wir zu den drängenden Fragen."

Da hatte sie recht. Es gab dringendere Dinge zu klären.

„Wir haben deinen Orakelspruch gelöst und wollen uns mit euch und den anderen Völkern treffen, um zu besprechen, wie wir gemeinsam die Essenzen besser schützen können."

Aggy ließ ein entnervtes Seufzen verlauten, was sich eher wie ein Gurgeln anhörte. „Blablablubb, wissen wir schon längst. Schnee von gestern. Es wird beratschlagt, ob wir dem zustimmen und ob wir den anderen Völkern tatsächlich mitteilen wollen, wo unsere Essenz ist."

„Und du bist nicht dabei?"

„Es gibt Top-Secret-Gespräche, von der eine Teilzeitnixe nichts wissen darf." Sie versuchte es so klingen zu lassen, als sei es ihr egal, aber Mitra spürte, dass es nicht stimmte.

„Was ich vielmehr meine: Was ist der Grund, wieso du so völlig alleine spazieren gehst? Nicht besonders intelligent, oder?"

Aggy lenkte ab und Mitra ließ es zu. Es war sicherlich schmerzhaft zu erfahren, dass sie auch hier bei den Nixen nicht richtig dazugehörte.

„Ich wollte einfach einmal ein bisschen für mich sein, dem

Lagerkoller entgehen, wenn du erlaubst."

„Wolltest du über ein Muskelpaket in Uniform nachdenken, der kleinen süßen Sahneschnitte?", neckte sie sie. Mitra antwortete nicht. Auf dieses Gespräch hatte sie auf dem Niveau gerade keine Lust.

„Wusste ich es doch. Habt ihr euch vertragen?"

Mitra seufzte. Sie kannte solche Situationen mit Aggy nur zu Genüge. Sie würde nicht aufgeben. Eher würde die Hölle einfrieren, als dass es geschah.

„Du kennst mich so gut", pflichtete Aggy ihren Gedanken bei.

„Anton und ich haben uns nicht zerstritten. Zumindest nicht so richtig. Es ist eher so, dass ich einfach nicht weiß, ob ich ihm noch weiter vertrauen kann. Auch wenn er mich noch lieben sollte. Aber das ist jetzt ohnehin egal", stieß Mitra frustriert aus und versuchte nicht an ihre letzte Begegnung mit ihm zu denken. Stattdessen ließ sie sich in Form von Wasser vom Fluss treiben, verband sich mit den Molekülen und spürte dem seltsamen Gefühl nach, als kleine Fische oder Pflanzen durch sie hindurchflossen.

„Du lernst schnell. Du versuchst an nichts zu denken. Okay, dann hast du wohl Scheiße gebaut auf gut deutsch. Es war kaum anders vorauszusehen. Was ist denn nur dein Problem? Er ist so ein toller Typ und er mag dich wirklich. Sprich mit ihm und lass es zu, dass du glücklich wirst."

Mitra ließ eine Welle entstehen und gegen das Ufer brechen.

„Du bist viel zu schnell. Ich weiß überhaupt nicht, ob ich ihn wirklich will. Nein, das schon. Ich meine eher, ob ich ihm noch vertrauen kann."

Aggy gurgelte genervt. „Er hat mir am Anfang Gefühle vorgespielt."

Nun ließ Aggy ebenfalls eine Welle entstehen, die allerdings weit über das Ufer hinwegschwappte.

„Das weißt du doch gar nicht. Am Anfang habt ihr euch lediglich geneckt. Und dann habt Ihr euch kennengelernt. Du gehst sofort vom schlimmsten aus. Das ist Schwachsinn. Vielleicht hat er dir nur was vorgemacht, ob es zufällig oder geplant war, dass ihr euch anfangs getroffen habt. Und das wäre nun wirklich nicht weiter wild, oder?"

Mitra wollte was entgegnen, doch fiel ihr nichts Passendes ein. Konnte es sein, dass Aggy tatsächlich recht hatte. „Natürlich habe ich recht. Rede mit ihm."

„Jaha!" Sie ließen sich gemeinsam ein wenig treiben. Mitra fühlte diesen tiefen meditativen Frieden. Ihre Gedanken flossen automatisch zu ihrem Leben in dem Camp. Sie wurde gleich wieder traurig.

„Und du bleibst hier im Wasser?"

„Nicht für immer, aber erst einmal ja. Ich möchte noch so vieles lernen. Aber ich vermisse es durchaus, ein Mensch zu sein. Ich war es wohl einfach zu lange."

„Ja, ist schon eine coole Nummer."

„So, genug geredet. Du musst zurück, bevor sie denken, dass du vom Feind geröstet wurdest. Am besten du steigst hier aus und verwandelst dich in Luft, damit deren Sorge nicht Realität wird."

# Ein Gespräch in luftiger Höhe

Mitra hatte beim Gespräch mit Aggy jegliches Zeitgefühl verloren. Sie konzentrierte sich auf ihren menschlichen Körper und nach einer gefühlten Ewigkeit schwamm sie im Bach. Sie stand auf und watete mit tropfnassen Klamotten ans Ufer. Sie drehte sich noch einmal um.

„Ich vermisse dich", flüsterte sie, woraufhin sich das Wasser am Ufer kräuselte. Dann konzentrierte sie sich auf die Luft um sich herum und sog sich die Energie ein, die sie brauchte. Sie keuchte vor Anstrengung, doch schließlich verließ sie den Boden und flog über den Park. Diese Verwandlungen verlangten seit ihrer Wiederkehr auf dieser Seite immer mehr Kraft. Sie sauste zurück zum Lager, auch in der Hoffnung, dass ihre Klamotten so besser trockneten. Als sie endlich die flimmernde Schutzschicht und die feurige Essenz sah, sank sie hinab und tauchte in ihren menschlichen Körper zurück. Ihre Kleidung war leider immer noch ziemlich feucht. Ihre Energie hatte zum Trocknen nicht zur Gänze ausgereicht.

Die Dunkelheit hatte sich inzwischen ausgebreitet und sie schlotterte vor Kälte. Alles an was sie gerade dachte, waren ihre kuschligen Schlafklamotten und eine heiße Suppe. So war sie völlig überwältigt, als sie all das Holz sah, dass nun überall auf dem Rasen zwischen den Zelten verteilt war. Anton. Trotz dessen, dass sie so ein Idiot gewesen war, hatte er ihre Bitte gehört und bei seinem Arbeitgeber nach einem

Gefallen gefragt. Das war so unglaublich süß und lieb und fürsorglich. Sie schluckte, wenn sie an das ausstehende Gespräch mit ihm dachte, wo sie ihn um Verzeihung bitten musste. Aber das war das Mindeste, was sie ihm schuldig war.

„Mitra, verfluchter Mist. Da bist du ja. Hast du mal an so was gedacht wie, dass du ab und zu, an dein verflixtes scheiß Handy gehst?" Minerva stürzte auf sie zu. Sie zog ein Walkie-Talkie heraus. „Sie ist wieder da. Alles gut. Ihr könnt wieder zurück."

Sie hatten eine Suchmannschaft aufgestellt. Das war ja toll. Mitra war ganz gerührt, bis sie eine Sekunde später ein unglaublich schlechtes Gewissen bekam. Sie fischte ihr Smartphone aus ihrer Hosentasche und sah etliche Anrufe ihrer Tante und ihrer Großmutter.

„Es tut mir leid", murmelte sie.

„Du bist ja pitschnass. Was hast du gemacht? Was ist passiert?" Minervas Fragen schossen aus ihrem Mund wie Pistolenschüsse.

„Ich wurde von der Fratze angegriffen und dann hat mich Aggy gerettet. Und da habe ich wohl die Zeit vergessen."

Von hinten kamen einige Frauen und Männer und betrachteten sie teils wütend, teils neugierig. Minerva spürte die leicht negative Stimmung und ergriff das Wort: „Mitra wurde von dem alten Feuervolk angegriffen. Deswegen konnte sie nicht ans Handy. Der Kampf hat länger gedauert, bis sie sich ins Wasser retten konnte." Aggy und die Nixen ließ sie dabei geflissentlich aus. Drei der versammelten Wächterinnen bedeckten die vor Schock aufgerissenen Münder mit

256

ihren Händen.

„Du armes Ding. Wärm dich erst einmal am Feuer", lief Maria besorgt auf sie zu.

Reflexartig wich Mitra einen Schritt zurück und streckte ihre Arme abwehrend von sich weg. „Nein!" rief sie eine Spur zu ruppig, was ihr sofort leidtat. „Vielen Dank, dass ihr nach mir gesucht habt. Aber ich muss erst einmal in trockene Klamotten."

Enttäuscht ließ Antons Mutter die Arme sinken. Mitra lächelte möglichst warm in die Runde, winkte und floh ins Zelt.

„Da bist du ja wieder, Schatz."

„Sorry! Ich habe wohl die Zeit aus den Augen verloren. Das Camp zu verlassen, war echt blöd. Und jetzt habt ihr euch meinetwegen so viele Sorgen gemacht."

„Ich hätte auch andere Dinge im Kopf, wenn ich vom alten Feuervolk angegriffen worden wäre, als ans Telefon zu gehen." Woher wusste sie das? Mitra schaute ihre Oma fragend an, die sofort verstand und lachte.

„Zeltwände sind nicht so dünn, wie du dir vielleicht vorstellen kannst."

Mitra stimmte in ihr Lachen ein und schlüpfte, nachdem sie sich abgetrocknet hatte, in ihren dickeren Schlafanzug. Gleich fühlte sie sich wieder besser. Um das Bild zu komplettieren, zog sie noch ihre Minnie-Maus Hausschuhe an, als der Alarm wieder anschlug. Mitras Herz blieb vor Schreck stehen. Als kurz danach der Alarm wieder erstarb, richtete sich Mildred von ihrem Stuhl auf und hievte sich in den Rollstuhl. „Das

Luftvolk ist sicher mit einer Nachricht zurück. Dank Anton kann ich jetzt sogar ohne Hilfe rausrollen", sie zwinkerte ihrer Enkelin zu, „um mir die Entscheidung der anderen Völker mit anzuhören."

Mitra verdrehte die Augen. Sie hatte es inzwischen verstanden. Er war ein toller Kerl und sie sollte mit ihm reden. Sie griff nach einer Jacke.

„Wo ist denn mein Prinz in schillernder Rüstung?", fragte sie.

Doch Mildred zuckte bloß mit den Schultern. „Er ist, nachdem er die Bretter gebracht hatte, noch einmal weggefahren." Mitra atmete erleichtert aus. Das bedeutete, dass sie im Moment noch einmal um eine Begegnung herum kommen würde. Zumindest für heute Abend konnte sie sich vor der unausweichlichen Aufgabe drücken.

Sie folgte ihrer Oma, die selbstständig aus dem Zelt rollte, in die Nacht. Beide konnten gerade noch Minerva beobachten, wie sie ihre Arme senkte und ein Rabe sich auf den Boden setzte. Als sie sich näherten, konnten sie trotz der Dunkelheit die ihn begleitenden Schatten erkennen. Mitra begann sich allmählich zu fragen, ob der Rabe eine besondere Bedeutung für das Luftvolk hatte. Außer Hugo schien jeder Schatten diesen Vogel als Tier zu benutzen.

Mildreds Rollstuhl knarzte auf dem ausgelegten Holz, sodass Minerva auf sie aufmerksam wurde. Sie nickte ihnen kurz zu und wollte sich schon wieder ihren Besucher zuwenden, als ihr Blick auf Mitras Minnie-Maus Schuhe haften blieben. Ihre Augen verrieten, dass sie nicht ganz an den stabilen Geisteszustand ihrer Nichte glaubte. Mitra verschränkte ihre Arme vor ihrem Bauch und wurde trotz der Kälte rot. Das war wirklich kein besonders guter Auftritt vor den Vertretern eines magischen Volkes. Sie hätte wenigstens ihre Schuhe wechseln können. Aber der Alarm hatte sie kurzzeitig aus dem Konzept gebracht und ihr Outfit vergessen lassen. Egal, nun hieß es trotzdessen Haltung zu bewahren. Und die anderen Wächterinnen und Bewohner schenkten ohnehin mehr dem Raben und seinen Begleitern ihre Aufmerksamkeit als ihr oder ihren Mäusen. Sie legte einen Arm um ihre Oma und hielt den Atem an. Hoffentlich brachten sie gute Neuigkeiten.

„Herzlich willkommen. Es freut uns, Euch so schnell wiederzusehen." Der Rabe verneigte sich huldvoll.

„Was haben unsere Freunde zu unserer Bitte gesagt?"

Der Vogel flatterte ein wenig mit seinen Flügeln. „Das Erd- und das Wasservolk konnten Eure Einschätzung nicht teilen. Sie sehen zunächst keinen weiteren Handlungsbedarf. Vor allem das Erdvolk gab an, dass es nicht an einem Treffen interessiert sei, da es bekannterweise derzeit andere Probleme habe."

Mitras Hand, die eben noch auf der Schulter ihrer Oma geruht hatte, verkrampfte sich.

„Au!", flüsterte diese vorwurfsvoll.

„Es tut mir leid", entschuldigte sich Mitra tonlos. Sie war vollkommen niedergeschmettert. Wie konnten sie nur so naiv in dieser Krise sein? Sie wurden angegriffen und die hatten Angst, dass sie untereinander erfuhren, wo sich die Essenzen befanden? Sie unterband den Drang hysterisch aufzulachen. Doch da fiel ihr auf, dass er zu seinem eigenen Volk bisher noch gar nichts gesagt hatte. Die krächzende Stimme des Raben hatte eine andere Farbe als sonst. Sie meinte ebenfalls, Enttäuschung rausgehört zu haben.

„Das ist bedauerlich", erwiderte ihre Tante steif.

„Wir empfinden genauso. Wir wären an einem Gespräch interessiert. Wir waren ebenfalls zunächst skeptisch. Aber der Umstand, dass Eure Essenz einfach zur Schau gestellt wird, hat den Ausschlag für uns gegeben, Euch zu vertrauen."

Mitra konnte erkennen, wie Minerva bei der Bemerkung über die Essenz ihres Volkes zusammenzuckte. Sie hatte es als ein perfektes Versteck angesehen. Es einfach als ein gewöhnliches Feuer zu tarnen, welches Schutz bieten sollte. Und nun war klar, dass die Essenz durch die Magie, die sie ausstrahlte, für die anderen Völker mehr als offensichtlich war. Der einzige Schutz war die Schicht, die um das Camp flirrte und die Hoffnung, dass dieses die Magie hier drinnen nach außen hin isolierte. Vieles sprach dafür. Immerhin ließ das ursprüngliche Feuervolk sie bisher eher in Ruhe. Minerva ließ sich den Schock, den die Nachricht in ihr ausgelöst zu haben schien, nicht weiter anmerken. Das Zusammenzucken blieb die einzige, nicht kontrollierte Äußerung von ihr. Mitra war froh, dass nicht sie das Gespräch führte. Ihr wäre alles aus dem Gesicht gefallen.

„Wir haben ein gut geschütztes Gefährt, das sich in der Luft bewegen kann. Wir würden Euch morgen, wenn die Sonne am höchsten Punkt steht, am Strand, beim abgerutschten Ufer, treffen."

Minerva verbeugte sich. „Wir werden da sein. Wir danken Euch."

Der Rabe flatterte zweimal und stieg in die Höhe, während er von den ihm begleitenden Schatten umzingelt wurde. Minerva hob ihre Arme. Die Luft über ihr flirrte und die Delegation wurde von der Nacht verschluckt.

Neben ihr wendete Mildred geschickt ihren Rollstuhl und fuhr zum Zelt zurück. Die gebildete Runde löste sich ebenfalls auf. Nicht ohne sich noch nervös über die neue Situation auszutauschen. Was wäre, wenn bei dem Gespräch morgen nichts Hoffnungsvolles rauskam? Würden sich die Wächterinnen dann auflösen? Würden einige von ihnen fliehen und sie dem Feind noch machtloser gegenüberstehen? Sie hoffte einfach nur, dass das Verantwortungsbewusstsein der Einzelnen überwog.

„Schicke Schuhe!"

Mitra brauchte nicht zur Seite zu schauen, um zu wissen, wer es war. Seine Stimme verwandelte ihre Haut in Gänsehaut. Ein Lächeln bildete sich unvermittelt auf ihren Lippen. Sie erinnerte sich daran, wie er sie das erste Mal in diesen Schuhen gesehen hatte. Es war ein unvergessliches Date gewesen. Er war so süß und hatte mitgeholfen, Mildreds Zimmer im Salon herzurichten. Sie hatte ihn in diesen Schuhen empfangen. Und am Ende des Tages hatten sie sich geküsst und ein Baum stand in Flammen. Um ehrlich zu sein, brannte damals nicht nur der Baum lichterloh. Es kam ihr wie eine Ewigkeit vor. Seitdem war so viel passiert.

„Vielen Dank. Mir ist Mode einfach sehr wichtig." Gerade in diesem Moment vermisste sie die Unbeschwertheit zwischen ihnen mehr als sonst.

„Wegen vorhin. Es tut mir leid. Das war einfach blöd von mir gewesen." Sie grinste ihn schief an.

„Ich war auch ein wenig … ich hatte zu wenig geschlafen …"

„Nein, ich kann dich verstehen."

Sie schauten sich eine Weile unentschlossen an. Es bereitete Mitra fast schon körperliche Schmerzen, sich ihm nicht direkt in die Arme zu werfen. Ihn zu spüren und zu riechen. Aber es war da immer noch eine deutliche Stimme in ihrem Kopf, die sie warnte, dass das, was sie da auch immer gehabt hatten, nicht einfach so weiterzuführen war. Wer wusste schon, ob ihr Herz eine nochmalige Trennung von ihm überleben würde.

„Ich würde gerne mit dir reden … über all das", brachte Mitra zustande. Seine forschenden, grünen Augen brannten sich in ihre. Sie waren so warm und liebevoll. Sie erkannte auch Hoffnung in ihnen.

„Ja, das ist eine ausgezeichnete Idee. Morgen nach eurem aufregenden Treffen in den schwindelerregenden Höhen habe ich frei." Mitra unterdrückte ein Kichern und nickte. „Dann wäre das abgemacht. Ich warte auf dich." Sie lächelte und winkte zum Abschied, bevor es peinlich werden konnte und einer versuchte den anderen zu umarmen oder zu küssen, obwohl ihr Beziehungsstatus noch ungeklärt war. Morgen musste einfach ihr Glückstag werden. Immerhin ging es um die Zukunft der Welt und um ihr persönliches Glück. Sie schlüpfte beschwingt ins Zelt, zog Jacke und Hausschuhe aus und ließ sich auf ihr Bett fallen.

„Du grinst wie ein Honigkuchenpferd", stellte ihre Tante wenig schmeichelhaft vom Tisch aus fest.

Mildred warf ihrer Tochter entnervte Blicke zu. „Du hast dich mit dem feinen jungen Mann versöhnt?", fragte sie verschmitzt.

Mitra fühlte sich unglaublich leicht. Sie hatte das Richtige getan und das war einfach ein gutes Gefühl. Ein wichtiger erster Schritt.

„Ich habe deinen Rat angenommen. Wir wollen uns morgen nach der Zusammenkunft mit dem Luftvolk zusammensetzen."

Minerva verdrehte ihre Augen. „Wenn das gerade das Hauptding ist, was dich beschäftigt, dann gute Nacht."

Mitra grinste selig. „Das wünsche ich dir auch." Danach machte sie sich bettfein beziehungsweise matratzenfein. Sie hatte nicht vor, sich von ihrer Tante die Laune verderben zu lassen.

Ihre Träume waren ungewöhnlich positiv. Nur ab und an reihten sich Bilder ihres Vaters ein, wie er im Koma lag. Oder von Gilbert, der sie treudoof anlächelte, um sie dann mit einer plötzlich auftauchenden Eisenstange niederzustrecken. Aber sonst war da bloß Anton, der all ihre Zweifel aus dem Weg räumte, und sie sich einfach nur in die Augen schauten und die Nähe des anderen genossen. Mildred tanzte im Hintergrund Salsa und Hip-Hop.

So wachte Mitra am nächsten Morgen gut gelaunt wieder auf und summte munter vor sich hin, während sie am Feuer saß und an ihrem Kaffee nippte. Eigentlich gab es für Optimismus keinen Grund, wenn sie ehrlich war. Sie, die magischen Völker, standen nicht gemeinsam vereint, um ihre Essenzen zu schützen, so wie es das Orakel gefordert hatte. Sie hatten nur ein weiteres Volk überzeugen können. Und selbst die Ihrigen, die Wächterinnen, waren gespalten in dieser Frage. Wenn sie an die Abstimmung dachte. Und doch konnte sie nur an Anton denken, an seinen intensiven Blick, seinen trainierten, muskulösen Körper, seine beruhigende Ausstrahlung und seine Art, die sie immer zum Lachen brachte. Es war so, als ob er ihre Droge wäre und sie war süchtig nach seinem Geschmack und seiner Liebe.

„Entschuldigung?!" Eine schüchterne Frau mit langen blonden Haaren und einem großen Korb in dem Arm betrachtete sie aufmerksam. Sie stand aufrecht dar und tippelte mit ihrem linken Fuß auf dem Boden.

„Ja?", fragte Mitra aus ihren Gedanken gerissen.

„Ich wollte nicht stören, aber ihr habt ja gleich einen wichtigen Termin und ich habe mir überlegt, dass es sich mit einem leeren Bauch nicht gut verhandeln lässt." Sie überreichte ihr den Korb. Wie nett war das denn? Sie schaute sie neugierig an. Bisher war sie ihr noch nie bei einem der Treffen der Wächterinnen aufgefallen. Die junge Frau schien ihre Gedanken zu lesen.

„Ich bin Anna."

Mitra kniff ihre Augen zusammen.

„Anna?" Sie ahnte, wie dämlich das klang. Aber das war nun einmal ... ungwöhnlich.

Die Frau fing an zu lachen. „Richtig ich gehöre nicht zu euch. Ich bin die Freundin von Merle." Sie deutete auf eine völlig in grün gekleidete Frau.

Mitra nickte ihr bestätigend zu.

„Es tut mir leid, manchmal vergesse ich, dass es noch Menschen gibt, die keinen Namen mit M haben."

Anna lachte noch lauter. „Das kann ich verstehen. Na ja", sie machte eine wegwerfende Handbewegung, „ich denke du und deine Familie macht das schon richtig so. Ihr seid so mutig. Guten Hunger später." Sie winkte vergnügt zum Abschied. Mitra sah ihr noch hinterher, wie sie Merle um den Hals fiel und auf die Wange küsste.

„Wer hätte das gedacht", murmelte Mitra. „Wir haben Fans. Und ich dachte, die stehen uns alle skeptisch gegenüber." Sie trank ihren Kaffee aus und nahm den Essenskorb. Dann ging sie ins Krankenzelt zu ihrem Vater.

„Hallo Papa, guten Morgen. Wie geht es dir?"

Er lag immer noch völlig leblos da. Nur um sicherzugehen, griff Mitra nach seinem Arm und überprüfte seinen Puls. Beruhigt ließ sie ihn wieder sinken.

„Du musst uns heute die Daumen drücken. Wird schwierig. Vielleicht haben wir bald einen Plan die Welt zu retten. Das wäre doch cool." Sie strich ihm behutsam eine Strähne aus seiner Stirn. „Ich werde dich aufwecken. Ganz bald schon. Das verspreche ich." Sie spielte mit ihren Fingernägeln und schaute ihn ein letztes Mal an, bevor sie mit dem Essenskorb das Krankenlager wieder verließ.

„Schaut mal, was wir von Merles Freundin bekommen haben."

Sie präsentierte die Gabe ihrer Tante und ihrer Großmutter. Minerva zog eine Augenbraue hoch. „Merle?"

„Unsere Steuerfachfrau", erinnerte Mildred ihre Tochter geduldig.

„Ach ja."

„Sie findet uns mutig und möchte nicht, dass wir verhungern. Also, das meinte zumindest Anna." Minerva schaute sie ungerührt an. „Die Freundin von Merle."

Minerva nickte langsam. Dann zuckte sie mit den Schultern. „Eine gute Frau."

Mildred lächelte. „Ja, das ist sehr freundlich von ihr. Von den beiden. Wir wollen sicherheitshalber gleich los. Falls es Komplikationen auf dem Weg gibt. Wir wissen nicht, welche Wege aktuell noch befahrbar sind und welche gesperrt."

„Vor allem ist die Gegend um den Altonaer Balkon und Blankenese keine besonders stabile Umgebung."

Das klang vernünftig. Mitra stöberte durch die Fressalien und fand verschiedenes Obst und in Papier gehüllte Sandwiches. Und Schokoriegel. Sie seufzte glücklich. Kaffee und Schokolade, was brauchte der Mensch noch? Eher gar nichts.

„Ich nehm den Korb mit."

„Und Mamas Krücken. In diesem weichen Sandstrand wird das wohl nix mit dem Rollstuhl", grummelte Minerva.

„Aye, aye!" Mitra salutierte.

Als sie die Elbchaussee entlangfuhren, wurde die Straße rissiger. Einige der Villen waren in sich gesackt. Es traf also auch die Reichen. Sie kamen an einem Weg zum Stehen, der durch das ehemalige Treppenviertel führte. Die Häuser in dieser Gegend waren die ersten Opfer dieses Krieges gewesen. Der Weg war inzwischen freigeräumt. Allerdings ging er ziemlich steil nach unten. Das würde mit Mildred schwierig werden. Sie schaute nicht völlig überzeugt zu ihrer Großmutter rüber. Die schielte bereits zum Gang und räusperte sich.

„Ich werde hier beim Wagen bleiben. Falls ich etwas Merkwürdiges bemerke, werde ich euch schreiben oder euch anrufen." Ihre Hände krampften um den Türgriff. Eine Woge von Mitleid schwappte über Mitra. Sie wusste, wie sehr es Mildred hasste, auf andere Menschen angewiesen zu sein. Und diesen Weg hätten sie sie wahrscheinlich heruntergetragen müssen.

„Danke Oma, das wäre toll. Da würde ich mich sicherer fühlen." Es klang etwas aufgesetzt und das Lächeln von ihrer Großmutter war dementsprechend schmal.

„Okay, dann lass uns mal." Minerva machte ihre Tür auf. „Ich nehme mein Handy mit. Es wird bestimmt nicht allzu lange dauern."

Sie stolperten den Weg zwischen den abgesackten und teilweise heruntergerutschten Häusern hinunter.

„Was für ein bescheuerter Treffpunkt. Da würde kein normal denkender Mensch draufkommen", fluchte ihre Tante leise vor sich hin.

„Es war ja auch nicht die Idee eines Menschen", grinste Mitra, obwohl sie den Weg ebenfalls nicht gerade witzig fand. Sie überquerten die kleine Straße und hielten sich bei der Elbe rechts bis sich der Strandabschnitt verbreitete. Auch hier war noch nicht vollständig geräumt worden. Sie sahen sich gezwungen, im Slalom zu laufen. Ohne die Trümmer der zerstörten Häuser, die am Ufer gestrandet waren, wäre ihnen der Ballonkorb sicher früher aufgefallen. Minerva blieb bei dem Anblick abrupt stehen und Mitra, die kurz hinter ihr ging, konnte nicht mehr stoppen und lief in sie rein.

„Hey!"

„Das sollten wir uns wahrscheinlich näher anschauen."

„Wenn dass das sichere Luftgefährt ist, lache ich mich tot." Auf den ersten Blick erschien es wie ein gewöhnlicher Heißluftballon. Ein Fortbewegungsmittel, von dem erst einmal niemand behaupten würde, dass er abhörsicher sei. Doch sie war ebenfalls davon überzeugt, dass das Luftvolk seine Tricks hatte.

„Wenn das mal nicht eine Falle ist", murmelte Minerva skeptisch.

„Mit so einem Misstrauen sollten wir da nicht rangehen. So werden wir es nie schaffen, dass wir zusammenarbeiten", wendete Mitra ein.

Ihre Tante ging, ohne sie einer Antwort zu würdigen, auf den Korb zu, was eindeutig besser zu bewerten war, als hätte sie weiter diskutiert. Das Material, aus dem der Korb gefertigt war, bestand aus einem nahezu durchscheinenden Werkstoff. So machte er den Eindruck, als sei er federleicht. Als sie das Luftgefährt schließlich erreichten, berührte Mitra es fast ehrfürchtig und zuckte schlagartig wieder zurück. Es strahlte eine Kühle aus und eine vibrierende Energie, die bei Kontakt unvermittelt durch sie hindurchfloss.

„Beeindruckend!"

Staunend glitten ihre Augen über das kleine Wunderwerk. Auf der anderen Seite des Korbs lag der Ballon auf dem Strand ausgebreitet. Ein Brenner, der heiße Antriebsluft in den Ballon hätte blasen können, fehlte. Ansonsten war nichts und niemand in der Nähe. Unsicher schaute sie sich um. War es eventuell doch eine Falle? Da frischte der Wind auf und nahm in kurzer Zeit Geschwindigkeit auf. Das Luftvolk wurde ungeduldig. Ihre Tante hielt noch einen gebührenden Abstand zu dem Gefährt. Aber Mitra erkannte, wenn sie jetzt nicht schnell reagierten, löste sich das Treffen in Luft auf und ihre Chance, ein Bündnis einzugehen, wäre verpufft. Deswegen griff sie erneut nach dem Korb, störte sich nicht an dem Energiefluss und kletterte hinein. Minerva sog scharf die Luft ein.

„Was machst du da? Du kleiner Flummi. Komm da sofort wieder heraus." Ihre Stimme überschlug sich vor lauter Angst und Sorge um sie.

„Wir müssen es wagen. Wir müssen kämpfen." Sie streckte ihre Hand nach ihrer Tante aus. „Komm zu mir. Du bist doch eine Billinger." Sie war sich völlig klar darüber, dass sie nicht besonders fair spielte, indem sie den Familiennamen und somit das Ehrgefühl ihrer Tante ansprach, aber in dieser Situation erschien es ihr entschuldbar.

Ihre Tante fluchte leise und stampfte auf dem Boden wie ein wütendes Kind, bevor sie entnervt fauchte, sich auf den Korbrand abstützte und Mitras Hand ergriff, die sie in den Korb hineinzog.

„Du wirst mich noch einmal ins Grab bringen."

Der Wind zerzauste ihre kurzen Haare. Ein Ruck ging durch den Korb. Minerva schrie erschrocken auf. Mitra fuhr herum und sah erst nur blau-goldene Stoffbahnen vor sich tanzen, bevor sie begriff, dass das der Ballon war sich füllte und aufbäumte. Der Wind schnappte sich den Heißluftballon und den Korb und riss sie in die Höhe. Mitra konnte die Magie, die hier am Werke war, spüren.

„Es ist das Luftvolk, eindeutig. Das spüre ich", beruhigte sie ihre Tante, die sich an eine der Schnüre krampfhaft verkrallte.

„Das freut mich." Misstrauisch blickte sie sich um.

„Hast du Höhenangst?"

„Ich nenne es eher Höhenrespekt", erwiderte sie heiser.

„Das hättest du erwähnen sollen."

„Ich muss Mama vertreten und jetzt lass uns mit unseren Freunden reden." Was vielmehr hieß, dass sie jetzt einfach den Scheiß hinter sich bringen wollte. Doch sie war klug genug, zu wissen, dass sie spätestens seit dem Einstieg vom Luftvolk gehört werden konnten.

Mit nur einem weiteren Ruck hoben sie vom Strand ab und gewannen schnell an Höhe. Minerva wurde ganz blass und ließ sich vorsichtig auf den Boden des Korbs sinken, um von der nun entstehenden Aussicht nicht behelligt zu werden. Sie atmete in kurzen, schnell aufeinander folgenden Zügen und versuchte vergeblich, das Luft holen zu verlangsamen. Zumindest hyperventilierte sie nicht. Allerdings war das, was Mitra von Hamburg zu sehen bekam ohnehin auch nichts, was unbedingt sehenswert war. Aus der Vogelperspektive offenbarte es sich nämlich noch deutlicher, wie sehr die Hansestadt unter den letzten Katastrophen gelitten hatte.

Als die Häuser und Autos nur noch Spielzeuggröße hatten, sah Mitra zwei Raben aus zwei dunklen Wolken auftauchen und auf sie zufliegen. Als Mitra die Wolken genauer betrachtete, erkannte sie Schatten in ihnen. Dieses Treffen sollte von außen möglichst unverfänglich aussehen. Unvermittelt schaute sie sich um, ob sie Anzeichen von dem Feind wahrnehmen konnte, doch alles schien recht normal.

„Zwei Raben sind zu uns auf dem Weg", flüsterte sie ihrer aufgeregt Tante zu.

„Winke ihnen zu und setze dich dann zu mir, sodass es nicht so auffällt, dass ich nicht stehe."

Minervas Stimme war nicht mehr als ein heiseres Flüstern. Mitra betrachtete das kleine Häufchen Elend und schmolz vor Mitleid förmlich dahin, weswegen sie der Bitte ihrer Tante kommentarlos nachging. Sie setzte sich neben sie, als sich die zwei Gesandten elegant auf den Rand begaben, um dann mit einem vorsichtigen Sprung zu ihnen ins Innere hüpften. Sobald sie sich im Korb befanden, färbte der sich schneeweiß und schattierte sich, sodass sie perfekt in die Wolke passten, die sich rasend schnell um sie herum formierte.

„Wir haben nicht viel Zeit. Wir wollen kein Aufsehen erregen." Mitra war erleichtert, dass Minerva von dieser Bemerkung so abgelenkt wurde, dass sie anscheinend die Angst vor der Höhe vergaß und in ihrer gewohnt bissigen Art erklärte, wie unauffällig ein einsamer Heißluftballon auf dem Elbstrand war, und fügte hinzu: „Es ist gut, dass wir uns einig sind."

Worin sie sich einig waren, ließ Minerva geflissentlich weg. Ihre noble Blässe gab jedoch Mitra eine Idee davon.

„Eine Möglichkeit der effektiven Zusammenarbeit, die wir in Betracht ziehen, ist unsere Essenzen in der Nähe voneinander aufzubewahren. So können wir unsere Kräfte besser bündeln. Ihr müsst uns ja auch nicht sagen, wo Eure versteckt wird", sprach Minerva unvermittelt weiter.

Einer der Raben legte seinen Kopf schief. „Es erscheint uns viel zu gefährlich in der derzeitigen Situation die Essenzen zu bewegen. Sie wären während des Bewegens vor dem Feind nicht geschützt und leichte Beute." Daran hatte Mitra überhaupt noch nicht gedacht. Doch was gab es für Alternativen? Nervös spielte sie mit ihren Fingern, während der Rabe weiter ausführte: „Wir dachten eher daran, den Feind zu blenden, ihn zu täuschen, in die Irre zu führen. Wir stellen Wachen an beliebigen Orten auf, um das Feuervolk glauben zu lassen, dass die Essenzen dort in der Nähe sind."

Mitra legte ihre Stirn in Falten. „Aber wären die dort aufgestellten Wachen nicht einem extremen Risiko ausgesetzt, dass sie von dem Feind angegriffen werden?" Sie wollte sich gar nicht vorstellen, wie viele unschuldige und unnötige Bauernopfer es auf ihrer Seite geben könnte. Der andere Rabe flatterte mit seinen Flügeln.

„Ja, die Wachen müssen selbstverständlich entsprechend geschult und bewaffnet sein", stimmte der Vertreter des Luftvolks langsam zu. Mitra war ganz und gar nicht von dem Plan oder besser von der Idee überzeugt. Doch andere Vorschläge hatte sie nicht. Minerva schien ernsthaft darüber nachzudenken.

## Der Schatz

Maria spürte es unter ihren Füßen rumoren. Es war eindeutig anders als sonst. Ihre Freunde aus dem Erdvolk waren wesentlich aufgedrehter und es kam trotz des Vibrierens der Erde zu keinem Beben. Sie griff nach der Schaufel, die sie bei ihren Ausflügen stets bei sich trug. Bald könnte es so weit sein. Dann würde ihr Beitrag zum Tragen kommen. Dann erhielten sie ein beifälliges Nicken vom Feuervolk. Sie würden, was auch immer, ausgraben und dem ursprünglichen Feuervolk einen Teil ihrer ihnen zustehenden Macht zurückgeben.

Sie nahm die Umwelt wohlwollend in sich auf, genoss den Augenblick. Hieran würde sie sich noch als alte Frau erinnern. Hierauf konnte sie stolz sein. Sie trug ihren Part zu einer perfekten Welt bei. Die Erde einen Meter neben ihr hüpfte auf einmal auf und ab, sackte dann ein und ein grünlich-bräunlicher Lichtstrahl blitzte in Richtung Himmel, der kurz darauf wieder erlosch.

„Beeilt euch. Das Erdvolk wird bald wissen, was geschieht. Grabt."

Maria und Morgana zückten mit klopfenden Herzen die Spaten und gehorchten.

# Der Plan

Nun war es also ausgemacht. Sie würden sich in Kleingruppen an einem Ort versammeln und so tun, als ob sie die Essenzen bewachten. Es würde schon schief gehen versuchte sie sich selber zu beruhigen.

Um sie herum erstrahlte die dunkle Wolke noch in blau-gold, bevor sie sich endgültig auflöste. Die Raben verabschiedeten sich mit einem Nicken und flogen in den Nebel davon. Der Ballon begann wieder zu sinken und schon bald setzte er unsanft am Elbstrand auf.

„Das wird einige blaue Flecken geben", ächzte Mitra. Sie war sich nicht ganz sicher, ob sie einen guten Plan in petto hatten. Allerdings war er eindeutig besser als nichts. Minerva blieb noch so lange unten im Korb sitzen, bis die Luft aus der Ballonhülle entwichen war und sie sich wieder schlaff auf dem Sandstrand ausbreitete. Mit zitterigen Beinen stand sie schließlich auf und rollte sich mehr, als das sie stieg, über den Rand auf den sicheren Sand.

„Das zum Thema, du musst deiner Angst begegnen." Sie stützte sich auf Mitra, während sich ihr Körper allmählich beruhigte. „Einen Scheiß muss ich."

Mitra grinste und klopfte ihr beruhigend auf die Schulter. „Du hast dich wacker geschlagen. Wirklich gut. Und du hast es überlebt."

„Wenn du wüsstest. Innerlich bin ich mindestens eintausend Tode gestorben", beichtete sie ihrer Nichte.

„Davon hat man kaum was gemerkt." Sie ging mit ihrer Tante im Schlepptau langsam den Strand entlang. „Und was hältst du von dem Plan?"

„Ich denke, dass es ein guter erster Schritt ist und dass die Wächterinnen ihn mittragen können."

Mitras Gesicht verdunkelte sich wieder. „Ich weiß bloß nicht, ob ich es so gut finde, dass alle eingesetzten Schein-Schutztruppen tatsächlich einen Teil der Essenz mit sich tragen sollen."

„Ich weiß, was du meinst, aber anders können wir den Feind nicht reinlegen. Sie spüren, dass die Essenz in der Nähe ist und unsere Leute können sich mithilfe der Essenz für einen Augenblick sehr gut verteidigen."

„Wir müssen bloß aufpassen, dass sie nicht alle die Essenz gebrauchen, sonst gibt es bald nichts mehr, was zu schützen ist."

Mitra spürte die Last vom Körper ihrer Tante, die sich auf sie abstützte, immer stärker. Inzwischen keuchte sie sogar und ihre Schulter schmerzte.

„Geht es denn wieder?", fragte sie vorsichtig, als sie an dem steilen Weg angekommen waren, der nach oben zum Auto führte. Minerva löste sich vorsichtig von ihr, horchte in sich hinein und nickte.

„Das sollten wir allerdings nicht mehr so schnell wiederholen."

Vor dem Auto hatte sich Mildred auf Krücken positioniert und trainierte fleißig ihre Muskeln.

„Sehr diszipliniert", bewunderte Mitra den Kampfgeist ihrer

Großmutter.

„Wer rastet, der rostet", verkündete diese. Danach lehnte sie sich ans Auto und schaute sie erwartungsvoll an. „Und? Erzählt! Wie lief es?"

Minerva zuckte mit den Schultern. „Lasst uns im Auto weiterreden. Ich habe das untrügliche Gefühl, dass wir belauscht werden."

„Du und deine Paranoia." Mildred verdrehte die Augen, folgte aber der Aufforderung ihrer Tochter.

# Romantik

„Also, ich finde, dass sich das großartig anhört", verkündete Mildred, als sie nach der Heimfahrt schließlich in das Niendorfer Gehege abbogen.

„Solange sie die Essenz nicht zu häufig gebrauchen." Ihre Großmutter ließ die Einschränkung so stehen, was Mitra bewies, dass dies wohl wirklich nicht passieren durfte. Schweigend parkten sie beim Camp und stiegen aus.

Als sie den Eingang betraten, setzte sich Mildred in den bereitgestellten Rollstuhl. Ein überraschend einsetzender Regenschauer ließ die Energiekuppel für einen Augenblick in einem gold-rötlichen Ton erstrahlen, bevor sie wieder unsichtbar wurde. Mitra hörte kurz nach den ersten Tropfen panische Schreie. Als sie sich der Feuerstelle näherten, beobachtete sie, wie die Bewohner des Camps Planen in hoher Geschwindigkeit über die Feuerstellen spannten. Das Krisenmanagement war auf keinen Fall ein schlechtes. Sie warf ihrer Tante einen anerkennenden Blick zu. Sie hatte an so einiges gedacht.

Im Anschluss versammelten sie die Wächterinnen unter der Plane und berichteten den beschlossenen Plan. Begeisterung war keine zu spüren, dafür sehr viel Nervosität und Mitra verstand diese sehr gut. Sie hatte selbst große Sorge, dass Minerva und sie während ihrer Schicht heute Abend angegriffen werden würden. Davon mal abgesehen, würden sie gegen die Ausgangssperre verstoßen. Sie durften also von keinem Polizisten entdeckt werden. Denn wie es der Plan vorsah, sollten sie über Schleichwege bis zum Gartenpark Hasenheide fahren und dort gemeinsam mit einigen Vertretern des Luftvolks die Nacht verbringen. Im Gepäck die Essenz. Sie hoffte nur, dass die Zusammenarbeit gut verlaufen würde und sich die anderen Völker auf Grund dessen ihnen anschlössen. Allein um den Zusammenhalt innerhalb ihres eigenen Volkes zu stärken.

Sie zog sich ihre Jacke enger um sich, um sich vor der Kälte zu schützen als sie eine Hand auf ihren Rücken spürte, die ihren Körper dazu veranlasste, Pheromone auszustoßen. Seine sanfte Berührung reichte aus, dass alles in ihr kribbelte und sie kurz davor war, ihre Sorgen einfach über Bord zu werfen.

„Wollen wir zu dir oder zu mir?" Sie spürte das Lächeln in seinen Worten, ohne ihn ansehen zu müssen. Hitze stieg in ihr hoch. Und sie brauchte all ihre Kraft, um das Glühen ihrer Hände zu unterdrücken. Der Regen prasselte auf die Plane und neugierige Blicke verfolgten sie.

„Hast du Kaffee bei dir?" Er lachte auf und nickte. „Dann ist die Antwort eindeutig."

Es tat so gut, mit ihm zu flirten. Nahezu schüchtern suchte seine ihre Hand, bis sich seine Finger sachte mit ihren verschränkten. Und schon war es so, als ob nichts Schlimmes mehr passieren könnte. Anton führte sie in sein Zelt. Kurz zögerte sie einzutreten, aus Angst, es könnten

Maria oder Maja anwesend sein. Er schien ihre Gedanken lesen zu können, denn er schüttelte den Kopf, ohne sie aus den Augen zu lassen. Seine Augen wanderten über ihren Körper und sie hatte den Eindruck, völlig nackt für ihn zu sein. Doch es machte ihr nichts aus, was sie selbst am meisten überraschte.

„Meine Schwester schläft heute woanders. Ich wollte in Ruhe mit dir …", er schaute sie intensiv an und sie musste die erneute Hitze kontrollieren, bevor sie das Zelt niederbrannte, „… reden."

„Das ist sehr nett von Maja", krächzte Mitra.

Er schwieg, während er zu einer Thermoskanne ging und ihr Kaffee einschenkte.

„Sie mag dich." Als er ihr die dampfende Tasse reichte, berührten sich ihre Finger abermals. Die Berührung wirkte wie eine Adrenalinspritze. Ihr Herz verdoppelte seinen Schlag.

„Wie lief das Treffen?"

„Wir waren hoch über Hamburg. Es war kurz, aber effektiv."

Sie schwiegen sich an. Keiner wusste, wie sie die wichtigen Themen ansprechen konnten, ohne den anderen zu verletzen oder gegen sich aufzubringen.

„Wusstest du, dass Minerva Höhenangst hat?" Sie hatte keine Ahnung, wieso sie das jetzt rausgehauen hatte. Das war ihrer Tante sicher nicht recht, dass Anton nun von ihrer Schwäche wusste. Allerdings lockerte sich die Stimmung daraufhin etwas auf, die Spannung zwischen ihnen drehte herunter und ein Lächeln zauberte sich in sein Gesicht. „Du darfst niemandem davon erzählen und du musst vor ihr immer so tun, als ob du es nicht wüsstest. Sie würde mich umbringen, ohne mit der Wimper zu zucken, wenn sie wüsste, dass ich dir das erzählt habe."

Er amüsierte sich köstlich über ihr Geplappere. Doch dann wurde er ernst. Und ohne weitere Einleitung begann er das Gespräch. „Sobald du weg warst, habe ich dich vermisst. Ich konnte kaum schlafen, da ich mir ständig vorstellte, dass dir etwas passiert sein könnte." Der Schmerz in seinen Augen war deutlich zu sehen, während er das aussprach. „Und als du dann wieder da warst – gesund – war ich so erleichtert und froh. Doch dann erinnerte ich mich, dass wir uns ja getrennt hatten." Er seufzte gequält auf. „Ich merke, dass du auch noch etwas für mich empfindest ..."

Er biss sich auf die Lippen, als er überlegte, ob er weiterreden sollte, was ihn so unwiderstehlich machte. Mitra konnte sich nicht zurückhalten und machte einen Schritt auf ihn zu.

„Wir gehören zusammen und ich ... halte es nicht aus, dich ... noch einmal zu verlieren."

Er schaute auf den Boden und malte mit seinem linken Fuß nervös Kreise auf den Rasen. Mitra verschlug es den Atem. Alles in ihr drängte zu ihm, in seine starken Arme. Ihn zu atmen. Ihn zu schmecken. Alles andere zu vergessen. Alles andere war unwichtig. Er wollte sie. Er liebte sie. Das war doch alles, was zählte, alles andere war nachrangig. Und doch blieb sie stehen. Sie wusste nicht, woher sie die Kraft dazu nahm.

Sie fand ihren Atem wieder und saugte tief die Luft in die Lungen.

„Hast du mich am Anfang … Hast du mir am Anfang etwas vorgespielt?" Sie sah ihn flehentlich an, gleichzeitig wünschte sie, sie hätte diese Frage nie gestellt. Wollte sie die Wahrheit wissen? „Bitte sei ehrlich. Ich muss es wissen." Weil ich sonst nicht weiß, ob ich dir vertrauen kann, fügte sie in Gedanken hinzu. Seine Augen wurden ganz groß. Mitra tat es bereits leid, die Frage gestellt zu haben.

„Zu so etwas wäre ich nicht fähig. Ich spiele nicht mit Gefühlen." Er starrte sie fassungslos an. Und sie sah ihre Chancen auf eine Beziehung mit Anton wieder in tausend Scherben zerbrechen. „Das hat mir meine Mutter gelehrt." Seine Stimme war brüchig, bis er Maria erwähnte. Das Wort *Mutter* spuckte er förmlich aus. Und sie fühlte sich wie ein Monster.

„Ich … ich … es tut mir leid. Es … sah einfach nur so aus." Hilflos wedelte sie mit ihren Armen, um nach passenden Worten zu suchen. „Ich dachte es wäre Zufall gewesen, dass wir uns getroffen und wiedergesehen hatten, und dann kam das raus und ich fühlte mich so dumm und so …"

Sie spürte seine Hände, die sanft ihre Hüfte umschlossen. Ihr wurde ganz schwindelig.

„Ich hätte gleich zu hundert Prozent ehrlich zu dir sein müssen."

Endlich traute sie sich wieder in seine grünen Augen zu schauen. Der Regen, der auf das Zelt trommelte, spielte eine leise Musik dazu, als wären sie ganz alleine auf dieser Welt. Und obwohl er über keine Kräfte verfügte, brannten seine Hände auf ihrem Körper. Ihre Leidenschaft war entflammt und hatte ihre Widerstände weggeschmolzen. Die grünen Augen durchdrangen ihr Schutzschild mit Leichtigkeit und ohne, dass sie wusste von wem die Initiative ausgegangen war, waren seine Lippen auf ihren. Erst vorsichtig und forschend, dann drängender. Ihre Hände schlüpften unter sein Shirt, um seinen muskulösen Körper zu erforschen, als ein Donner sie zusammenfahren ließ. Eine Art Schockwelle folgte dem Donner, die ihr die Luft raubte und den Boden unter den Füßen wegriss. Vor ihren Augen tanzten Sterne. Der grüne Rasen unter ihr färbte sich braun. Anton und sie wurden von dem Druck mitgerissen und stürzten. Sie stützte sich auf der Erde ab und fühlte seltsamerweise keine anzapfbare Energie. Es war, als ob sie tot wäre. Was ging hier vor sich? Hatte sie ihre Kräfte verloren? Sie schaute sich verwirrt um und sah Anton, der gegen einen Tisch gefallen war, diesen mitgerissen hatte. Auch er sah sich um, suchte ihren Blick, um zu prüfen, ob mit ihr alles in Ordnung war. Als er sich überzeugt hatte, stöhnte er auf.

„Was war das? Eine Explosion in der Nähe?"

Mitra schüttelte den Kopf. „Das hatte einen eindeutig magischen Hintergrund." Sie ließ ihre Hände gedankenverloren über die Erde gleiten. „Ich muss unbedingt zu Mildred und Minerva."

Es musste etwas Schreckliches passiert sein. Mühsam rappelte sie sich auf und wandte sich dem Zeltausgang zu. Von draußen drangen lediglich die Regengeräusche hinein. Ansonsten war es gespenstisch still. Bevor sie hinauseilen konnte, hielt Anton sie an ihrer Hand zurück und zog sie zu sich. Sie küssten sich leidenschaftlich.

„Ich wollte nur sichergehen, dass es kein Traum war", stellte er lächelnd fest.

Mitra versuchte ihren Herzschlag nach dem Kuss wieder unter Kontrolle zu bekommen. Es war nutzlos, solange sie in seiner Nähe war. Sie nickte und schaffte es, sich vorsichtig aus seiner Umarmung zu lösen. Sie verließ das Zelt und stellte fest, dass die Menschen draußen genauso aussahen, wie sie sich fühlte. Völlig verwirrt. Die Luft hatte einen metallischen Beigeschmack. Etwas hatte sich geändert, war in ein Ungleichgewicht geraten. In ihr reifte ein Verdacht, den sie nicht fassen wollte, da es nicht sein durfte.

In diesem Moment segelten mehrere Blätter vor ihre Füße, die braun verfärbt waren. Gestern waren sie noch grün. Alles in ihr schrie NEIN! Das durfte nicht wahr sein. Sie lief zum Zelt ihres Vaters, der immer noch bewusstlos in seinem Krankenbett lag. Mitra überprüfte seinen Puls und Atem. Er schien stabil zu sein.

„Wenigstens das", flüsterte sie zu sich selbst und verließ eilends das Krankenzelt, um zu ihrem Wohnzelt zu laufen. Noch vor dem Zelt starrte sie in schockierte, und was noch schlimmer war, in ratlose Gesichter ihrer Verwandten. Sie schloss ihre Augen und sammelte ihren Mut.

„Die Prophezeiung?", fragte sie. In ihrem Hals steckte ein Kloß und eigentlich wollte sie keine Antwort, doch Minerva formte mit ihren Lippen „Ja" und besiegelte damit ihre Vermutung. Sie konnte es dennoch noch nicht begreifen. Hatte Widerstand jetzt noch einen Sinn?

Die schrille Alarmglocke schreckte sie aus ihrer Erstarrung.

„Das Luftvolk", bemerkte Minerva unnötigerweise tonlos.

Hatten sie den Krieg bereits verloren? Und das nur weil sie es nicht geschafft hatten, zusammenzuarbeiten. Die Welt ging unter, doch sie verstrickten sich immer wieder in politische Spielchen. Ihre Tante löste sich aus ihrer Erstarrung und ging wie ein Zombie auf den Platz, um ihren Verbündeten Einlass zu gewähren. Die Bewohner sammelten sich schutzsuchend um ihre Tante. Als Mitra ihr in Trance folgte, verdunkelte der Himmel den Tag. Als sie genauer hinsah, bemerkte sie, dass der Himmel voller Schatten war, die etwas mit sich trugen. Der Anblick erzeugte bei ihr eine Gänsehaut. Das gesamte Zeltdorf hatte immer noch nicht den Ton wieder angedreht. Alle schauten erstarrt in den Himmel. Ohne zu flüstern, zu schreien. Sie spürte Anton an ihrer Seite. Aber selbst seine Anwesenheit tröstete sie nicht. Wie konnte sie das auch? Sie waren den Untergang geweiht.

## *Sie werden fallen*

Die Dunkelheit strömte durch den geöffneten Schutzschild hindurch. Als die Schatten sich näherten, erkannte Mitra das, was sie bei sich trugen. Ihr Schrei blieb ihr in der Kehle stecken. Es waren die Vertreter des Erdvolks, doch sie strahlten kaum noch Leben aus. Wenn nicht ab und an eines der zarten Körperteile gezuckt hätte, sähen sie aus wie … Leichen. Jetzt, da Mitra dieses Schauspiel betrachtete, war es unmöglich, den Gedanken, den Verdacht aus ihrem Gehirn zu vertreiben: Die Essenz des Erdvolks war geraubt worden. Das ursprüngliche Feuervolk hatte es gewagt und geschafft. Gesiegt! Sie hatten die Kontrolle, die Magie der Borkenschmetterlinge und die waren nun ihrer Kraft beraubt.

Die Schatten setzten die Angehörigen des Erdvolks behutsam ab. Die stöhnten dennoch und ließen sich schlaff fallen.

„Ihr habt es gemerkt. Es ist wahr. Das Feuervolk hat seinen Schwur gebrochen und sich an einem Volk vergangen." Mitra vernahm die unterdrückte Wut in der donnernden Stimme, die aus dem Schnabel des Raben erscholl. „Sie sind nun völlig schutzlos. Sie benötigen einen Ort, wo sie sich erholen können. Sie ersuchen Asyl bei Euch." Es waren viele Borkenschmetterlinge, doch trotzdessen erschreckend wenige. „Die meisten werden in unserem Refugium geschützt. Viele sind bei dem ehrlosen Angriff in die Ewigkeit eingegangen."

Vor gar nicht allzu langer Zeit wollten diese kleinen kriegerischen Vertreter sie piken und hätten sie wohl am liebsten tot gesehen. Doch sie so jetzt zu sehen, versetzte Mitra dennoch einen Schlag in die Magengegend.

„Eure Abtrünnigen haben die Schmutzarbeit übernommen und die Essenz ausgegraben."

Minerva, die bis jetzt den Ausführungen wortlos gelauscht hatte, machte sich auf einmal gerade und funkelte den Raben an.

„Für unsere Abtrünnigen können wir nichts. Genau wie Ihr für die Eurigen nichts könnt. Sie gehören nicht den Wächterinnen an."

„So ist es", hallte die krächzende Stimme des Raben über das Camp.

Dann wandte sich ihre Tante mit Tränen in den Augen an die am Boden liegenden Vertreter. „Brauchen Sie etwas Besonderes? Oder reicht ein trockener und windgeschützter Bereich?"

„Sie brauchen Magie und Erde", war die schlichte Antwort des Raben.

Minerva nickte. Dann wandte sie sich an die Versammelten. „Wir bauen einen Schutzbereich mit Planen und schaffen sie dorthin. Denkt dran, dafür zu sorgen, dass sie immer in Kontakt mit der Erde bleiben, wenn ihr sie ablegt."

In Mitras Hals bildete sich ein Kloß. Dadurch, dass ihnen ihre Essenz gestohlen worden war, war ihnen der Weg zur Magie versperrt. Zumindest schien die Erde an Vitalität eingebüßt zu haben. Würden sie es überleben? Und wenn ja, wie lange? Sie könnten es mit der Kraft ihrer

Flamme versuchen. Allerdings hatte sie keine Ahnung, wie das funktionieren sollte. Sie wollte die kleinen Wichte nicht verbrennen. Wenn sie die Erdmagie in sich tragen würde, wäre es eventuell möglich. Aber so … Mitra war sich bewusst, dass sie mit ihren Fähigkeiten die Einzige war, die zumindest vorübergehend helfen konnte.

„Ich werde mein Bestes geben", versprach Mitra. Ihre Hilfe war ohnehin nicht lange nötig. Entweder würden sie demnächst ausgelöscht oder sie würden durch ein kleines Wunder selbst siegreich sein. Anton nahm sie in den Arm und sie fühlte sich gestärkt. Der Rabe nickte ihr zu und plusterte sich auf. Sie hoffte nur, dass die Schatten einen eigenen Plan für die Ernährung der Entmachteten hatten.

„Wir werden nun das Wasservolk über die neuesten Ereignisse in Kenntnis setzen. Vielleicht sind sie danach bereit, mit uns zusammenzuarbeiten." Damit erhob der Rabe sich in die Lüfte, gefolgt von dem Schwarm von Dunkelheit. Minerva öffnete das Schutzschild und schloss es, sobald das Luftvolk das Camp verlassen hatte.

Zurück blieben die kleinen Wesen, die sich krampfhaft an ihren Speeren festhielten. Ohne viel Aufsehens darum zu machen, legten die Wächterinnen die Geschöpfe auf einem Platz zwischen zwei Zelten, wo das Gras noch recht grün war. Mitra erinnerte sich daran, wie sehr der kleine Mann auf der anderen Seite der Barriere sich geweigert hatte durch das Portal zu gehen, da er mit Wasser in Kontakt gekommen wäre. Also baute sie mit den anderen einen kleinen Stand, der sie vor Regen schützte, da sie derzeit über kein leeres Zelt verfügten.

Nach getaner Arbeit setzte sie sich überwältigt von der Situation daneben und betrachtete die erschöpften Wesen. Das durfte einfach nicht das Ende sein.

„Du kannst hier erst einmal nichts weiter für sie tun."

Sie spürte Antons Hand auf ihrer Schulter und nickte, ohne das Volk aus den Augen zu lassen.

„Ja, ich weiß. Ich komme gleich nach", murmelte sie und rechnete es ihm hoch an, dass er tatsächlich, ohne weitere nervige Fragen, sie dort sitzen und in Ruhe nachdenken ließ. Auch wenn ihr Kopf gerade völlig leer war.

Einer der Borkenschmetterlinge, der ihr am nächsten war, stöhnte auf und wälzte sich im Gras. Instinktiv reichte sie ihm einen Finger, den er mit einem überraschend festen Griff festhielt. Er schaute sie aus seinen schwarzen Knopfaugen direkt an. Mit einem flehentlichen Blick. „Hilf uns!" Es war nicht mehr als ein Rascheln. Es ließ sie verzweifelt zurück, da sie es so gerne getan hätte, aber einfach nicht wusste wie.

Da nahm der Vertreter unvermittelt seinen Speer und stach in ihren Finger.

„Au!" Es war mehr die Überraschung als der tatsächliche Schmerz. „Was sollte das? Wir wollen Euch ..." Ihr blieb das Wort im Hals stecken, als sie seinen unveränderten Ausdruck sah. Sie war so verwirrt. Wollte er ihr schaden oder sie auf etwas aufmerksam machen? Ihr was zeigen? „Was?" Ein Blutstropfen bildete sich aus der Wunde. Ihr wurde heiß und ihr Blut leuchtete rot auf, bevor sich der Tropfen vom Finger löste und wie in Zeitlupe auf die Erde fiel.

Der Borkenschmetterling lächelte ermattet. Seine Augen flatterten. Mitra stützte sich mit ihrer verletzten Hand auf dem Boden ab und beugte sich näher zu ihm herunter. Da spürte sie Magie unter sich. Warm und so voller Leben. Sie vermischte sich mit ihrem Blut. Der Boden leuchtete auf, da wo sie ihn mit ihrer Haut berührte. Energie fuhr durch ihren Körper. Sie nahm das Rauschen des Windes in den Blättern wahr und wie die Wurzeln miteinander kommunizierten. Alles lebte. Mitra lächelte. Es war so unglaublich und so anders als das unbändige Wasser und die berauschende Luft und das vertraute Feuer. Es war ... doch da war noch was. Eine Macht, die an diesem Leben saugte. Sie nur für sich missbrauchte. Das ursprüngliche Feuervolk. Sie zerstörten die Erde nur für ihren Machtausbau. Selbst wenn es sie selber früher oder später umbringen würde. Als sie sich umschaute, hatte sie keinen menschlichen Körper mehr. Sie lag bei ihren Freunden den Borkenschmetterlingen und fütterte sie. Es ging ihnen gleich ein wenig besser. Doch der Energiefresser, ihr Feind, zog an ihr. Mit aller Kraft konzentrierte sie sich auf ihren menschlichen Körper. Sie musste wieder sie werden, bevor sie von denen verspeist werden würde. Die Macht und die Erde hielten sie allerdings gefangen.

Sie spürte bereits Panik in sich aufsteigen. Sie bewegte sich auf der Wiese hin zur Feuer-Essenz. Da sie instinktiv spürte, dass dies ihre einzige Rettung wäre. Die Macht zog sie allerdings weiter zu sich. Sie keuchte und spürte, wie ihre Kraft schwand. Doch ihre Augen hielten ihr Ziel, das Feuer, im Blick, bis sie endlich die vertraute Hitze in sich aufsteigen spürte. Die Macht wurde schwächer. Bald darauf lag sie endlich wieder als Mitra auf dem Boden. Ihr Atem ging so schnell, als ob sie einen Marathon gelaufen wäre.

„Mitra!" Minerva kam auf sie zugerannt, beinahe hysterisch. Es musste wirklich seltsam aussehen, wie sie dalag und hyperventilierte. Das war das Letzte, an dass sie dachte, bevor sie in Ohnmacht fiel.

Als sie die Augen aufschlug, war es um sie herum dunkel. Aber sie konnte dennoch alles sehen. Sie sah die mächtigen Wurzeln einer Eiche und eine Kastanie ein paar Meter von ihr entfernt, vertieft in ein Gespräch. Die Eiche riet der Kastanie, so zu tun, als ob Winter wäre. Denn eine Kraft saugte ihnen die Nahrung weg. Sie selbst würde ihre Blätter abwerfen und auf bessere Tage hoffen. Die Kastanie gab ihr recht. Mitra war geschockt und doch gleichzeitig froh, dass die Natur sich bereits schützte, um dem ursprünglichen Feuervolk möglichst lang zu widerstehen. Dann wandten sich beide Bäume ihr zu.

„Wir hoffen auf dich und deinesgleichen. Ihr müsst uns retten, sonst werdet ihr alle sterben."

Dann erschienen mehrere glühende Fangarme der Fratze und saugten der Dunkelheit die Energie aus. Die Bäume schrien als das Leben aus ihnen wich und sie morsch umfielen. Mitra musste dem Ganzen hilflos zusehen. Dann schlängelte sich ein Tentakel suchend vor ihrem Gesicht hin und her und drang durch ihre Nase, ihre Ohren und ihren Mund und verbrannten sie von innen.

Mit einem erstickten Schrei erwachte Mitra. Ihr Hals war heiß. Mit einem Ruck befreite sie sich von einer Decke, mit der sie jemand zugedeckt hatte. Ihr Kopf schmerzte. Es brauchte eine Weile, bevor ihr Gehirn verstand, dass die Fratze sie nicht tatsächlich mit ihren Tentakeln verbrannt hatte. Es war nur ein Traum gewesen. Ein äußerst realistischer Traum.

„Alles gut, mein Schatz. Komm zu mir und trink einen Tee." Die beruhigende Stimme ihrer Großmutter ließ sie erleichtert aufatmen. Sie saß auf einen Stuhl und lächelte sie an. Mitra roch Kamille und auch ein wenig Baldrian. Allein der Duft der Kräuter beruhigte ihren Herzschlag. Sie legte ihr Gesicht in ihre Hände und massierte es kurz. Dann setzte sie sich noch ein wenig mitgenommen auf und nahm die Tasse mit dem dampfenden Tee, die ihr Mildred entgegenhielt. Sogleich legte sie ihre Hände um die Tasse, um sich daran zu wärmen. Der erste Schluck spülte den Rest des Alptraums hinunter.

„Was ist passiert?"

„Du bist zum Feuer gekrochen und dann zusammengebrochen. Anton hat dich dann hergetragen. Ein wirklich patenter junger Mann" fügte Mildred grinsend ihren Erklärungen hinzu.

Mitra blies den Dampf weg und versuchte nicht rot zu werden. „Ich glaube, einer der Borkenschmetterlinge hat mir durch einen Pik den Zugang zur Erdmagie gegeben. Und dann habe ich den Vertretern, glaube ich, Nahrung gegeben. Aber dann habe ich das alte Feuervolk gespürt, wie sie alles Leben aussaugen, und ich hatte das Gefühl, dass sie mich gleich mit aufsaugen würden. Ich kam da nicht mehr raus. Also dachte ich, dass die Gegenwart unserer Essenz mir eventuell die Kraft gibt, die Verbindung zur Erde zu kappen. Und das hat dann glücklicherweise funktioniert."

„Diese Verbrecher. Diese Teufel. Vernichter allen Lebens. Wie können sie es nur wagen?!", presste Mildred hervor.

Mitra legte eine Hand tröstend auf ihre. „Wir werden sie bekämpfen. Vielleicht ja sogar mit den Nixen und den Schatten zusammen." Sie war selbst verwundert, wie überzeugt ihre Stimme klang. „Und heute Abend werden Minerva und ich mit den Schatten einen kleinen Anfang leisten."

„Sie dürfen einfach nicht gewinnen. Das Böse darf nicht siegen", brachte Mildred resigniert hervor.

Da fiel Mitra ein, dass ihre Großmutter bereits einen Überfall miterleben musste. In ihren eigenen als sicher geltenden vier Wänden. Das hatte sie sicher sehr stark beunruhigt.

„Was war damals eigentlich in der Villa passiert?", fragte sie vorsichtig. „Kannst du dich noch an etwas erinnern?"

Ihre Großmutter stöhnte auf. „Nicht mehr so richtig. Ich weiß noch, dass ich mit unserer Haushaltshilfe am Küchentisch saß. Sie wollte gerade aufstehen, um nach deinem Vater zu sehen und dann knallte es, als ob Fenster zerbarsten, aber viel dumpfer. Das ging mir durch Mark und Bein. Ich war völlig verwirrt und … hatte geschrien. Ich hatte versucht, mich zu beruhigen, einen kühlen Kopf zu bewahren. Aber es wurde heiß, unerträglich heiß. Es knallte abermals. Ich meine mich zu erinnern, dass sich die Wände bewegten. Dann wurde es eiskalt und die Luft prallte wie eine Schockwelle aus Beton gegen uns. In der nächsten Sekunde schleuderten wir gegen die Schränke. Alles im Raum flirrte. Und dann wurde etwas aus Stein vor dem Haus zerschlagen. Ich ... ich ... war völlig weg, paralysiert." Tränen standen in ihren Augen und sie blickte auf die Hände.

„Das ist doch klar. Das wäre jedem so ergangen", beeilte sich Mitra zu sagen.

„Ich hätte was tun müssen. Ich hätte nicht gedacht, dass sie so stark sind und die magiegehemmte Zone einfach aufbrechen könnten. Und jetzt das." Sie fuhr sich durch ihre Haare und ließ sie über ihr Gesicht fallen, wie ein Vorhang. Mitra bekam bei dem Anblick ein furchtbar schlechtes Gewissen. Das hatte sie nicht gewollt.

„Es tut mir leid, dass du das durchmachen musstest", flüsterte sie. Ihre Großmutter nickte.

„Oh, dir geht es besser." Anton betrat mit Elan das Zelt. Erleichtert machte er einen Schritt auf Mitra zu, stockte aber, als hätte er erst jetzt Mildred bewusst wahrgenommen. „Oh", entfuhr es ihm peinlich berührt. Mildred lächelte. Mit wesentlich weniger Elan umarmte er Mitra vorsichtig. „Ich gehe mal los. Zur Arbeit ... Toll, dass es dir wieder gut geht." Damit war er auch schon wieder verschwunden.

„Ein wirklich patenter junger Mann", wiederholte Mildred ihre Einschätzung zu Anton. „Du hättest sie nicht aufhalten können. Das hätte keiner." Sie schaute ihre Großmutter fest in die Augen. Ein kleines

Lächeln spielte sich um ihre Lippen.

# Ablenkung

Später am Abend verließen Minerva und Mitra das Camp und schlichen sich im Schutz von Büschen und Bäumen zu dem Treffpunkt. Sie waren insgesamt eine knappe Stunde unterwegs bis sie ankamen. Der Rahwegteich funkelte ihnen im Mondlicht entgegen. Unsicher betrachtete Mitra den Boden. Es war ein komisches Gefühl die Erde auf eine gewisse Art und Weise nicht mehr als Verbündeten zu wissen. Die teilweise bereits kahlen Bäume waren ein untrüglicher Hinweis darauf. Der Wind frischte auf. Die Schatten kündigten ihre Ankunft an. Und schon landeten zwei Raben auf einen Ast in der Nähe. Mitra spürte die kleine Ampulle, die mit ihrer Essenz gefüllt war, unter ihrer Jacke auf der Brust. Um die Ampulle herum war ein kleiner Schutzschild, ähnlich dem, welcher das Camp umhüllte. Jedoch schwächer. Damit die Energie spürbar war.

„Seid gegrüßt", sprach ihre Tante.

Die Raben nickten. „Seid gegrüßt", antwortete einer der Raben.

Danach hielten sie nach dem Feind Ausschau. Windböen fuhren durch die Äste und Minerva und Mitra ließen immer wieder Feuerbälle in ihren Händen entstehen, um zu demonstrieren, dass sie kampfbereit wären und ihre Essenzen beschützen würden. Doch von dem Sturm abgesehen, blieb es ruhig. Bis auf … kleine Kreise, die sich auf einmal auf dem Teich bildeten und sich zu Wirbeln entwickelten. Unsicher starrte Mitra auf das Schauspiel. Minerva ging zwei große Schritte auf das Wasser zu.

„Es gibt keinen Zufluss. Das Wasser müsste still sein", flüsterte sie. Mitra stockte der Atem. Ein Angriff.

Die zwei Raben stoben in die Luft und flogen über dem Phänomen hinweg, das sich immer weiter intensivierte. Doch auch aus deren Perspektive gab es keine neuen Erkenntnisse. Das Wasser türmte sich inzwischen in einen Strudel nach oben, um dann wie eine sich brechende Welle herabzustürzen. Mit voller Breitseite erwischte plötzlich die Welle Mitra und ihre Tante. Die Wucht traf die beiden völlig unvorbereitet und riss sie zu Boden. Sie keuchten schwer atmend. Mitra rieb sich ihren Arm.

„Das gibt mehrere blaue Flecke."

„Was war das?" Minerva stierte auf das sich wieder beruhigende Wasser des Teichs. Mit wackeligen Beinen standen sie wieder auf. Doch da erstarrte Mitra inmitten der Bewegung. Es war so, als ob sich in ihrem Kopf ein Puzzle zusammenruckelte. Sie konnte es nur noch nicht genau fassen. Es war noch zu durcheinander.

„Weißt du noch die Erdbeben?", murmelte sie.

„Natürlich. Ich leide doch nicht unter Gedächtnisverlust. Was ist das für eine Frage?" Minerva schüttelte gereizt ihren Kopf. Doch Mitra reagierte nicht auf ihre Tante. Sie hatte ihren Einwand noch nicht einmal mitbekommen.

„Ein durchgerütteltes Element … Sie mussten da durch … Sie haben gesucht. Dafür…" Sie fing an, ruhelos auf und ab zu gehen, um sich besser auf ihre Gedanken konzentrieren zu können. Dann blieb sie abrupt stehen. Ihre Augen leuchteten auf. „Das Wasservolk!", rief sie triumphierend und in der nächsten Sekunde, wurde ihr bewusst, was sie da gerade herausgefunden hatte. Ihre Stirn legte sich in Falten. Begriffsstutzig schaute Minerva sie an. Einer der Raben ließ sich in ihrer Nähe nieder.

„Sie suchen die nächste Essenz." Mitra nickte. „Das glaube ich. Ich bin mir ziemlich sicher."

„Wir hatten gehofft, dass es ein bisschen mehr Zeit vergehen würde, bis sie den nächsten Angriff starteten."

„Sie nutzen die Panik, bevor wir den Schock überwunden und eine gemeinsame Front bilden können."

Minerva fuhr sich durchs Haar. „Wir sind immer zehn Schritte zurück, was?"

„Vielleicht haben wir sie durch unsere Energie von der Essenz des Wasservolks wenigstens abgelenkt", versuchte Mitra auch sich selbst ein wenig Trost zu spenden.

„Hat das Wasservolk bereits mitgeteilt, ob sie nun endlich bereit für eine echte Zusammenarbeit sind?", fragte Minerva

„Die Reaktion wurde uns noch nicht zugetragen. Seitdem es freischwebende Spione geben kann, kommunizieren wir nicht mehr so offen, sondern sicherer. Dadurch leider auch langsamer."

„Hoffen wir das Beste", murmelte Mitra. Sie standen sich

unschlüssig gegenüber. Von weit her wurden die Glockenschläge einer Kirchenuhr an sie herangetragen.

„Sie haben hier gesucht und nichts gefunden. Wir sollten zurück zu unseren Völkern."

„Wartet auf unsere Neuigkeit unserer Boten. Sie werden Euch morgen früh, nach Sonnenaufgang, mitteilen, was das Wasservolk zu sagen hat."

Mitra spielte mit ihren Fingerkuppen, bis sie auf den Pfropfen stieß und sich ihre Wunde, die ihr der Speer zugefügt hatte, bemerkbar machte. Sie drehte sich zögerlich zu den Raben noch einmal um.

„Das Erdvolk hat mir den Magiezugang zur Erde gezeigt. Ich konnte ihnen so ein bisschen Nahrung geben."

Einer der Raben plusterte sich auf und legte das Köpfchen schief. „Das kann uns noch sehr nützlich sein beim Kampf gegen den Feind."

Mitra nickte bestätigend, drehte sich zum Gehen und schnappte sich die Hand ihrer Tante, um sie mitzuziehen. Minerva starrte sie mit offenem Mund an, um dann loszupoltern: „Du hast was? Wann hattest du vor, es mir mitzuteilen?" Minerva konnte sich nicht entscheiden, ob sie wütend geschockt oder freudig erregt sein sollte.

„Spätestens beim Frühstück", antwortete Mitra leichthin. Als Minerva ihr eine Reaktion schuldig blieb, räusperte sie sich. „Es hat sich einfach nicht ergeben, bevor wir losgegangen sind." Minerva nickte auffordernd, dass sie weiterreden sollte. „Ja, ich habe es Mildred erzählt, als ich wieder wach wurde. Und dann hat sie von dem Abend in der Villa und dem Überfall berichtet. Und …"

Minerva funkelte sie böse an und schaute dann weg. „Dann hattet ihr ja viel ohne mich zu bereden. Sehr gut", presste sie hervor. Innerlich hätte Mitra am liebsten geschrien. Mit ihrer Tante zu reden war wie ein Tanz auf dem Vulkan. Es war nie klar, was sie wütend machte und was in Ordnung war. So eine kleine launische … Mitra seufzte. „Sie macht sich große Vorwürfe, weil sie den Überfall nicht aufgehalten hatte", versuchte sie das Thema auf das wesentlich Wichtigere zu lenken. Minerva stöhnte entnervt auf. Mitras Plan schien aufzugehen.

„Typisch Mama!" Mitra nickte.

In einiger Entfernung knackte es. Blitzschnell pressten sie sich an einen Baum und lauschten angestrengt, ob der Feind oder ein Polizist ihnen auflauerte, doch es folgte kein weiteres Knacken und so schlichen sie weiter im Schutz der Dunkelheit in Richtung ihres Zeltlagers.

„Als ob sie es alleine gegen die Bande von Durchgeknallten hätte aufnehmen können." Minerva schüttelte ungläubig den Kopf. „Na ja, zum Glück bist du jetzt eine echte vollendete Naturverbundene. Das könnte für uns sehr hilfreich sein."

Minerva hatte recht. Mitra hatte nun Verbindung zu der Magie eines jeden Volkes. Zu jedem Element. Das waren gute Nachrichten. Wahrscheinlich. Hoffentlich. So ganz genau konnte Mitra sich nicht vorstellen wie dieser Zustand ihnen beim Kampf gegen den Feind einen tatsächlichen Vorteil verschaffen würde.

Noch einmal drehten sich die beiden um, bevor sie aus den Schatten eines Baumes heraustraten und durch den Eingang des Camps huschten. Als sie endlich den geschützten Raum betraten, atmete Mitra erleichtert aus.

Sie gingen zur Nachtwache hinüber. Die zwei jungen Frauen, die auf ihren Posten waren, erstatteten sofort Bericht, als sie die beiden erreicht hatten. „Es war recht ruhig. Wir wurden nicht angegriffen." Mitra überließ es ihrer Tante, ihnen von ihrer neuesten Erkenntnis zu erzählen oder ob sie es vorerst lieber verschwieg, um eine etwaige Panik zu unterbinden.

Minerva löste die Schutzschicht um ihre Ampulle und öffnete diese über der Essenz. Der rote Rauch verwandelte sich in eine wilde Flamme, die sich wie die Motte zum Licht mit der Flamme der Essenz verband. Sie schaute dem Schauspiel nachdenklich zu. „Wir wissen jetzt, dass die Nixen die nächsten sind."

Mitra hielt ihrer Tante ihre Ampulle hin. Auch dort löste Minerva den Schutz. Danach tat sie es ihr gleich und die Essenz loderte auf.

„Das ist ja schrecklich", meinte die eine der beiden Wächterinnen. Sie blickten besorgt ins Feuer. Nachdem sie eine Weile so beieinander schweigend gestanden hatten, verabschiedeten sich Mitra und Minerva von den beiden Frauen und steuerten auf ihr Zelt zu. Kurz überlegte Mitra, zu Anton zu gehen, doch dann stellte sie sich vor, wie sie auf Maja traf oder er aus dem Schlaf gerissen sie für einen Einbrecher hielt und sie niederschlug. Da war das eigene Bett bedeutend sicherer und verlockender. Leise betraten sie das Zelt. Sofort schlüpfte sie in ihr großes Minnie-Maus-Shirt, kuschelte sich in die Decke und ließ sich vom leisen Schnarchen ihrer Mitbewohnerinnen in den Schlaf begleiten.

Am nächsten Morgen stach die Sonne sie in die Augen, zwang sie unbarmherzig, ihre Lider zu öffnen und sich aus dem Traumland zu verabschieden. Wie gewöhnlich waren die anderen längst aufgestanden und bereits irgendwo auf dem Gelände unterwegs. Noch nicht ganz wach tastete sie orientierungslos nach ihrem Handy, um zu prüfen wie spät es war, als der Alarm sie unvorbereitet traf. Sofort saß sie kerzengerade in ihrem Bett und beendete diesen nervenzerfetzenden Ton. Ihr Herz galoppierte davon. Wahllos griff sie nach einem Pullover und einer Hose. Und noch während sie ihre Hose zuknöpfte, lief sie aus dem Zelt zum Dorfplatz, um noch rechtzeitig zur Versammlung zu kommen.

Dort hatten sich alle um die Essenz versammelt. Und Mitra scannte unvermittelt die Menschenmenge nach Anton ab, nur um feststellen zu müssen, dass er nicht unter ihnen war. Sie vermisste ihn schon ein wenig. Vielleicht hätte sie ihm gestern doch noch einen Besuch abstatten sollen. Innerlich seufzte sie. Es nützte ja nichts.

Von vorne nahm sie einige Stimmen wahr, doch es war unmöglich, von ihrem Standort aus zu hören, was besprochen wurde. Sie kämpfte sich nach vorne.

„Das Wasservolk hat den Angriff auf ihre Macht deutlich gespürt und sie sind nicht glücklich darüber. Sie sehen sich genötigt, mit uns zusammenzuarbeiten, um noch Schlimmeres für uns alle und diese Welt zu verhindern."

Mitra unterdrückte ein freudloses Lachen. *Noch Schlimmeres zu verhindern*. Das war so typisch. So von oben herab. Sie waren in heller Panik und doch gebarten sie sich so, als ob sie ihnen einen Gefallen taten. Am liebsten würde sie die Nixen aus ihrer Gemeinschaft der Völker werfen. Aber sie biss sich fest auf die Zunge. Sie mussten zusammenhalten, wenn sie den Feind noch aufhalten wollten.

„Das sind gute Nachrichten." Mildred verbeugte sich huldvoll vor den Schatten. Mildred und sogar Minerva strahlten, ja lebten, in diesem Moment Diplomatie. Kein Zucken und stets ein joviales Lächeln auf den Lippen.

„Doch sind sie mit unserem Plan nicht einverstanden. Sie schlagen vor, sich noch einmal zu treffen, um einen … effektiveres Vorgehen vorzubereiten. Der Situation angepasst." Es war deutlich zu merken, was der Rabe von dem Einwand der Nixen hielt. Mitra musste ebenfalls innerlich den Kopf schütteln. Es war zugegeben kein besonders toller Plan, aber es war besser als nichts.

„Es sollten sich alle mit unserem Handeln identifizieren können", gab Mildred ihre Zustimmung.

„Nun ist noch nicht klar, wo wir uns treffen können. In die Luft können wir mit dem Wasservolk nicht steigen."

Minerva nickte heftig mit dem Kopf. „Ja, da habt Ihr recht. Das wäre unvereinbar."

„Wie wäre der alte Elbtunnel?"

Mitras Haut begann unvermittelt zu kribbeln und ihr Herz tanzte freudig wild in ihrem Brustkorb. Sie drehte sich zu Anton, der dastand wie ein Held in einen dieser Comics. Fehlte nur noch das Cape.

Der Rabe plusterte sich auf und flatterte mit seinen Flügeln. „Was meint das Menschenkind da?"

Mitra fuhr zum Luftvolk herum. Bevor sie ihn unterkühlt mitteilen konnte, dass das nicht irgendein Mensch war, sondern Anton, ihr Freund, schritt Minerva ein. „Was unser Mitstreiter meint, ist, dass der Elbtunnel eine gute Möglichkeit sein könnte, sich zu treffen." Während sie den Vorschlag wiederholte, schien ihr dieser immer mehr zu gefallen. „Wir wären geschützt. Wegen des Hochwassers ist in der Gegend alles gesperrt. Ein guter Zugang für das Wasservolk. Für Euch ist es ebenfalls gut zu erreichen. Die Erde ist zurückgedrängt worden." Am Ende ihrer Ausführungen war ihre Tante richtiggehend begeistert. Der Rabe legte sein Köpfchen schief.

„Das ursprüngliche Feuervolk wird den von Euch beschriebenen Ort nicht priorisieren. Einverstanden. Wir werden die Entscheidung weitergeben. Wenn eure Zeitmesser vier Mal klingeln, beginnt die Sitzung."

Maja trat aus der Masse nach vorne, mit einer Entschlossenheit, die Mitra bewunderte.

„Ich denke, dass wir dieses Mal alle bei der Sitzung dabei sein sollten." Sie schluckte. „Es geht immerhin um das Leben von uns allen. Und im alten Elbtunnel haben ja ein paar mehr Platz." Sie leckte sich über ihre Lippen. Ihre Hände zitterten. Als sie das bemerkte, steckte sie sie sofort in ihrer Manteltasche.

„Heute haben viele etwas zu sagen", wehte es ihnen entgegen. Der durchdringende Blick, der Mildred durchbohrte, war nicht zu deuten. Meinte der Rabe dies tadelnd oder war er gar amüsiert? Die Schatten, um ihn herum hüllten ihn für einige Momente vollständig ein. Minervas Körper versteifte sich. Ihr war die Situation, dass sich Anton und Maja ungefragt zu Wort gemeldet hatten, mehr als unangenehm. Als ob sie ihren eigenen Laden nicht im Griff hätte. Ein leises Tuscheln lag in der Luft durch die anwesenden Wächterinnen. Es war für sie nicht klar, ob sie von dem Redebeitrag Majas angetan waren oder nicht. Schließlich gaben die Schatten den Raben wieder frei.

„Wir sind einverstanden. Es kann durchaus sein, dass unser Vorhaben, uns zu treffen, dem Feind zu Ohren kommt. Daher hat es Sinn, dass wir zusammenstehen."

Mitra zuckte bei den Worten *zusammen*. Gänsehaut breitete sich rasend schnell über ihren Körper aus. Wenn sie vom Feind aufgelauert würden, wäre dies … der Endkampf, dachte sie voller Grauen. Dazu waren sie bei Weitem noch nicht bereit. Einige der Wächterinnen wichen geschockt zurück. Sie sollten das sichere Camp verlassen. Die Schatten schienen von der Stimmung, die sie ausgelöst hatten, nichts mitzubekommen. Minerva selbst war allerdings kurz vorm Explodieren. Es war deutlich zu sehen, dass sie sich von Maja bloßgestellt fühlte. Sie hob die Hände und ließ ihre Gäste nach draußen. Danach bedachte sie

Anton und Maja mit einem Blick mit einer Mischung aus Wut und Bewunderung und stob ab ihnen vorbei. Die Wächterinnen blieben zunächst starr stillstehen, wie Steinfiguren, bevor sie mit einer übermotivierten Emsigkeit ihren alltäglichen Verrichtungen wieder nachgingen. Inzwischen hatten sie sich wohl an den drohenden Weltuntergang gewöhnt.

„Es geht voran." Ihre Oma schmunzelte ein wenig, als sie in Richtung Zelt fuhr. Erst dann drehte sich Mitra zu Anton um. Seine grünen Augen blitzten sie an.

„Mein Rebell", lachte sie. „Mir war nicht klar, dass ich nicht reden durfte als einfaches Menschenkind." Er versuchte die hallende Stimme des Raben nachzuäffen.

„Pst", kicherte sie und legte einen Finger auf seinen verführerischen Mund. „Wer weiß, wer das noch hört. Wir müssen zusammenhalten."

„Meine Freundin, die Retterin der Welt", erwiderte er sanft.

*Meine Freundin.* Sie drohte, sich in seinen Augen zu verlieren.

„Wie kamst du denn auf den genialen Vorschlag mit dem alten Elbtunnel?"

Mit einem Schwung legte er seine starken Arme um sie, drängte sie an sich und hob sie hoch. Sie spürte seine Muskeln, die sich gegen ihren Körper schmiegten. Sie drängten aneinander. Sie verknotete ihre Füße über seinen knackigen Hintern.

„Tja, ich bin halt einfach genial", neckte er sie.

Sie küsste ihn auf seine Stirn. „Das habe ich nie bestritten."

Seine weichen Lippen berührten zart ihre Nasenspitze. „Außerdem ist der Hafenbereich in den letzten Tagen mein Arbeitsumfeld gewesen. Um die Bürger zu schützen. Ich bin deswegen öfters in dem Tunnel, um ihn mit den Feuerwehrmännern möglichst zu stabilisieren."

Mitra drängte sich noch dichter an ihn und saugte seinen Duft ein.

„Was für ein guter Beobachter", murmelte sie in seine Halsbeuge. Als sie ihren Kopf drehte, sah sie Maja, die verloren wirkte, wie sie da völlig alleine stand. Sie löste sich von Anton. Sie konnte sich vorstellen, dass es Maja all ihren Mut gekostet haben musste, laut und offen vor der versammelten Mannschaft ihre Bitte vorzutragen. Und nach der Entscheidung der Schatten wurde sie von vielen abschätzig links liegen gelassen. Sie nahm Anton bei der Hand und zog ihn hinter sich her.

Maja schien sie gar nicht zu bemerken. „Das war sehr mutig von dir", sprach Mitra sie an. Geistesabwesend nickte Maja zur Antwort.

„Da haben wir beide Minerva wohl ziemlich geärgert, was?" Anton stupste seine Schwester vorsichtig gegen ihren Arm.

Endlich reagierte diese und wandte sich ihnen zu. „Ich wollte uns nicht alle in den Tod schicken. Ich hatte es bloß satt, dass unser aller Leben von den Entscheidungen deiner Familie abhängt."

„Hey! Beleidige jetzt nicht Mitra", fuhr Anton Maja an.

Doch Mitra legte ihm die Hand beruhigend auf die Schulter. „Das kann ich verstehen. Und ich glaube, dass du recht hast. Wir leben immerhin in einer Demokratie. Da müssen auch alle mitreden und mitentscheiden dürfen." Sie wusste nicht, wieso sie selbst nie daran gedacht hatte. Wahrscheinlich, weil alle das System so akzeptiert und gelebt hatten. Doch jetzt, da sie mit einer anderen Einstellung konfrontiert worden war, kam es ihr richtig vor. „Ich bin dir auf jeden Fall dankbar, dass du es gesagt hast."

Maja schaute sie forschend an, um zu prüfen, ob Mitra es ehrlich meinte, doch schließlich bildete sich ein leises Lächeln um ihre Mundwinkel. Mitra öffnete ihre Arme und umarmte die völlig überrumpelte Maja. „Und es ist nicht sicher, dass wir bei der Sitzung angegriffen werden. Es ist lediglich eine Möglichkeit."

„Ich könnte auf jeden Fall darauf verzichten", seufzte Maja. „Das würde nicht zu meiner Abendplanung passen", scherzte sie düster.

„Ihr bleibt gefälligst beide heute am Leben!", befahl Anton.

„Vielleicht sollte ich mitkommen", überlegte er.

Mitra fuhr zu ihm herum. „Untersteh dich! Du wärst den Arschlöchern schutzlos ausgeliefert." Mitra war völlig geschockt von dem Gedanken.

„Du hast keine Kräfte", erinnerte ihn Maja mahnend. „Ja, ja. Ist ja gut. Aber ihr passt auf euch auf und spielt nicht die Heldinnen."

„Wenn ich dich da sehe, schwöre ich, bringe ich dich um." Majas drohender Finger bohrte sich in seinen Brustkorb. Er hob seine Arme, um sich zu ergeben. „Dann haben wir uns verstanden." Damit rauschte sie einigermaßen befriedigt in Richtung ihres Zeltes ab.

„Deine Schwester ist sehr klug", neckte Mitra ihn.

„Das hat sie von mir", antwortete er prompt. Sie lachte. Er nahm ihre

Hand und sah ihr ernst in die Augen. „Du passt auf dich auf. Ich will dich nicht noch einmal verlieren." Damit schlang er seine Arme um sie und drängte sie näher an seinen harten Körper. Sie verlor sich in seinen leidenschaftlichen Augen und der Kuss ließ sie atemlos zurück. Ihre Hände standen unvermittelt in Flammen. Er hatte sie so überrascht, dass sie keine Chance gehabt hatte, sich unter Kontrolle zu bekommen. Als er sich von ihr löste und ihre weit weggestreckten immer noch glühenden Hände sah, grinste er sie frech an: „Langsam verstehe ich, was damals bei unserem Date mit dem armen Baum beim Bistro passiert ist."

„Ja, daran muss ich noch arbeiten", gab sie keuchend zu.

„Ich finde es eigentlich ganz süß."

Mitra verdrehte die Augen. „Du wirst sicher anders darüber denken, wenn ich dich vor lauter Liebe anzünde."

Sein Lächeln verschwand auf einmal. „Aber ehrlich! Versprich mir, dass du auf dich aufpasst."

Sie nickte. „Ich gebe mein Bestes."

Ihr wurde ganz warm ums Herz. Es tat gut, da jemanden zu haben, der sie so unterstützte und sich so um sie sorgte. Ein letztes Mal näherten sich seine Lippen den ihren. Erst trafen sie sie sanft und sachte. Dann wurden sie drängender und härter. Voller Bedauern beendete er den Kuss und trat einen Schritt zurück.

„Ich muss leider los. Wir sehen uns?"

„Wir sehen uns", versprach sie.

Einigermaßen beruhigt, drehte er sich um und ging zum Ausgang. Eine Weile schaute sie ihm voller Verlangen hinterher. Dieser Mann machte sie schier verrückt. Als er hinter einem umgestürzten Baum schließlich verschwand, wandte sie sich dem Zelt ihres Vaters zu. Durch die derzeit bestehende Atmosphäre im Lager, überkam sie das Gefühl der Endzeitstimmung. Sie wollte ihn noch einmal sehen und sich von ihm verabschieden. Auch wenn sie nicht vorhatte zu sterben. Auf jeden Fall nicht heute oder in naher Zukunft.

Er lag da, unverändert. Mit dem Schlauch in der Nase. Das ganze Chaos, dachte sie auf einmal, hatte zumindest etwas Gutes. Die kühle Ärztin aus dem UKE, konnte dadurch, ohne, dass es weiter auffiel, ihren Vater mit diesen Dingen und der Flüssignahrung versorgen. Allerdings wäre er ohne dieses Chaos wohl auch nicht in dieser Situation.

Ein Tropfen fiel auf die dicke Decke, unter die er lag. Sie inspizierte zunächst argwöhnisch das Dach, bevor sie bemerkte, dass sie weinte. Es war kein wirkliches Weinen. Es liefen ihr vielmehr die Tränen einfach nur aus den Augen, die Wangen hinunter. Fast so, als wären sie undicht. Ihn so zu sehen, brach ihr immer wieder das Herz. Was wahrscheinlich auch der Grund war, warum sie ihn nicht häufiger besuchte. Sie wischte sich ihr Gesicht mit ihrem Jackenärmel trocken und versuchte ihr schlechtes Gewissen hinunterzuschlucken.

„Okay, also ich finde, dass wir uns beide heute etwas versprechen", sprach sie ihn möglichst bestimmend an. „Wir versprechen uns, dass wir beide heute nicht sterben werden, okay?" Sie schniefte. „Das ist eigentlich nicht besonders schwer, oder?! Das schaffen wir." Sie strich ihm vorsichtig, um den Schlauch herum, über sein Gesicht. Er war noch warm. Das überprüfte sie jedes Mal. Um sich zu vergewissern, dass sein Herz noch schlug. „Sehr gut, also abgemacht", murmelte sie. Ein wenig beruhigter, wandte sie sich zum Gehen, doch dann drehte sich noch einmal um. „Ach, und nur so nebenbei. Anton und ich sind wieder zusammen." Sie beobachtete ihren Paps genau, ob irgendetwas zuckte, doch er blieb reglos liegen. Es war einen Versuch wert gewesen, dachte sie, als sie das Zelt verließ. Es wäre aber auch zu schön gewesen, wenn die Wut auf ihre Beziehung ihn wieder ins Leben katapultiert hätte.

Danach besuchte sie das Lazarett der Borkenschmetterlinge. Sie sahen ein bisschen vitaler aus, als bei ihrer Ankunft, was jedoch nicht viel aussagte. Immerhin fehlte damals nicht viel und das Undenkbare wäre geschehen. Die Unsterblichen wären beinahe gestorben. Sie kniete sich zu ihnen. Zu den kleinen garstigen Biestern. Wie sie so dalagen. Sie hatte sie schon irgendwie gern.

Bevor sie gleich zu dem Treffen gingen, sollte sie wohl noch einmal die Erdenergie verwenden, um sie weiter aufzupäppeln. Sie spielte mit ihren Fingernägeln. Sie musste vorsichtig sein. Damit das frühere Feuervolk sie nicht aussaugte. Doch es nützte nichts. Sie kannte keinen anderen Weg, sie bis zu ihrem Sieg am Leben zu erhalten, als in ihre Welt zu tauchen, die jetzt ihren Feinden gehörte.

Während sie ihre Hände auf den Boden legte, versuchte sie, die kahlen Bäume und verwelkten Pflanzen zu ignorieren. Sie konzentrierte sich auf die Erde und spürte sofort die angenehme Wärme, den Sog von ihren Händen in den Boden hinein. Und keine Sekunde später hatte sich ihr Körper in Erde verwandelt. Sie tauchte hinein und drang zu den Vertretern des magischen Volks. Sobald diese spürten, wie Mitra den Boden wieder vorübergehend fruchtbar machte, luden sie sich weiter auf. Doch Mitra blieb wachsam und achtete auf den Sog, der ihre Energie auffressen wollte. Es blieb beunruhigend still. Sie spürte den Feind nicht. Doch er war da. Ihm gehörte dieses Element. Er würde es solange aussaugen, bis es so nutzlos war wie auf der anderen Seite der unsichtbaren Barriere. Doch jetzt gerade pausierten sie. Wieso? Sie waren sicher noch nicht satt. Es musste einen Grund geben. Einen schrecklichen.

Die Borkenschmetterlinge legten sich befriedigt zur Ruhe. Und Mitra konzentrierte sich wieder auf ihren menschlichen Körper. Sie kniete noch benommen neben dem Erdvolk, als Minerva neben ihr auftauchte.

„Sie sehen schon wesentlich besser aus." Ihre Tante streichelte ihr über die Schulter. Und Mitra lächelte sie dankbar an, bevor sie sich von ihr aufhelfen ließ.

„Ich glaube, der Rabe hat recht. Es wird etwas passieren, wenn wir die Sitzung haben." „Dann ist es gut, dass wir zusammen sein werden. Nicht die schlechteste Voraussetzung, um dieses Pack endgültig zu besiegen." Mitra nickte. Es war keine schlechte Einstellung. „Die anderen sind bereits los, da ja nicht alle in unseren Wagen passen. Wir sollten aber jetzt auch aufbrechen. Ich hoffe bloß, dass wir nicht von der

Polizei oder irgendwas anderes Unvorhergesehenes aufgehalten werden. Das wäre ein wenig unangenehm und lästig, wenn man bedenkt, dass wir auch sie schützen, wenn sie uns nicht aufhalten."

„Das ist wohl unser kleinstes Problem. Immerhin kannst du Menschen manipulieren."

Minerva plusterte sich ähnlich wie der Rabe auf. „Also wirklich. Ich manipuliere niemanden. Sie sehen uns ja. Sie verstehen bloß nicht, dass sie es tun. Dafür kann ich ja nun nichts." Sie zuckte unschuldig mit den Schultern.

# Das Treffen der Elemente

Mildred wartete bereits am Auto auf sie. „Heute schreiben wir Geschichte", meinte sie nahezu aufgekratzt. Mitra selbst war nicht ganz so euphorisch. Klar, so oder so würde das, was heute passierte, denkwürdig und erinnerungswürdig sein. Aber ob es positiv endete ...

Sie fuhren schweigend aus dem Park. Es war diesig. Nebel zog auf. Und die Straßen waren verlassen. Als ob keiner mehr da wäre, als ob jegliches Leben bereits besiegt worden wäre. In Mitras Magen rumorte es, während sie versuchte, die Bilder von der Schlacht beim Rathaus zu unterdrücken. All die Toten damals, die Angst und all die Hoffnung der anderen, dass sie es beenden konnte. Dass sie etwas tat, von dem sie nicht wusste, was das eigentlich sein sollte.

Nachdem sie das Bismarck-Denkmal passiert hatten, parkte ihre Tante das Auto und deutete auf die Straßensperre nicht weit von ihnen entfernt. Mitra erinnerte sich daran, was Anton gesagt hatte, dass der Hafen wegen des Hochwassers gesperrt war. Sie schlichen den Weg hinab, stiegen über die Sperre und das Herz pochte Mitra bis zum Hals. Es waren noch ungefähr zehn Minuten Fußweg die Helgoländer Allee hinunter zum Hafen. Hier gab es keine Möglichkeiten, sich zu verstecken. Unvermittelt beschleunigte Mitra ihre Schritte, dabei schob den Rollstuhl mit ihrer Großmutter, damit sie im Fall der Fälle sofort loslaufen konnte. Immer wieder huschte ihr Blick hoch zu den

Gebäuden, die zurzeit wahrscheinlich alle leer standen. Doch vielleicht auch nicht und sie wurden von wachhabenden Polizisten beobachtet. In ihren angespannten Gedanken stellte sie sich Heckenschützen vor, die sie ohne Warnung einfach erschießen würden. Da würde die Magie ihrer Familie auch nicht mehr viel bringen.

Ihre Hände krallten sich vor Anspannung in den Rollstuhl und sie atmete flach. Das Gebäude der Landungsbrücken kam in Sicht und mit ihr auch die Wassermassen, die bereits die Straße fluteten. Die Straße mussten sie allerdings überqueren, um den Eingang des alten Elbtunnels zu erreichen. Im trüben Wasser schwammen Holz- und Plastikteile und immer wieder stolperte sie über angeschwemmte schwerere Gegenstände, wie Steine. Mit dem Rollstuhl war ein Vorankommen nahezu unmöglich, sodass Mildred mit Minervas und Mitras Hilfe auf Krücken umsteigen musste. Jetzt war Mitra dankbar dafür Gummistiefel zu tragen. Auch wenn das Neonpink ihr in den Augen wehtat.

Das Gehen und das Stützen ihrer Großmutter benötigte all ihre Aufmerksamkeit, sodass sie sich nicht mehr um etwaige Scharfschützen scherte. Obwohl sie sich mitten in Hamburg befanden und dieses Gebiet im Normalfall die Massen anzog, nahm sie jetzt gerade nur das eigene Keuchen und das Warten durch das Wasser wahr.

Mit jedem Schritt näherten sie sich den Landungsbrücken und auf einmal wurde diese unheimliche Stille durch ein Gemurmel unterbrochen. Unvermittelt gingen sie langsamer und schlichen im Schutz des Gebäudes näher heran. Sie glaubten zwar nicht, dass die

Feinde sich dort versammelt hatten, doch ein Zusammentreffen mit lauernden Wachleuten oder Polizisten war ebenfalls nicht erwünscht.

Bald konnten sie den Eingang des alten Elbtunnels für Fußgänger einsehen und entdeckten, dass die mit Holzplatten verriegelten Glastüren des alten Elbtunnels aufgebrochen waren und die Tür speerangelweit aufstand. Doch sie konnten niemanden ausmachen, lediglich hören. Minerva fluchte leise vor sich hin. Sollten sie nun einfach das Gebäude betreten und riskieren, in eine Runde schwatzender Wachleute zu platzen, oder hier ausharren – und warten. Jedoch worauf?

Minerva zückte ihr Handy, als eine Stimme schrill aufschrie. Rasch ließ sie das Handy in ihre Tasche zurückgleiten. Maria! Alarmiert wateten sie auf die Stimme zu. Weswegen hatte die Wächterin gekreischt? Lautlos betraten sie den Eingangsbereich des alten Elbtunnels. Hier war es stockfinster. Minerva ließ einen Feuerball in ihrer Hand entstehen und den Lichtkegel hin- und herwandern. Nicht lange und sie erspähten die Wächterinnen in einer Ecke in einem Pulk zusammenstehend, einige erleuchteten die Szene mit ihren Feuerbällen. Leise beruhigend redeten sie auf Maria ein.

„Was ist passiert?" Mildred war von der Anstrengung, durch das Wasser zu gehen völlig außer Atem. Die Angesprochenen fuhren überrascht zu ihnen herum. Maria hielt sich eine Hand vor ihre Brust und Maja verdrehte die Augen.

„Ratte!", stieß Maria hervor. „Ich habe eine Ratte gesehen. Mit einem fetten Schwanz. Sie ist um meine … Gummistiefel …" Maria würgte und sah sich außerstande, weiterzureden. So sehr schüttelte es sie. Mitra konnte Marias Ekel nachvollziehen. Sie war auch kein Freund dieser Nagetiere. Allerdings gab es gerade wichtigere Dinge, auf die sie sich zu konzentrieren hatten. Sie wollte gerade die Gruppe motivieren, die unzähligen steilen Treppen nach unten in den Tunnel zu steigen, als sich um ihre Füße ein kleiner Wirbel aus Wasser bildete.

„Was …?" Mitra und der Rest der Truppe starrten gebannt auf das Wasser. Maria, der noch der Schreck wegen der Ratte in den Knochen saß, verharrte reglos mit panisch aufgerissenen Augen. Das Wasser umspielte ihre Füße. In einem plötzlichen Impuls trat Mitra nach dem Wirbel, der sich tatsächlich etwas von ihnen wegbewegte. Gerade atmete sie erleichtert aus, als jedoch der Wirbel begann, sich nach oben zu wölben und immer weiter in die Luft zu steigen. War das der Angriff des Feindes? In Mitras Händen bildeten sich Feuerkugeln, ohne dass sie diese heraufbeschworen hätte. Sie spürte Hitze von hinten und wusste ohne, dass sie sich umschaute, dass ihre Gefährtinnen nun ebenfalls bewaffnet waren. Im Handumdrehen war der Wirbel in etwa so hoch wie sie groß. Sie trat einen Schritt zurück. Doch dann verwandelte sich die Wasserhose in Aggy, die in vollendeter Divapose auf einmal vor ihnen stand.

„Aggy!" fauchte Mitra.

„Eben die! Die Unverwechselbare!", strahlte sie ihre Freundin an.

„Wir hätten dich beinahe mit Feuerbällen beschossen."

Aggy betrachtete die wütenden Frauen und Männer, die noch dabei waren, ihre Feuerkugeln zu löschen.

„Ihr seid ein bisschen zu angespannt."

„Wir sollten jetzt runtergehen", unterbrach Minerva und setzte sich in Richtung der Treppen in Bewegung. „Passt auf die Stufen auf. Die sind wahrscheinlich rutschig." Wütend funkelte sie Aggy im Vorbeigehen an. Doch die schnitt nur eine Grimasse in die Richtung von Mitra, als ihre Tante an ihnen vorbeigeeilt war. Mitra atmete tief ein und aus, um sich wieder ins Lot zu bringen. Das hier benötigte ihre volle Aufmerksamkeit.

„Sind die anderen des Wasservolks bereits da?"

Aggy nickte. „Ja, sie sind unten. Ich wollte dich überraschen."

„Das ist dir aber mal richtig gelungen."

Sie blickte in die Tiefe, die sich bei den Treppen vor ihnen auftat. Die Wächterinnen vor ihnen beleuchteten die Dunkelheit. Die Stufen selbst waren nass und rutschig und bedurften einer gesonderten Portion Konzentration. Mitra nahm die Krücken von Mildred entgegen, die sich nun am Handlauf und auf Minerva gestützt, Stufe für Stufe hinabbegab. Mitra und Aggy gingen als Letzte.

Es dauerte eine Ewigkeit, bis sie alle unten waren. Dann folgten sie dem Tunnel in nördlicher Richtung. Eine perfekte Falle. Der Gedanke durchzuckte Mitra und ließ sie nicht mehr los. Je näher sie dem Treffpunkt kamen, je mehr Wasser bildete sich um ihre Füße. Bald nahmen sie auch schon die Nixen wahr, die sich aus dem Wasser mit messerscharfen Zähnen und einem Grinsen erhoben. Mitra verbot sich,

sich an ihre erste Unterhaltung mit ihnen zu erinnern. Es sind Freunde. Sie sind auf unserer Seite, versuchte sie sich zu beruhigen. In dem dämmrigen Licht funkelten deren Augen dennoch unheimlich auf und ließen sie fröstelnd zurück.

„Es freut uns, dass ihr euch uns anschließen wollt", hallte Minervas Stimme durch den Tunnel.

„Zum Wohle der Welt", antworteten die Angesprochenen in einer hochmütigen Bescheidenheit. Oh Mann, dachte Mitra nur noch, als sich die Luft, die hier unten schimmelig roch, auffrischte und ein Rabenschrei von den Wänden widerhallte. Aggy prallte von dem plötzlichen Geräusch aufgeschreckt von hinten gegen Mitra, die sich gerade noch so auf den Beinen halten konnte. Sie fragte sich allmählich, ob das hier wirklich ein guter Treffpunkt war. Die Atmosphäre war es auf jeden Fall nicht. Voller Wehmut dachte sie an die Lichtung, wo sie alle so majestätisch wirkten und alles so sicher und perfekt war. Vieles hatte sich geändert. Heute war ihr Ziel einfach nur dem Versprechen zu folgen, nicht zu sterben. Ein Flügel schlug ihr ins Gesicht. Vor Schreck schloss sie die Augen. Dann spürte sie Krallen und ein Gewicht auf ihrer Schulter.

„Wir sind vollzählig. Wie schön", wehte es ihr entgegen. Von oben hörten sie eine Kirchturmuhr vier Mal schlagen.

„Wir sollten uns beeilen. Ich habe ein ungutes Gefühl", fuhr Minerva nervös fort. „Es wäre gut, wenn wir das Orakel, die Naturverbundene, und den Vertreter des Luftvolks noch einmal anhörten, was auf der anderen Seite passiert war." Ein Schatten löste sich aus dem Hintergrund und verschwand in der Dunkelheit. „Wir denken, dass da vielleicht die Lösung für den Sieg zu finden ist."

Eine Ratte huschte zwischen den Versammelten hindurch und blieb in der Mitte auf seinen zwei Hinterläufen stehen. Maria schrie auf und war kurz davor das Nagetier mit ihrer Handtasche zu erschlagen. Doch Maja hielt sie an ihrem Handgelenk fest.

„Reiß dich zusammen", zischte sie ihr zu. „Das ist eine Infiltrierte."

Mitra lächelte. Maja wirkte wesentlich selbstbewusster als heute Vormittag. Sie stand zu ihrem Vorschlag. Aggy stupste sie mit ihrem Arm in die Seite, um sie zum Antworten zu bewegen. Mitra war sich nicht sicher, was die Nixen von ihnen hören wollten. Vor allem in Anbetracht, dass es Befürchtungen gab, dass sie während dieser Sitzung angegriffen werden könnten. Für so etwas hatten sie eigentlich keine Zeit. Sie räusperte sich.

„Das Leben auf der anderen Seite ist von der Magie völlig aufgezehrt worden. Alles was wir gesehen hatten war tot. Es gab eine letzte Pflanze, die die Welt am Leben erhielt. Und die haben wir, statt sie auszurupfen, neu eingepflanzt und sie dazu gebracht, zu wachsen und sich zu vermehren. Sonst wäre die Welt untergegangen und hätte unsere Seite wahrscheinlich mit sich gerissen."

Die Versammelten blieben ruhig. Es war ja auch für keines der Völker eine wahnsinnige Neuigkeit gewesen. Jeder der Mitreisenden hatte sicher von diesem Abenteuer berichtet.

320

„Es hat uns gezeigt, dass wir nicht blind unserem Hass folgen dürfen, da wir sonst schnell zu Marionetten unseres Feindes werden könnten", fiepte Hugo. Mitra kratzte sich ihre rechte Handinnenfläche, die auf einmal zu schmerzen begann.

„Ihr seid so jämmerlich. Ihr solltet einfach aufgeben." Morgana stand ohne Vorwarnung im Tunnel und versperrte ihnen den Weg zur Treppe. Bewaffnet mit einer Feuerkugel. Neben ihr stand Maria. Die anwesenden Wächterinnen sogen erschrocken die Luft ein. Morgana schoss ihre Kugel unvermittelt und überraschend mitten in die Menge, während sie dabei heiser lachte. Sie verfehlte Mitra nur haarscharf. Die Hitze versengte ihre Härchen auf ihrem Ohr. Ein leiser Schmerz durchfuhr sie und sie griff instinktiv zur beinahe verkohlten Körperstelle. Neben ihr tauchten Nixen auf, die sich immer wieder in Wasser verwandelten. Sie wichen einen Schritt zurück. Jedoch baute sich in ihrem Rücken eine Feuerwand auf, die die Flucht unmöglich machte. Sie saßen in der Falle. Der Rabe hatte es vorhergesagt.

Aggy krallte sich in den Arm ihrer Freundin, als sie panisch von einer Front zur anderen schaute. Sie waren umzingelt. Mitra atmete gegen den Schmerz ihrer Narbe in ihrer rechten Hand an.

„Es ist zu spät, euch für uns zu entscheiden. Die Würfel sind gefallen und ihr werdet geröstet wie die unnützen Insekten, die ihr seid", brüllte eine Fratze aus der Feuerwand. Das alte Feuervolk schaffte es, sich an der Wand entlang zu bewegen, ohne das Wasser zu berühren. Die Schatten bildeten eine schützende Sturmkugel um sie herum. Fast hätte

Mitra gelächelt, da sie es so schön fand, dass sie tatsächlich nun zusammenarbeiteten. Doch zum Freuen war nicht der richtige Moment. Mitra war mal wieder in eine Schlacht verwickelt, ohne zu wissen, was sie tun sollte. Über ein bisschen Vorbereitungszeit hätte sie sich eindeutig gefreut. Feuerkugeln und Wasserbomben wurden auf sie und ihre Gruppe geschossen, prallten an den Schatten ab und zerbarsten an den Fliesen des alten Elbtunnels. Die Decke erbebte jedes Mal. Staub fiel auf sie herab. Mitra sah Panik in den Augen ihrer Mitstreiterinnen.

Doch sie selbst bekam eine nahezu geniale Idee, während sie den Nieselregen aus Stein und Mörtel betrachtete. Sie fand sie zumindest genial. Sollten sich ihre Feinde doch selbst zerstören.

Sie hob Hugo, der noch in der Ratte steckte, hoch und flüsterte ihm und Aggy ihre Idee zu. Zunächst wirkten die beiden schockiert, doch als sie es kurz sacken ließen, nickten sie zustimmend. In Form von stiller Post verbreitete sich ihr Plan in dem Schutzkreis aus Luft. Und das keine Sekunde zu früh. Die Kraft der Schatten nahm langsam ab. Die ersten der Fliesen lösten sich aus der Decke und zerschellten auf dem Boden. Hugo schlüpfte aus der Ratte und reihte sich bei seinesgleichen ein. Die Wächterinnen und die Nixen stellten sich in eine Angriffspose, während das Luftvolk sich löste.

Die Fratzen lachten hämisch. „Das war nur eine Frage der Zeit, dass ihr aufgeben würdet. Akzeptiert euer Schicksal und sterbt. Die Feuerwand breitete sich aus. Eine infernale Hitze prallte auf sie. Aggy keuchte und sackte zusammen. Die Nixen wurden kleiner.

„Aggy, was kann ich tun?" Mitra kamen Zweifel an ihrem Plan, weil ihnen nicht viel Zeit blieb. Das Wasservolk verdunstete. Von der anderen Seite griffen die Abtrünnigen an. Mitra fühlte Wut in sich. Die alles zerfressende Wut, die sie bereits zweimal verspürt hatte. Die Hitze aus ihrem Umfeld ging in ihr Blut über. Schon bald spürte sie ihre wachsenden Tentakel. Mit dem Kampfschrei eines verwundeten, wilden Tieres warf sie sich den Fratzen entgegen, die tatsächlich verwirrt zurückwichen und so den Nixen eine Verschnaufpause vergönnte. Mitra schlang ihre züngelnden Fangarme um die ihres Feindes, um sie zu fesseln. Hinter sich hörte sie Schmerzensschreie. Sie zwang sich dazu, sich nicht davon ablenken zu lassen. Sie hoffte nur, dass die Schreie den Abtrünnigen gehörten. Ein Tentakel eines Gegners schlang sich um ihre Taille und drückte immer fester zu. Das Luftholen fiel ihr mit jeder Sekunde schwerer. Für einen Moment blitzte das Bild ihres Traums wieder auf, als sie an einen Kran gekettet, den Untergang Hamburgs hatte mit ansehen müssen. Das Feuer, das die Stadt, die sie liebte sich einverleibte, flammte in ihrer Erinnerung auf.

„Genieß deine letzten Augenblicke auf dieser Welt." Schwarze und weiße Sterne tanzten vor Mitras Augen. Sie blinzelte, um die Sterne aus ihrem Sichtfeld zu vertreiben. Sogleich nahm sie eine der bösen Nixen wahr, die sich in Wasser verwandelt hatte und auf Maria zufloss, die ihrerseits gerade einen Borkenschmetterling mit ihrem Feuer zu Glas verwandelt hatte. Genau hinter ihr, verwandelte sich die Nixe wieder in das Wassermonster. Mitra wollte schreien. Maria warnen. Doch es kam kein Laut aus ihrem Feuermaul. Sie musste mit ansehen, wie sich das Scheusal in das Bein der Wächterin biss. Ihre rasiermesserscharfen Zähne fraßen sich in ihr Fleisch. Das Gift verunreinigte Marias Blut. Doch da erschien Minerva, die mit einem Kampfschrei ihre glühenden Hände den Kopf dieser Nixe packte und sie röstete.

Das entfachte in Mitra erneut ihre Kräfte. Sie konzentrierte sich und spürte, wie ihre Tentakel zurückwichen und eine angenehme Kühle sich in ihr breitmachte. Der Tentakel, der sich um ihre Taille gelegt hatte, durchschnitt sie vergeblich, denn sie hatte keinen Körper mehr. Wie in Trance sah sie Maja mit Tränen in den Augen, wie sie wie eine Wilde unkontrolliert Feuerbälle um sich warf, die die Decke und die Wände trafen, die durch die vielen Einschläge bereits mit tiefen Kratern überzogen war. Sie sah Aggy, die sich immer wieder verwandelte, um Anschlägen auszuweichen und immer wieder zu Maja schaute, Minerva, die sich gerade mit zwei Borkenschmetterlingen gleichzeitig duellierte und Mildred, die eine Nixe mit ihren Krücken bekämpfte. Es sah nicht besonders gut aus, bemerkte sie schockiert. Das durfte nicht das Ende sein. Sie durften nicht verlieren. Sie hatte es ihrem Vater und ihrer Mutter versprochen. Sie fühlte das Feuer ihres Feindes um sich herum.

Die Fratze brüllte vor Frustration und Wut: „Du spielst nicht fair. Feige, wie deine Mutter." Ihre Konzentration löste sich von ihren Freunden und ihrer Familie und traf nun das Feuermonster. Wie konnte die Bestie es wagen, ihre Mutter hier mit reinzuziehen und ihren Namen zu beschmutzen? Sie fühlte Wut in sich aufkeimen und spürte bereits, wie das Feuer sich in ihr abermals ausbreitete. Ihr menschlicher Körper wollte die Macht übernehmen. In ihrem Kopf hallten jedoch Hugos Wörter wider: *Marionetten des Feindes*. Sie durfte sich ihrem Hass nicht ergeben. Lass sie sich selbst zerstören.

Die Fratze schlug mit einem Fangarm nach ihr. Sie wich geschickt aus und wandte sich stattdessen dem anderen Vertreter des alten Feuervolks zu. Er war noch in Gestalt der Feuerwand, um den Fluchtweg zu versperren. Verwundbar. So hatte Hugo jene auf der anderen Seite der Barriere besiegt. Sie flog direkt auf sie zu, mit offenen Armen, falls sie Arme zu diesem Zeitpunkt gehabt hätte. Der Vertreter des früheren Feuervolks bemerkte seinen Fehler zu spät. Sie flog gegen ihn. Sie verband sich mit ihm. Sie spürte die Hitze der Fratze, sein Feuer, wie es sie liebkoste, in sie eindrang und immer heißer wurde. Und dann: Schmerz. Das Feuer wollte mehr. Fraß an ihr, bediente sich an ihr. Es breitete sich aus. Für einen schrecklichen Moment verfluchte sie ihren Plan. Das Feuer vertilgte eines ihrer Atome nach dem anderen. Den Kampflärm um sich herum, nahm sie nur noch gedämpft wahr. Doch was sie umso deutlicher mitbekam, war das Schmerzgebrüll des Ungeheuers. Es erfüllte sie mit Stolz. Es tat auch ihm weh. Ein guter Tod, dachte sie. Sie opferte sich, damit die Welt leben konnte. Dann knallte es. Das Gelb-Rot der Flamme explodierte vor ihren Augen und wechselte zu weiß. Sie hauchte den Schmerz heraus. Ein Schrei war ihr nicht mehr möglich. Staub, Stein, Erde – alles kam ihr entgegen und Schwärze. Dunkelheit. Nichts. Stille. Für mehre grauenhafte

Augenblicke.

„Mitra!" Ihr Ohr klingelte. „Der Tunnel wird instabil." Sie hörte die Panik in der Stimme und die dazugehörigen Schreie. Erst dann realisierte sie, dass sie noch da war. Sie versuchte zu atmen. Sie hustete den Staub, die Erde aus ihrer Lunge. Sie öffnete ihre Lider. Dann probierte sie sich aufzurichten. Sofort reagierte ihr menschlicher Körper. Sie biss ihre Zähne zusammen. So ein verfluchter Mist. Sie war während der Explosion wieder menschlich geworden. Bei Hugo hatte es so leicht ausgesehen. Allerdings lief er auch nicht Gefahr bei so einer Aktion wieder in einen biologischen Körper zu enden.

Sie orientierte sich. Um sie herum war alles ruhig. Die zweite Fratze war nirgendwo zu sehen. Vom anderen Ausgang her glühte irgendetwas. Von oben tropfte es auf ihren Kopf. Sie fühlte, wie Wassertropfen unter ihrem Haar auf ihrer Haut herunterschlängelten, bis sie realisierte, was diese Tropfen zu bedeuten hatten. Tropfen von der Decke. Über sie die Elbe. Der Tunnel wurde instabil. Sie wollte schreien. Doch es war unmöglich. Sie schaffte vor lauter Schmerz keinen lauten Schrei. Sie musste die Wächterinnen hier herausführen. Sie musste sie warnen. Ein Tropfen erreichte ihr Ohr. Sie konzentrierte sich auf ihn und wurde Wasser. Es war eine Befreiung von den Schmerzen ihres menschlichen Körpers. Mit aller Macht bewegte sie sich zum Kampfgeschehen. Sie wich Pfeilen und Feuerbällen aus und erreichte schließlich Mildred, die trotz Erschöpfung eine der abtrünnigen Nixen in Schach hielt. Die Nixe spürte Mitras Anwesenheit und war abgelenkt, als ein Schatten in sie fuhr und den Kampf ihrer Großmutter fortführte. Mitra fühlte sich in ihren schmerzenden Körper zurück. Sie keuchte auf, als sie alles wieder einholte.

„Mitra!" Ihre Großmutter riss die Augen erschrocken auf, als Mitra auf einmal auftauchte und sie den Zustand sah, indem sich ihre Nichte befand. Doch sie hatten keine Zeit, sich Sorgen umeinander zu machen. Sie biss sich auf die Lippen.

„Der Tunnel …" Ihre Stimme versagte. Doch Mildred hatte verstanden.

„Jetzt!", rief ihre Oma bloß. Mitra spürte ihrer Hitze nach, die sogleich von ihr Besitz ergriff. Ihre Tentakel zischten zwischen den Kämpfenden hin und her. Die Feinde schauten sie neugierig an.

„Neuformation", rief Mildred

In der Verwirrung, die sich nun bei den Feinden bildete, folgten die Wächterinnen dem Befehl Mildreds und zogen sich zum anderen Ausgang zurück. Mitra schirmte die Feinde ab und atmete erleichtert aus. Doch dann bemerkte sie Mildred und Aggy, die noch unverändert dastanden.

„Das ist die Naturverbundene", schrie Morgana heiser. „Wir müssen sie verfolgen."

Eine Ratte hatte sich vor Mildred und Aggy gestellt. Hugo! Ohne weiter zu überlegen, konzentrierte sich Mitra auf die Magie der Erde, um die Elemente zu vervollständigen. Mit der Macht der Völker. Wir arbeiten zusammen. Sie raste auf ihre Verbündeten zu. Nur beseelt von dem Gedanken, die Feinde aufzuhalten, komme was da wolle. Aggy und Mildred hielten sich an den Händen und die Ratte kletterte Aggy das Bein hoch auf die Schulter, die sich sofort versteifte. Mitra erinnerte sich daran, wie viel Angst Aggy vor der Maus in ihrer Villa damals gehabt hatte, und war so unheimlich stolz auf sie, dass sie es jetzt über sich ergehen ließ, ohne komplett auszurasten. Mitra erreichte ihre Großmutter und wurde zu Erde. Sie spürte die Verbundenheit der Elemente. Die Feinde kamen näher. Vom anderen Ausgang kamen Geräusche zu ihr, die sie nicht zuordnen konnte. Doch Mitra ließ sich nicht davon beunruhigen, sondern befahl den Elementen ihnen zu helfen. In ihrem Inneren drehte sich alles. Sie rutschte von einem Element zum nächsten und dann war da Energie. Energie, die sich ausbreitete und gegen die Decke prallte. Der Tunnel erbebte. Die Feinde torkelten zurück.

„Was geschieht hier?", schrie Morgana.

„Haltet sie auf", brüllte es aus der Richtung, in die die Wächterinnen geflohen waren. Sie waren noch in dem Tunnel. Erst jetzt konnte Mitra die Geräusche zuordnen. Es waren die Schreie ihrer Kolleginnen, die sich mit aller Magie der Fratze entgegensetzten.

„Haltet sie auf", schrie die Fratze erneut. Die Nixe in ihr spürte das näher kommende Wasser. Der Tunnel brach zuerst an der Stelle, wo sie vorhin noch gelegen hatte. Die Fratze kam wutentbrannt auf sie zu gestapft, was zu Erschütterungen führte. Erleichtert schaute sie an dem Monster vorbei und sah die Wächterinnen aus dem Tunnel fliehen. Sie starrte zu Mildred.

„Flieh!" Sie flehte ihre Großmutter mit den Augen an. Sie wollte sie nicht verlieren. Doch ihre Oma blieb stehen und lächelte.

„Es ist gut so!", flüsterte sie. „Ich liebe dich." Das durfte nicht passieren. Wieso hatten sie sie bloß mitgenommen? Sie vergaß ihren Schmerz. Und nahm sie in den Arm. Die Tentakel der letzten Fratze schossen auf sie zu. Doch da gab es einen letzten Ruck und die Decke stürzte endgültig ein. Wassermassen folgten. Die Elbe flutete den Tunnel. Der entstehende Sog riss ihr Mildred aus den Armen und Aggy und sie wurden zu Wasser. Die Schreie der Feinde und vor allem der Fratze klingelte ihr noch in den Ohren. Sie selbst wurde hin- und hergespült und verlor dabei völlig die Orientierung.

Erst nach einer gefühlten Ewigkeit schaffte sie es, in das Flussbett der Elbe. Wie ferngesteuert glitt sie zum Ufer. Dort suchte sie nach ihren Kolleginnen und als sie einen völlig erschöpften Haufen Frauen und Männer sah, verwandelte sie sich dort wieder in einen Menschen. Sofort durchzuckte sie der bereits bekannte Schmerz, der es ihr unmöglich machte, sich an Land zu ziehen. Sie hielt sich an einem Metall fest. Sie konzentrierte sich auf die Luft. Doch nichts passierte. Sie blieb ein Mensch mit enormen Schmerzen. Sie versuchte zu rufen. Doch kein Ton entkam ihrer Kehle. Sie blieb völlig stumm. Erst jetzt fiel ihr die Eiseskälte auf, die durch ihre durchnässten Klamotten drang und ihren Körper zurück zum Grund zerrte. Sie war so müde. So unfassbar müde. Ein wenig Schlaf würde ihr guttun. Nur einmal kurz die Augen schließen. Sie würde sie gleich wieder öffnen. Das versprach sie sich. Was sollte schon passieren? Sie hatte es sich verdient. Sie hatten gewonnen. Sie hatte bis zum Schluss gekämpft und gewonnen. Ihre Hände lösten sich von dem Metall und sie ließ sich treiben, schaute in den Himmel. Ein goldenes Glitzern flog über sie. Es leuchtete direkt über ihr.

„Mama, wunderschön", seufzte sie schläfrig und zufrieden. Ihre Mutter gratulierte ihr. Glücklich schloss sie die Augen. Wunderbar. Aus weiter Ferne hörte sie Schreie. Doch es war ihr egal, was diese Stimmen wollten. Ihr Körper wurde schwerer und sank. Doch das bekam Mitra gar nicht mehr mit. Sie bekam auch nicht mehr mit, dass Nixenschwänze sich um sie versammelten und sie wieder an die Oberfläche zerrten und sie zu den Landungsbrücken geleiteten. An das Ufer, wo es für ein Wasserwesen wesentlich einfacher, war an Land zu gelangen.

# Zurück zur Normalität

Sie streckte sich, gähnte und zuckte vor Schmerz zusammen. Es fühlte sich nach gebrochenen Rippen an. Allerdings war ihre Unterlage so wunderbar weich. Vorsichtig zog sie ihre Decke noch ein bisschen enger um sich. Sie wollte noch ein wenig länger schlafen. Trotz der ruckartig aufgetretenen Schmerzen war sie sicher, dass es schöner war, noch ein wenig zu schlafen, anstatt wach zu sein. Doch die Sonnenstrahlen zwangen sie, zu blinzeln. Sie sah Wände. Verwirrt drehte sie sich um und hechelte den erneut aufflammenden Schmerz weg und stieß dabei gegen einen Körper, der offensichtlich neben ihr lag.

„Au!", kam auch gleich der schläfrige Protest. „Pass doch auf!", maulte …

Mitra konnte es nicht glauben. War sie tot? Sie drehte sich so schnell um, dass sie quietschte. Doch das war es wert. Sie sah sich Nase an Nase mit …

„Aggy!"

Sie hätte weinen können vor Glück. Sie war bei ihrer besten Freundin. Selbst wenn sie tot sein sollte, wäre das in Ordnung, befand sie. Sie war nicht alleine. Sie strahlte über das ganze Gesicht. Sie wusste überhaupt nicht, was passiert war und wo sie gerade lag. Aber sie war einfach glücklich in einem Zimmer zu sein. In einem warmen, weichen Bett. Genau neben Aggy. Sie strahlte ihre beste Freundin an und gleich darauf fielen ihr die Schrägen in der Decke auf und die bunten Farben. Sie waren in ihrem Zimmer. Auf der Anrichte stand sogar noch das Radio, mit dem Hugo das erste Mal mit ihr Kontakt aufgenommen hatte.

Die Tür flog auf und eine missmutige Minerva kam mit einem Tablett in der Hand zu ihnen rein. „Ah, ihr seid endlich wach! Ihr habt euch echt Zeit gelassen." Sie wollte mürrisch und gereizt klingen. Doch Mitra hörte eindeutig heraus, wie erleichtert sie über den Zustand der Mädchen war. Mitra war ebenso froh, auch ihre Tante heil und gesund zu sehen. Jetzt musste nur noch …

Doch bevor sie fragen konnte, fielen ihr die letzten Momente mit ihrer Großmutter ein. Wie sie sie in den Armen hielt und sie dann durch die Strömung aus ihren Armen gerissen wurde. Ihr Strahlen verwandelte sich. Sie riss ihren Mund auf und Tränen schossen in ihre Augen. Minerva setzte flink das Tablett ab und drückte sie ungewöhnlich sanft an sich. Es tat nur leicht weh. Aggy schlich peinlich berührt aus dem Bett zu dem Tablett auf dem zwei dampfende Tassen Schokolade standen. Sie nahm genussvoll einen kleinen Schluck und verbrannte sich prompt die Zunge.

„Mist!", schimpfte sie. Minerva und Mitra blickten zu ihr. „'Tschuldigung", nuschelte sie. Dann verließ sie das Zimmer. Ihre Tante strich ihr eine Strähne aus ihrem Gesicht. „Die Nixen haben sie geborgen. Die Beerdigung … Sie möchte verbrannt werden." Mitra nickte. Das ergab Sinn. Sie ließ sich zurück in ihre Kissen gleiten. Sie sehnte sich nach dem unbekümmerten Schlaf von vorhin. Als Mildred noch lebte. Die Tränen durchnässten ihr Kissen.

„Sie hatte gelächelt, kurz bevor …" Mitra schluchzte auf.

„Sie war immer gerne die Retterin", nickte Minerva leise. Es war kaum mehr als ein Hauchen. „Die Krücken, den Rollstuhl hatte sie gehasst."

„Aber sie war doch … das wäre doch nicht für immer gewesen."

„Da war Mama anderer Meinung. Sie war nicht mehr die Jüngste." Damit ließ ihre Tante sie zurück. *Es ist alles gut.* Und dann das Lächeln. Es passte zu Mildred – als Heldin zu sterben.

Widerwillig befreite sich Mitra von der Decke und bemerkte, dass es dicker unter ihrem Nachthemd war als gewöhnlich. Vorsichtig tastete sie danach. Ein Verband. Minerva hatte sie mit einem Kräutersud eingepackt stellte sie fest, als sie vor dem Spiegel das Hemd anhob. Wenn das goldene Glitzern nicht auf sie gestrahlt hätte, wäre sie sicher ertrunken.

Schmerzverzerrt humpelte sie in Richtung Bad. Das Gehen war nahezu ohne Probleme möglich, zumindest nahezu. Doch sie wollte in ihr Badezimmer. Vielleicht ein Bad einlassen.

„Was machst du da?", fragte Aggy, die gerade von unten wieder hochkam. Ihr Handy glitt in ihre Tasche. Mit einem Anflug eines Lächelns auf den Lippen.

„Im ersten Stock natürlich."

So schnell Mitra es möglich war, eilte sie zu ihm. Doch das Treppensteigen war eine Herausforderung. Aggy blieb hinter ihr. Ihr

Vater lag noch genauso reglos da, wie sie ihn im Zelt verlassen hatte. Und um ihn herum wucherte eine Art Urwald. Er selbst lag in einem überdimensionierten Blumenkasten, der voller Blumenerde war. Aus seiner Nase war noch der Schlauch zu sehen, der ihn mit Nahrung versorgte. Mitra zog bei dem Anblick eine Augenbraue hoch und blickte zu Aggy, die nur mit den Schultern zuckte, als ob das, was sie sahen, das Normalste auf der Welt wäre.

„Die Ärztin hat festgestellt, dass sich seine Vitalwerte während seines Camp-Aufenthaltes langsam aber stetig verbessert haben. Und da haben Hugo und ich an die andere Seite gedacht, wo wir die Pflanze zum Wachsen gebracht haben, um das Übermaß an Magie zurückzudrängen." Sie machte eine Präsentationsgeste in Richtung ihres Vaters. „Tada. Die wohl beste Ent-Toxikationsmaschine der Welt."

„Wow!" Mitra war ganz gerührt. „Wann habt ihr das gemacht? In der Nacht?"

„Nein, gestern. Du hast ja geschlafen. Du warst echt erschöpft. Ich hatte Anton gebeten, dir den Schneewittchen-Kuss zu geben. Aber es hat nicht funktioniert. Du hast einfach weitergeschlafen."

„Anton hat mich so gesehen?", fragte Mitra entsetzt, worauf Aggy nur mit den Augen rollen konnte.

„Über die Phase seid ihr, glaube ich, drüber hinweg, oder?" Da hatte sie nun auch wieder recht. Wahrscheinlich hatte er sie schon mal wesentlich schlimmer gesehen. Beispielsweise als das Luftvolk sie das erste Mal im Camp abgesetzt hatte.

Liebevoll blickte sie noch einmal auf ihren Vater. Sie hatten ihr Versprechen gehalten. Sie hatten überlebt. Und ihr Vater war auf dem Weg der Besserung. Ein riesiger Stein fiel ihr vom Herzen.

„Er kommt übrigens nachher noch einmal vorbei, dein Prince Charming", meinte Aggy betont nebenbei. Erzielte damit jedoch das erwünschte Resultat. Mitra war augenblicklich in heller Aufregung. „Hilfst du mir in mein Bad?" Aggy grinste, verkniff sich aber dankenswerterweise jeglichen weiteren Kommentar.

Einige Verwünschungen und Schmerzensschreie später lag Mitra in der Wanne und genoss es sich zu reinigen. Aggy saß auf einem Hocker neben der Wanne.

„Und was ist sonst noch alles während meines Schönheitsschlafes passiert?"

„Deine Tante hat sich mit dem Oberbürgermeister getroffen und danach wurde die Ausgangssperre verlängert. Geologen haben versichert, dass es keine weiteren Erdbeben in nächster Zeit geben wird. Und es soll ein Konjunkturpaket vom Bund geben oder so ähnlich. Hamburg muss ja immerhin teilweise neu aufgebaut werden."

Mitra seufzte vor Entspannung. „Schön dann kommen bestimmt die Geflüchteten bald wieder zurück. Und in der magischen Welt?"

„Mein Volk hat die Essenz des Erdvolkes gefunden. Und Maja hat sie dem Erdvolk zurückgebracht."

Als Aggy Maja erwähnte, errötete Aggy leicht, was Mitra gar nicht bemerkte, denn sie dachte bei Maja sofort an Maria. Und an Mildred und an all die anderen, die gestorben waren, um diese Welt zu retten. Ein Kloß bildete sich in ihrem Hals. Dieser Schmerz würde wahrscheinlich nie ganz vergehen. Anders als der körperliche. Aggy schien Mitras Melancholie zu bemerken und redete munter weiter: „So jetzt hast du genug gebadet. Wie gesagt, dein Liebster wird bald auftauchen. Bis dahin wollen wir dich mit der Wundersalbe von Minerva einreiben." Aggy hielt ein Gläschen mit einer grünlichen Salbe hoch.

Mitra quälte sich aus der Badewanne, damit Aggy ihren riesigen Bluterguss im Rippenbereich versorgen konnte und legte ihr einen neuen Verband um. Mitra grinste zwischen zusammengepressten Zähnen. Die Normalität holte sie wieder ein. Es klopfte an das Dachfenster. Verwundert drehte Mitra sich ächzend um und entdeckte ein Eichhörnchen, das ungeduldig gegen die Scheibe polterte.

„Hugo! Was für ein Timing." Peinlich berührt schaute sie an ihren nackten Körper hinab, während Aggy Hugo hineinließ.

„Wenigstens ist er heute keine Ratte", lachte sie. Mitra griff eilig nach dem Badetuch, das über dem Wannenrand lag und schlang es um sich.

„Gib dir keine Mühe. Hab ich schon alles bei deinem letzten Bad gesehen. Ich verstehe einfach nicht, was ihr Menschen mit eurer Nacktheit habt", neckte er sie. Mitra stöhnte entnervt auf.

„Wasser, Feuer und Luft vereint", schwärmte Aggy und Mitra drückte das Eichhörnchen an sich. „Schön dich wiederzusehen", murmelte sie.

„Was soll ich sagen. Ich bin ein Freigeist. Ich wollte mich selbst davon überzeugen, dass du wieder unter den Lebenden bist." Damit hopste er auf das Fensterbrett. „Ich muss weiter. Bis ganz bald, werte Naturverbundene."

„Sehr gern, werter Vertreter des Luftvolks." Das Eichhörnchen verneigte sich würdevoll und kletterte flink aus dem Fenster hinaus.

Nachdem sich Mitra in frische Sachen eingekleidet hatte, humpelte sie mit ihrer besten Freundin im Schlepptau die Treppen hinunter ins Erdgeschoss. Ihr Blick fiel auf das Gemälde ihrer Mutter und dass ihrer Großmutter. Vielleicht bildete sie es sich lediglich ein. Aber sie mochte den Gedanken, dass die beiden Frauen heute wesentlich glücklicher auf sie hinabschauten, als sie sie das letzte Mal gesehen hatte.

„Danke", flüsterte sie ihrer Mutter zu. Aggy schaute sie mit großen Augen an. „Sie weiß schon wofür", beantwortete sie die nicht gestellte Frage.

„Na dann", bemerkte Aggy irritiert. „Ich muss los. Ich treffe mich mit Maja. Sie hatte gerade gesimst." Aggy schnappte sich eilig ihre Jacke vom Haken.

„Maja?" Mitra zog eine Augenbraue hoch.

Aggy strahlte sie an und zwinkerte. „Wir reden später, wenn ich wieder zu Hause bin." Damit zwängte sie sich an Mitra vorbei zur Haustür. Mit offenem Mund starrte Mitra ihrer besten Freundin hinterher. Maja und Aggy? Und dann wurde ihr ganz warm um Herz, als sie daran dachte, dass Aggy zu der Hexenvilla *zu Hause* gesagt hatte.

Die Türklingel läutete und Mitra bekam sofort Schmetterlinge. Als sie die Tür öffnete, flogen neben Anton ein Schwarm der kleinen Wesen mit ins Haus. Mitra wurde sofort rot. Ganz sanft nahm Anton sie in den Arm und sie nahm einen ordentlichen Zug seines Dufts in sich auf.

„Ich nehme das mal als Kompliment", meinte er verschmitzt, als er zu den Schmetterlingen nickte.

„Ich lass euch mal alleine. Ihr seid so süß!", meinte Minerva, während sie die Augen verdrehte. Der Kuss ließ Mitra in andere Welten abtauchen. Sie war … glücklich!

# Ende

# *Danksagungen*

Zunächst einmal möchte ich diese Seite nutzen, um einmal mehr meiner Graphikerin Tabea Meret Stracke zu danken, die wie- der einmal ein großartiges Cover geschaffen hat. Und gerade zum Schluss eine große Portion Gelassenheit versprüht hat, obwohl ich bereits am Durchdrehen war.

Danke auch an die fantastische Lektorin Ulrike Barzik. Es war toll mit Dir zusammen zu arbeiten. Ich hoffe es werden weitere Projekte folgen. Du hast den Rohdiamanten geschliffen und zum Funkeln gebracht.

Und natürlich ein Dank auch wieder an meine bravouröse Erst-leserin Frauke.

Danke an die vielen lieben und großartigen Blogger, die ich real und online kennenlernen durfte und die mir Feedback geschrieben haben. Es ist und war mir eine Freude mit Euch zusammen arbeiten zu dürfen. So viel Einsatz und Engagement kann nur gelobt wer-den.

Danke an die vielen Menschen, die mich haben lesen lassen und an das liebe Publikum, welches das ausgehalten hat und sich hoffentlich entertaint gefühlt hat.

Auf ganz bald wieder.

# Weitere Bücher:

Bei Tredition sind von Björn Beermann

2018 bereits der erste Band von Mitra, der Urban Fantasy Trilogie herausgekommen:
### Mitra – Magisches Erbe.

2019 der zweite Band der Reihe
### Mitra – Magische Verwandlungen